Morrigan

Hubert Walser

Morrigan

Ein Sittenbild aus einer längst vergangenen Zeit

Roman

Bibliografische Information der Deutschen Nationalbibliothek: Die Deutsche Nationalbibliothek verzeichnet diese Publikation in der Deutschen Nationalbibliografie; detaillierte bibliografische Daten sind im Internet über http://dnb.dnb.de abrufbar.

Verlag: BoD · Books on Demand GmbH, In de Tarpen 42, 22848 Norderstedt
Druck: Libri Plureos GmbH, Friedensallee 273, 22763 Hamburg
ISBN: 978-3-7693-1895-1

Prolog

Es ist eine Zeit, in der Zwietracht die Bevölkerung des neu gegründeten Staates in zwei Lager teilt. Das Bürgertum steht der sozialen Klasse der Gesellschaft gegenüber, wodurch es immer wieder zu Abgrenzungen kommt. Die sich daraus ergebenden Konflikte enden meist in gewalttätigen Auseinandersetzungen mit vielen Verletzten und Toten. Während die Aristokratie, geschützt durch eine korrupte Gendarmerieherrschaft in ihren Nobelvierteln im Überfluss und Reichtum lebt, herrscht in anderen Teilen des Landes bittere Armut. So auch in Mogustral, der größten Stadt des Landes, wo die Teilung der Bevölkerung nicht nur durch die gesellschaftliche Schichtung erfolgt, sondern auch durch einen Fluss. Nördlich des Miislats lebt die Oberschicht mit all ihren Annehmlichkeiten und Reichtümern, während südlich des Flusses der tägliche Kampf ums Überleben von Tag zu Tag härter wird. Zudem kommt auch noch, dass seit einiger Zeit die stetig wachsende Einwohnerzahl von Mogustral regelrecht explodiert. Die sich daraus ergebenden Folgen sozialer, gesellschaftlicher und wirtschaftlicher Art werden in den noblen Bezirken des nördlichen Teils der Stadt kontinuierlich totgeschwiegen. Die Versorgung der Bewohner von Mogustral mit den Dingen des täglichen Alltags verlangte schon vor Jahren ein weitreichendes Verkehrsnetz, weil ausnahmslos alle Waren auf dem Seeweg nach Mogustral kommen. Der neue Hafen sowie auch der alte Hafen liegt jedoch im südlichen, dem ältesten und ärmsten Teil der Stadt. Sieben Brücken führen über den Miislat, wobei Letztere erst in der Fertigstellung liegt. Es ist eine besondere Brücke mit einem nicht alltäglichen Verwendungszweck. Über sie sollen die Geleise der neuesten Errungenschaft der Technik, direkt vom neuen Hafen bis zu den großen Lagerhäusern nordwestlich der Stadt führen. Es ist eine Dampfeisenbahn, deren Fertigstellung kontinuierlich von den Arbeitern einer auf Gewinn orientierten Eisenbahngesellschaft vorangetrieben wird, welche ihren Sitz in Estrashafen hat. Allerdings soll dieses Statussymbol des Fortschrittes nicht nur dem Transport von Waren dienen. Die Führung der Stadt hat diesem Projekt nur unter einer Bedingung zugestimmt, dass in weiterer Folge auch eine Dampfstraßenbahn zur Personenbeförderung in die vornehmen Viertel gebaut wird. Im Westen der Stadt, dort wo in weiter Ferne die große Wüste zu erkennen ist, breitet sich ein Industrieviertel aus. Obwohl tausende Menschen hier einen Arbeitsplatz finden, trägt dies nicht im Geringsten zu einer Entspannung der Lage bei. Die

Besitzer der Fabriken, welche zumeist Baumwollspinne-reien, Färbereien, Schlachthöfe sowie andere Gewerbe-betriebe sind, kommen ausschließlich aus dem nördlichen Wohnviertel von Mogustral. Die Arbeiter hingegen stam-men vorwiegend aus dem südlichen Teil sowie dem ärm-lichen Umfeld der Stadt. Menschenunwürdige Arbeits-bedingungen, unzureichende Bezahlung, sowie das Fehlen einer ärztlichen Notversorgung tragen das ihre dazu bei, dass unter den Arbeitern ein ständiges Kommen und Gehen zum Alltag gehört. Dass dieser Umstand den Besit-zern der Fabriken nur recht ist, erklärt sich dadurch, dass jeden Tag Hunderte vor den Werkstoren der Fabriken nur darauf warten einen Arbeitsplatz zu ergattern. Neid und Missgunst um jedes Beschäftigungsverhältnis führen zu Reibereien unter den Arbeitssuchenden.

Vorbestimmung

Es ist ein kalter und verregneter Herbstmorgen im Jahre 1835, als Elsbeth Zott wie jeden Tag, die unter einem Vordach abgestellten Wäschekörbe in ihre Waschküche trägt. Es sind meist Bettlaken, Vorhänge und Tücher zur Körperpflege, welche von der Dienerschaft der Reichen von früh morgens bis meist mittags bei ihr und den vielen anderen Wäscherinnen von Mogustral abgegeben werden. Im selben Zug werden die Körbe mit der frisch gewaschenen Wäsche der letzten Woche wieder mitgenommen. Elsbeth Zott ist eine von Dutzenden Frauen, die sich auf diese Art und Weise ihren kärglichen Lebensunterhalt verdienen. Ihre Arbeit beginnt mit dem ersten Licht des Tages und endet meist spätabends. Nach einem nicht gerade üppigen Frühstück schürt Elsbeth zu allererst den Wasserdämpfer an, ehe sie damit beginnt, all die Wäsche sorgsam zu sortieren, damit nur ja nichts durcheinander kommt. So wie es der Brauch ist, hängt an jedem Korb ein kleiner Säckel, in dem sich der Lohn für ihre mühevolle Arbeit befindet. Drei bis vier Stunden steht sie täglich am Zuber, um den Waschvorgang abzuschließen. Anschließend nimmt sie die getrocknete

Wäsche vom Vortag ab, um die frisch gewaschene aufzuhängen. Danach gönnt sie sich ein bescheidenes Mittagessen, ehe sie mit dem Bügeln und Glätten beginnt. Nein Elsbeth beklagt sich nicht, obwohl ihr in letzter Zeit die langen Arbeitstage immer mehr gesundheitliche Probleme bereiten. Ihren Mann und ihre beiden Kinder, zwei Mädchen, hat sie schon vor vielen Jahren verloren, damals als die Pest in Mogustral wütete. Ihr Mann Cornelius Zott war ein begnadeter Zimmermann, der für sie und ihre Kinder ein kleines aber umso liebevoller gestaltetes Haus errichten konnte, um das sie viele in ihrer Nachbarschaft beneiden. Doch das Schicksal wollte Elsbeth dieses bescheidene Glück nicht gönnen. So vergeht für sie Tag für Tag, Woche für Woche, ohne dass sich auch nur das Geringste an ihrem Alltag ändern würde. Und dennoch, an diesem Morgen kommt ihr etwas anders vor als gewöhnlich. Es ist ein Wäschekorb mehr, der unter dem Vordach ihres kleinen Hauses steht. Ein Wäschekorb, den sie noch nie gesehen hat.

Hat da vielleicht gar jemand einen falschen Korb bei ihr abgegeben? Ein junges Dienstmädchen oder ein Hausdiener, der sich noch nicht so gut auskennt in diesem Viertel der Stadt. Was also soll sie jetzt tun? Diese Wäsche auch noch waschen oder einfach nur ignorieren? Wie wenn sie nicht schon genug Arbeit hätte, denkt sie sich. Andererseits macht es kein gutes Bild, wenn sie diesen

Korb so mir nichts dir nichts stehen lassen würde, obwohl nicht einmal ein Säckel daran befestigt ist und somit auch ihr Lohn fehlt. Um aber länger über dieses Problem nachzudenken, fehlt ihr schlichtweg die Zeit. Also beschließt sie, auch diese Mehrarbeit zu verrichten und darauf zu achten, wer diesen Korb abholen kommt. Also auch noch diesen Korb in die Waschküche tragen. Dabei glaubt sie, von irgendwo her ein Weinen zu vernehmen, obwohl sie schon seit Jahren immer schlechter hört. Wie immer beginnt sie schon bald, ein Lied zu singen. Elsbeth hat eine schöne Stimme, die früher im Chor ihrer Glaubensgemeinde gerne gehört wurde. Weil sie aber nach dem Tod ihres Mannes für ihren Unterhalt selbst sorgen musste, blieb ihr nicht mehr die Zeit, die zweimal wöchentlich stattfindenden Chorproben zu besuchen.

Erschrocken zuckt ihre Hand zurück, nachdem sie den letzten Korb zu sortieren begonnen hat. Es ist etwas Unbekanntes, was sie in diesem Moment fühlt. Etwas Warmes und zugleich Feuchtes, das sich auch noch zu bewegen scheint. Als sie aber ein weiteres Lacken anhebt, glaubt sie, ihren Augen nicht zu trauen. Zappelnd und schreiend liegt in dem Korb ein Neugeborenes, dem weder die Nabelschnur verbunden, noch die Käseschmiere von seinem zarten Leib gewaschen wurde. Es ist ein kleines Mädchen, das vor ihr in dem Wäschekorb liegt. Ein kleines unschuldiges Wesen, dem das Schicksal einen nicht gerade wohlgesonnenen Start in sein Leben beschert hat. Was soll sie damit jetzt aber nur tun? Natürlich weiß Elsbeth, dass dieses kleine Häufchen Leben zuallererst versorgt werden muss. Behutsam badet sie das Mädchen im lauwarmen Wasser, trocknet es sanft ab, um es anschließend in ein sauberes, weiches Lacken zu wickeln. Dass es damit aber nicht getan ist, dessen ist sich Elsbeth natürlich bewusst. Das Kind braucht unbedingt Nahrung. Wie aber soll das gehen? Stillen kann sie das Kind nicht. Allerdings erinnert sie sich an einen Artikel, den sie in der Zeitung, die sie sich einmal im Monat gönnt, erst vor Kurzem gelesen hat. Dabei ging es darum, dass viele Frauen komplett auf das Stillen verzichten, ohne dass dies dem Kind schaden soll. Diese neue Modeerscheinung betrifft zum einen Frauen, die von morgens bis abends in den Fabriken hart arbeiten müssen und zum anderen solche, die aus der gehobenen Schicht kommen. Sie tun dies aus ästhetischen Gründen, weil es bei den Damen immer schicker wird, einen schlanken und grazilen Körper vorzeigen zu können. Und dazu passt nun Mal keine große Brust. Obwohl Elsbeth zur Gruppe der ersteren Frauen gehört, hat sie ihre Kinder länger als zwei Jahre gestillt. Doch das soll jetzt nichts zur Sache tun. Also mussten sich viele der Neugeborenen dieser Zeit mit Zuckerwasser und einem dicken Milchbrei begnügen, der oft schon sauer vergoren war. Ein weiteres Rezept um geeignete Kindernahrung zuzubereiten war Biersuppe mit Butter und Zucker oder süße Molken, mit frischer Milch und gequirltem Ei. Als Babyflasche dient ihr eine Schnabelkanne, deren Ende sie mit einem Stück Leinen umwickelt, sodass nie zu viel von der Nahrung in den Mund des Kindes kommen kann. Und siehe da, das kleine Mädchen scheint diese Art der Nahrungsaufnahme anzunehmen, was allerdings noch lange nicht bedeutet, dass es die kommenden Tage, Wochen oder Monate überleben wird, zumal die Kindersterblichkeit bei der ärmeren Bevölkerung sehr hoch liegt. Dessen ist sich auch Elsbeth bewusst. Dennoch hofft sie, diesem kleinen, mehr als nur hilflosen Mädchen helfen zu können. Und wie es aussieht, hat ihr Bemühen Erfolg. Obwohl für sie ihr ohnehin schwerer Arbeitstag kaum zu bewältigen ist, umsorgt sie das kleine Mädchen genauso, wie wenn es ihr eigenes wäre. So vergeht Woche um Woche, ohne dass jemand nach dem Kind fragt oder den Korb abholen kommt. Es interessiert auch niemand aus ihrer Nachbarschaft, wie Elsbeth zu einem Kind kommen konnte, bis eines Morgens zwei Männer vor ihrer Tür stehen. Es sind dies ein junger Gendarmeriewachtmeister und ein Mann, klein, rundlicher Bauch und einer Nickelbrille auf seiner Nase. In seiner Hand trägt er eine alte und abgegriffene Ledertasche.

„Guten Tag. Mein Name ist Oberkanzleirat Giselbert

Seiser. Unserer Magistratsabteilung wurde gemeldet, dass Sie seit einiger Zeit ein Kind haben, welches Sie noch nicht eintragen haben lassen. Ich bin vom Melderegister und muss Sie darauf aufmerksam machen, dass diese Unzulänglichkeit von seitens unseres Amtes nicht geduldet werden kann", rechtfertigt der Mann sein Erscheinen, ehe er ohne zu fragen in ihr Haus geht.

„Seit wann ist es verboten, ein Kind in seinem Haus großzuziehen?"

„Gute Frau, das ist nicht verboten und hat auch niemand behauptet. Was aber verboten ist, ist der Tatbestand, diese Gegebenheit der Behörde zu verschweigen, um sich den anfälligen Betrag für die Eintragung im Geburtenregister zu ersparen. Aus diesem Grund ergeht ein Straferlass von 30 Selani an Sie. Zuvor aber muss ich Sie nach den Namen des Vaters, den der Mutter sowie den des Kindes fragen. Außerdem benötigt unser Amt das Geburtsdatum und das Geschlecht des Kindes, um alles ins Einwohnerregisterbuch einzutragen", erklärt ihr dieser Mann, nachdem er sich an den Tisch setzt und seine Unterlagen vor sich ausbreitet. Völlig überrascht von dieser Situation weiß Elsbeth nicht, was sie sagen soll, ehe sie der Mann fragt: „Haben Sie das verstanden?", worauf Elsbeth wiederum nur mit dem Kopf nickt.

„Nun denn, welchen Namen haben Sie und Ihr Mann dem Kind gegeben?"

Weil aber Elsbeth weder den Namen des Kindes noch deren Eltern kennt und ihr auch kein anderer, als der einer ihrer verstobenen Töchter einfällt, gibt sie diesen als den Namen des Kindes an.

„Also Morrigan. Weiblich, wie sich aus dem Namen ergibt. Und wie noch? Gute Frau ich habe nicht den ganzen Tag Zeit, um mir jede Antwort aus Ihrer Nase zu ziehen. Also wie lautet der Zuname dieses Kindes?"

„Es tut mir leid, aber Morrigan ist ein Findelkind. Morrigan wird wohl genügen."

„Also Morrigan Zott. So lautet wohl Ihr Nachname oder irre ich mich?"

„Nein", antwortet Elsbeth verlegen.

„Geburtsdatum?"

„Letzte Woche?"

„Das ist kein Datum! Aber was soll's, ist doch einerlei. Also dritter Tag des vierten Monats 1835."

„Und der Name des Vaters. Wie lauter der?", fragt der Beamte, worauf Elsbeth wiederum nur mit ihren Schultern zucken kann.

„Also, Name des Vaters … *Unbekannt*. Dann wäre nur noch ein Bußgeld von, wie schon erwähnt, 30 Selani von mir als Beauftragter des Melderegisters unserer Magistratsabteilung einzufordern."

„Was 30 Selani? So viel habe ich nicht!"

„In diesem Fall muss Sie mein Kollege mitnehmen,

genauso wie es in den Statuten der Stadt Mogustral verankert ist."

„Wohin mitnehmen?"

„Ins Gefängnis natürlich, wohin denn sonst. Für jeden säumigen Selani ist eine Woche Arrest vorgesehen."

„Nein ins Gefängnis gehe ich nicht. Nicht in den Arrest. Was soll in der Zeit aus dem Kind werden", beteuert Elsbeth, ehe sie aus der Schublade am Küchentisch schweren Herzens ihren Geldsäckel hervorholt, diesen auf ihre Handfläche entleert und mit Tränen in ihren Augen sagt: „Das ist alles, was ich habe. Mein ganzes Erspartes, 22 Selani."

„Nun gut. In Anbetracht der Tatsache, dass Sie gewillt sind, die Strafe zu bezahlen, ist es mir in meiner Funktion als Kanzleirat gestattet, Ihnen eine Zahlungsfrist von einem Monat für den noch ausstehenden Betrag in der Höhe von acht Selani plus vier Selani Zinsen einzuräumen. Sollten Sie diese Frist allerdings versäumen, so mache ich Sie darauf aufmerksam, dass Sie die gesamte Strafe, einschließlich der Zinsen absitzen müssen. Haben Sie das verstanden?"

Zurückhaltend nickt Elsbeth nach dieser Ansage, um den Mann nur ja nicht zu verärgern. Wie sie allerdings in einem Monat mehr als ein Dutzend Selani absparen soll, weiß sie nicht.

Schon naht jener Tag, an dem Giselbert Seiser, der

Mann vom Melderegister, sein erneutes Kommen angesagt hat, als Elsbeth nach einem harten Arbeitstag ihren Geldsäckel zur Hand nimmt, um das mühevoll erarbeitete und gesparte Geld zu zählen. Neun Selani und ein paar Kupfermünzen. Mehr konnte sie in einem Monat nicht beiseitelegen, obwohl sie nur einige Groschen für Milch und etwas Zucker ausgegeben hat. Dabei müsste sie dringend noch Holz für den Winter kaufen, um ihr Haus zu beheizen und auch ihren Waschzuber zu erwärmen.

„Was sollen wir nur machen, mein Schatz? In drei Tagen wird dieser Mann vor unserer Tür stehen, um meine Restschuld einzufordern", fragt Elsbeth ihr Mündel, geradeso als Morrigan ihr eine Antwort darauf geben könnte. Noch hadert Elsbeth mit dem Gedanken, ob sie das einzige Erinnerungsstück, welches sie von ihrer Mutter vererbt bekommen hat, verpfänden soll. Es ist eine silberne Taschenuhr. Den Wert dieser Uhr kennt sie nicht und so weiß sie auch nicht, wie viel sie dafür bekommen würde. Und dann wäre noch ihr Notgroschen, den sie dafür verwenden könnte. Es sind dies 40 Selani, die sie nie angerührt hat. Letzteres kommt für sie nach kurzem Überlegen jedoch nicht in Frage. Als nämlich Morrigan in ihr Leben trat, stand für Elsbeth fest, dass dieses Geld irgendwann einmal ihrer Adoptivtochter gehören soll. Ursprünglich war das Geld für ihre Mädchen gedacht, um ihnen, wenn es so weit ist, den Besuch einer Schule zu ermöglichen. Jetzt aber will sie es für Morrigan aufsparen, um ihr zu gegebener Zeit eine Aussteuer mit ins Leben geben zu können.

Am Morgen des nächsten Tages, gerade als Elsbeth die vor ihrem Haus abgestellten Schmutzwäschekörbe in ihre Waschküche trägt, kann sie beobachten, wie Dorothea Kelter unweit ihres Hauses eines ihrer *Mädchen* mit Schlägen aus dem Haus jagt. Dorothea ist die Frau von Tommen Kelter, dem Besitzer einer Schenke, die Abend für Abend zu einem Bordell wird. Seine *Mädchen* wohnen im angrenzenden Frauenhaus. Elsbeth kennt das Mädchen, welches mehr als unsanft von Dorothea vor die Tür gesetzt wurde. Es ist Maren Sattler, die im Haus der Kelters allerlei Arbeiten verrichten musste. Sie ist aber keine Prostituierte und mit ihren zwölf Jahren noch zu jung für dieses Gewerbe, obwohl Dorothea nur darauf wartet, bis ein Freier nach ihr fragt. Von morgens früh, bis die ersten Gäste kommen, muss Maren den Schankraum putzen, die Spucknäpfe leeren und all die Arbeiten verrichten, die sonst niemand verrichten will. Unter anderem auch die Schmutzwäsche zu Elsbeth bringen und die Gewaschene abholen. Selbst am Abend, wenn sich das Publikum in Tommens Schenke ändert und seine Mädchen ihre Dienste anbieten müssen, gibt es für Maren keine Ruhepause.

„Hat sie dich wieder geschlagen?", fragt Elsbeth, als

Maren mit einem Korb voll Lacken vor ihr steht. Beschämt blickt Maren zu Boden, ehe sie mit einem Kopfschütteln Elsbeths Frage verneint.

„Hier trink einen Schluck Milch, während ich die frischen Laken hole. Wenn du möchtest, darfst du auch Morrigan in deine Arme nehmen."

„Danke", antwortet Maren schüchtern, obwohl sie sich Elsbeth schon des Öfteren anvertraut hat.

„Möchtest du mir erzählen, was geschehen ist?", fragt Elsbeth ohne Maren dabei zu bedrängen, als sie mit einem Stapel Wäsche zurückkommt. Noch überlegt die junge Frau, ob sie sich Elsbeth wieder einmal anvertrauen soll, ehe sie verlegen und mit leiser Stimme zu erzählen beginnt.

„Dorothea hat mich beschuldigt, dass ich einen ihrer Ohrringe gestohlen habe, aber ich war das nicht. So etwas würde ich nie tun."

„Natürlich nicht. Bestimmt hat Dorothea den Ohrring nur verlegt und er findet sich wieder. Möchtest du noch etwas Milch?"

„Nein danke, ich muss jetzt gehen, sonst setzt es eine weitere Tracht Prügel."

„Armes Ding", denkt sich Elsbeth, ehe sie sich wieder an ihre Arbeit macht und dabei Morrigan ein Lied vorsingt. Beim Sortieren der Wäsche, die Maren gebracht hat, dünkt es Elsbeth plötzlich, als ob etwas daraus auf den Fußboden gefallen wäre. Nachdem sie auch noch ihren Blick nach unten wendet, sieht sie dort einen goldenen Ohrring liegen. Schwer wirkt dieses Schmuckstück, als sie es in ihrer Hand hält. Obwohl sie dessen Wert nicht abzuschätzen vermag, weiß sie, dass mit diesem Ohrring ihre Schuld beim Melderegister beglichen wäre. Trotzdem steht sie kurz darauf mit Morrigan im Arm vor Dorothea Kelter und erklärt ihr, dass sich dieser Schmuck in ihrer Wäsche befunden hat.

„Siehst du, ich habe dir gleich gesagt, dass sich dein Ohrring wieder finden wird. All die Aufregung war umsonst", tadelt Tommen seine Frau, ehe er Elsbeth fragt, ob er sich für diese ehrliche Geste revanchieren könne.

„Vielleicht können Sie mir wirklich helfen. Die kalte Jahreszeit steht unwiderruflich vor der Tür und ich muss noch Heizmaterial kaufen, damit mein kleiner Schatz nicht frieren muss. Ich hätte da eine Herrenuhr, mit der ich eigentlich nichts anzufangen weiß. Vielleicht gefällt sie Ihnen. Es ist ein … Erbstück, das meine Mutter vor vielen Jahren von einem Onkel, den ich nicht einmal gekannt habe, bekommen hat. Nichtsdestotrotz, die Uhr ist in tadellosen Zustand. Vielleicht sind Sie interessiert, mir diese kleine Kostbarkeit abzukaufen?", fragt Elsbeth und es fällt ihr wirklich schwer, dieses letzte Erinnerungsstück von ihrer Mutter aus ihrer Hand zu geben.

Es war bestimmt kein gutes Geschäft und Elsbeth weiß

das auch, als sie mit einem Dutzend Selani wieder zurück zu ihrem Haus geht. Dennoch genügt der ausverhandelte Preis, den ihr Tommen Kelter für die Uhr bezahlt hat, um ihre Schuld zu begleichen. Letzten Endes ist sie sogar froh, diesen Weg gewählt zu haben. Zum einem, weil auch Maren im Schankraum war, als sie den Ohrring zurückgegeben hat und somit Dorothea ihr Dienstmädchen nicht weiter beschuldigen kann, sie bestohlen zu haben und zum anderen, weil sie auf diese Weise ihren Notgroschen nicht anrühren muss.

Alltag

So vergehen die Jahre, ohne dass irgendwer sich jemals nach Morrigan erkundigt hätte. An Elsbeths Alltag ändert sich auch nicht viel, außer dass es ihr immer schwerfällt, ihre Arbeit zu verrichten. Zudem hat sie auch noch vor etwas mehr als einem Jahr damit begonnen, Morrigan und einige gleichaltrige Kinder aus der Nachbarschaft nach dem Mittagessen zu unterrichten. Lesen, schreiben und rechnen sollen sie genauso lernen, wie die Kunde der Natur. Sie hat sich dazu entschieden, weil sie so wie viele aus der ärmlichen Arbeiterklasse das Geld für einen Schulbesuch nie und nimmer aufbringen könnte. Elsbeth tut dies jedoch mit Freude, ohne jemals den Gedanken daran zu verlieren, Kapital daraus zu schlagen. Nur Morrigan und ihre Freunde sollen davon profitieren, um in Zukunft vielleicht ein besseres Leben führen zu können. Doch das Schicksal scheint anderer Meinung zu sein.

„Mama, was ist mit dir?", fragt Morrigan, mittlerweile sieben Jahre alt, als sie ihre Ziehmutter am Morgen eines schwülen und heißen Sommertages schweißgebadet und zugleich zitternd, gerade so als ob sie frieren würde, in ihrem Bett vorfindet.

„Morrigan … geh zu Maren … sag ihr, sie soll herkommen", stöhnt Elsbeth mit schwacher Stimme.

„Was willst du denn hier. Das ist eine Schenke, in der Kinder nichts zu suchen haben. Also raus mit dir", schimpft Dorothea Kelter, als sie Morrigan kurz darauf zur Tür hereinkommen sieht.

„Meine Manna schickt mich. Ich soll Maren holen."

„Deine Mama schickt dich, um meine Maren zu holen? Warum kommt sie nicht selber her? Oder bist du jetzt ihr Dienstmädchen?"

Mehr aber als den Kopf zu schütteln getraut sich Morrigan nach diesen Worten nicht.

„Wo ist deine Mutter? Geht es ihr nicht gut?", fragt Maren mit Besorgnis, weil sie Morrigans Bitte mit anhören konnte.

„Ich weiß es nicht", antwortet Morrigan schüchtern.

„Was heißt, du weißt es nicht? Du wirst wohl wissen, wo deine Mutter ist. Außerdem ist sie mit einem ganzen Wäschekorb, für den ich sie bereits entlohnt habe im Rückstand. Richte deiner Mutter aus, sie soll gefälligst ihrer Verpflichtung nachkommen. Ich bezahle ihr sowieso schon mehr als all die anderen. Also worauf wartest du noch?", schimpft Dorothea.

„Ich werde trotzdem nachsehen. Ohne Grund schickt Elsbeth nicht nach mir. Womöglich ist sie krank oder hat sich verletzt und braucht deshalb meine Hilfe", sagt

Maren, ehe sie Morrigan an der Hand nimmt, um mit ihr gemeinsam nach Elsbeth zu sehen.

„Nichts da. Du bleibst gefälligst hier. Schon vergessen, du bist an der Reihe den Schankraum zu fegen, die Spucknäpfe zu leeren und für meinen Mann das Frühstück zu bereiten. Ich werde selbst nach Elsbeth sehen und wehe es handelt sich nur um eine Lappalie", maßregelt Dorothea Maren, ehe sie ihr das junge Mädchen entreißt, um sich selbst mit großen Schritten auf den Weg zu machen. Dabei vergisst sie nicht, allen Anwesenden zu erklären, dass sie selbst nach dem Rechten sehen wird.

Erschrocken weicht Dorothea im ersten Moment zurück, als sie Elsbeth in ihrer Kammer sieht, ehe ihr die wohl unpassendste Frage über die Lippen kommt: „Was zum Henker hast du denn für eine Krankheit?"

Doch Elsbeth ist bereits zu schwach, um darauf zu reagieren oder zu antworten. In Dorothea aber reift ein Plan, der ihr zum begehrtesten Objekt dieser Straße verhelfen könnte. Dieses Haus sowie der dazugehörige Garten. Obwohl ihr nichts am Wohl der sterbenskranken Frau liegt, schickt sie Morrigan noch einmal los, um auch Maren herzuholen.

„Morrigan hat gesagt, ich soll sofort herkommen? Geht es Elsbeth nicht gut? Ist sie krank?", möchte Maren besorgt wissen, als sie in deren Kammer kommt.

„Wahrscheinlich nur einer ihrer Schwächeanfälle, um

ihren Rückstand mit meiner Wäsche zu rechtfertigen. Nichtsdestotrotz werde ich mich um sie kümmern, wie es für eine rechtschaffene Bürgerin und Nachbarin unserer Stadtgemeinde geziemt. Geh zu Doktor Lumen und bitte ihn herzukommen. Na los worauf wartest du noch?", bestimmt Dorothea nicht ohne Hintergedanken.

„Ohne eine Anzahlung für sein Honorar wird der Doktor bestimmt nicht kommen", rechtfertigt Maren ihren nicht sofort erfolgten Aufbruch, worauf ihr Dorothea voller Zorn zwei Selani überreicht und meint, „hier das muss reichen und jetzt sieh zu, dass dieser geldgierige Doktor hier erscheint."

„Danke Herr Doktor, dass Sie so schnell gekommen sind. Können Sie schon sagen, was meiner lieben Freundin fehlt?", heuchelt Dorothea etwas später, als der Arzt in der Tür zu Elsbehts Kammer erscheint.

„Ohne sie zu untersuchen? Ich bin kein Hellseher, sondern Arzt. Also muss ich Sie bitten, für die Dauer der Untersuchung den Raum zu verlassen. Ich gebe Ihnen schon rechtzeitig bekannt, wenn sie wieder zu der Kranken dürfen", erklärt der Mann Dorothea, ehe er einige Instrumente aus seiner Arzttasche holt.

„Eindeutig Fleckfieber in einem weit fortgeschrittenen Stadium. Da kann ich nicht viel tun, diese Krankheit muss von selbst abheilen. Aber keine Sorge, Fleckfieber ist weder ansteckend noch gefährlich", diagnostiziert der

Arzt mitleidlos, als er nach gut einer viertel Stunde Dorothea zu sich bittet.

„Aber irgendwie müssen wir ihr doch helfen", heuchelt diese daraufhin.

„Ich werde Ihnen einen Balsam sowie ein neues Medikament hierlassen, vorausgesetzt Sie kümmern sich um die Patientin und verabreichen ihr meine Medikation. Zwei Tropfen Morphin in einem Glas Wasser zweimal täglich, damit sie wieder zu Kräften kommt. Aber achten Sie tunlichst darauf, dass dieses Medikament sonst niemand in die Hände bekommt. Eine Überdosierung führt in den meisten Fällen zum Tode. Mit dem Balsam können Sie vorsichtig ihre Fieberflecken einreiben, um deren Abheilung ein wenig zu beschleunigen. Haben Sie das verstanden? Gut, dann wäre nur noch die Frage, wer für die Kosten dieser Medikamente aufkommt. Ich bin kein Samariter."

„Ich habe Maren doch schon zwei Selani gegeben, um Ihre Unkosten zu begleichen?"

„Die zwei Selani reichen gerade einmal für meinen Besuch. Ein Selani und sieben Groschen wären für die Salbe zu entrichten. Morphin hingegen ist ein nicht so billiges Medikament, das bei richtiger Anwendung jedoch einen vorzüglichen Heilungsverlauf verspricht. Aber wie ich schon erwähnt habe, ist damit äußerste Vorsicht geboten. Wenn aber niemand bereit ist, für die Unkosten von vier Selani aufzukommen, muss ich meine Medikamente wieder mitnehmen, so leid es mir tut."

„Sie sind ein Halsabschneider Herr Doktor. Nichtsdestotrotz, hier sind noch einmal drei Selani. Mehr habe ich nicht."

„Meinetwegen. Ich tue das aber nur, damit dieses Kind seine Mutter nicht verliert. Also geben Sie schon her. In ein paar Tagen werde ich noch einmal nach der Frau sehen. Und nicht vergessen! Zwei Mal zwei Tropfen täglich und auf keinen Fall mehr", ermahnt der Arzt Dorothea noch einmal.

Geradeso, als ob mit ihr ein Sinneswandel einhergegangen wäre, kümmert sich Dorothea schon fast vorbildhaft um Morrigan und auch um Elsbeth, der es nach einigen Tagen erstaunlicherweise sogar ein wenig besser zu gehen scheint. Doch der Schein trügt. Es ist nicht die Pflege, welche Dorothea der Frau zukommen lässt, sondern der natürliche Verlauf der Krankheit. So sind nach ein paar Tagen bereits nur mehr wenige Flecken zu erkennen. Das Morphin, welches der Arzt für ihre Genesung in gleicher Weise als unabdingbar erachtet hat, scheint ebenfalls eine sichtbare Wirkung zu zeigen. Jedoch nicht jene, welche der Arzt prognostiziert hat. Elsbeth wird zusehends müder und lethargischer. Sie isst nichts mehr und trinkt auch nur das, was ihr Dorothea schon fast mit Gewalt einzuflößen versucht.

„Stirb endlich du verdammte Schlampe. Ich bin es leid, mir seit Tagen dein Gejammer anzuhören", schimpft Dorothea, als sie Elsbeth erneut eine viel zu hohe Dosis Morphin zu verabreichen versucht. Dem nicht genug hat sie diesmal dem Wasser einen Absud aus Eisenhut beigegeben. Es dauert auch nicht lange, bis diese tödliche Mixtur ihre Wirksamkeit zeigt. Von Krämpfen gepeinigt wälzt sich Elsbeth in ihrem Todeskampf schon seit mehr als einer halben Stunde hin und her, ehe ihr schmerzverzerrter Gesichtsausdruck erschlafft.

„Na endlich wird auch langsam Zeit. Ich habe schon befürchtet, du willst ewig leben du verdammtes Miststück", schimpft Dorothea sichtlich zufrieden, als sie feststellen kann, dass die Frau vor ihr nicht mehr atmet.

Ohne jeglichen Skrupel beginnt Dorothea im Anschluss daran Elsbeths Sachen zu durchsuchen, bis sie findet, wonach sie gesucht hat. Eine Art Buch, mehr ein Heft, in dem Elsbeth stets sorgfältig ihre Einnahmen notierte. Des Weiteren findet sie einige Schriftstücke, die zweifelsohne von Elsbeth verfasst wurden, sowie drei Scheine Papiergeld mit dem Wert von je zehn Selani, sowie zwei von je fünf Selani. Elsbeths Notgroschen.

„Sieh einer an, wer hätte das gedacht? Dieses hinterhältige Miststück lässt sich von mir die Arztkosten begleichen und hortet zugleich ein kleines Vermögen in ihrem Nachttisch", erzählt Dorothea sich selbst, ehe sie ohne

Gewissensbisse die Geldscheine in ihrer Schürzentasche verschwinden lässt. Ohne jeglichen Skrupel vor der Verstorbenen beginnt sie nun, jede Schublade der gegenüber dem Bett stehenden Kommode nach Schmuck oder dergleichen zu durchsuchen. Danach setzt sie sich an einen kleinen Tisch in der Ecke der Kammer, um zu überlegen, wie sie an Elsbeths Besitz kommen könnte.

Mit Genugtuung liest Dorothea etwas später das von ihr verfasste Testament durch, in dem sie sich zur alleinigen Erbin erklärt. Das von ihr gefundene Kassenbuch, sowie die wenigen Schriftstücke verstaut sie ebenfalls in ihrer Schürzentasche, um es später zu verbrennen. Nur das Testament legt sie, für *jeder Mann* gut sichtbar, zurück. Um diesem Schriftstück mehr Glaubhaftigkeit zu verleihen, legt sie nach kurzem Überlegen und auch schweren Herzens einen Teil des gefundenen Geldes bei.

Morrigan, die seit dem ersten Besuch des Arztes im Haus von Tommen wohnen muss, versteht nicht, was mit ihrer Ziehmutter wirklich geschehen ist, zumal ihr Dorothea verbietet, den Menschen, den sie am meisten liebt, zu sehen.

„Ich möchte zu meiner Mama nach Hause. Bitte", fleht Morrigan wieder einmal mit Tränen in ihren Augen, als Dorothea mit einem selbstgefälligen Lächeln von Elsbeth zurückkommt.

„Morgen, sobald der Arzt nach deiner Mutter sieht,

darfst du mich begleiten. Vielleicht geht es ihr dann wieder besser. Dann darfst du auch wieder bei ihr wohnen. Jetzt aber leer die Spucknäpfe", vertröstet und tadelt Dorothea zugleich das kleine Mädchen.

Wie abgemacht treffen am Morgen des nächsten Tages Dorothea sowie Maren mit Morrigan und der Arzt vor Elsbeths Haus ein.

„Na wie geht es denn unserer Patientin", möchte der Arzt von Dorothea wissen, ehe sie die Kammer der Frau betreten.

„Ich glaube ganz gut Herr Doktor. Gestern am Abend, als ich nach ihr gesehen habe, hat sie mir erzählt, dass sie nächste Woche schon wieder mit ihrer Arbeit beginnen möchte", lügt Dorothea den Arzt an, worauf dieser meint, „das sind ja gute Nachrichten. Bringen Sie sofort das Kind hinaus. Na los, machen Sie schon", schimpft Dr. Lumen, als er erkennt, dass die Frau vor ihm nicht mehr am Leben ist.

„Mama!", ruft Morrigan verzweifelt, weil auch sie erkannt hat, dass mit ihrer Mutter etwas nicht stimmt.

„Keine Sorge Morrigan, der Arzt wird sich schon um deine Mutter kümmern. Du wartest hier mit mir in der Küche", vertröstet Maren Morrigan, wohl wissend, dass das nur eine Lüge ist.

„Herr Doktor, wie sieht es aus? Ist sie tot?", fragt Dorothea mit heuchlerischer Stimme, ehe sie Maren zu sich ruft, damit diese Morrigan zurück zu ihrem Haus bringt.

„Das verstehe ich nicht. Das Fleckfieber scheint zur Gänze abgeheilt zu sein. Hat die Frau in den vergangenen Wochen sonst noch über irgendwelche Beschwerden geklagt. Schwindel, Herzrasen oder dergleichen?"

„Eigentlich schon. Manchmal hat sie gesagt, dass sie in letzter Zeit in ihrer Brust immer wieder einen heftigen Schmerz verspüren konnte, der sich bis hinaus in ihre Fingerspitzen bemerkbar machte. Außerdem klagte sie über Übelkeit und unerklärlichen Schweißausbrüchen. Letzteres wird allerdings wohl an ihrem fortschreitendem Alter gelegen haben", lügt Dorothea.

„Wie viel von den Tropfen haben Sie ihr gegeben?"

„Genau so viele wie Sie es mir aufgetragen haben, Herr Doktor. Morgens und abends zwei Tropfen in einem Glas Wasser. Hier sehen Sie selbst, in dem Fläschchen befindet sich noch mehr als die Hälfte der Medizin", beteuert Dorothea, um den Verdacht von sich zu weisen, sie hätte Elsbeth mehr als erlaubt von den Tropfen gegeben und somit absichtlich ihren Tod herbeigeführt. Dass die Flüssigkeit in dem Fläschchen nur mehr Wasser ist, ahnt der Arzt allerdings nicht.

„Nun gut. Angesichts der Tatsache, dass ich der armen Frau nicht mehr helfen kann, bleibt mir nur noch die Aufgabe den Totenschein auszustellen", stellt der Arzt fest, ehe er sich noch erkundigt, wer die Kosten für seine

Besuche übernimmt. Dabei scheut er sich nicht, die Schublade der Nachtkommode neben Elbeths Sterbebett zu öffnen.

„Soviel mir bekannt ist, hatte Elsbeth weder Verwandtschaft noch Angehörige oder sonst wem der ihr nahestand. Aber machen sie sich deswegen nur keine Gedanken Herr Doktor, ich übernehme das, genauso wie ich mich um die kleine Morrigan kümmern werde", verspricht Dorothea, ohne dabei auch nur den geringsten Zweifel aufkommen zu lassen, dass sie ihr Versprechen nur aus Habgier macht.

„Sieh einer an, wer hätte sich das gedacht. Diese Frau scheint ein Testament hinterlassen zu haben. Wussten Sie davon? Natürlich wussten sie davon, schließlich waren Sie ja ihre Freundin. Aber das tut nichts zur Sache", stellt der Arzt fest, als er einen Umschlag mit der Aufschrift *mein letzter Wille* in seinen Händen hält.

So endete die zwar ärmliche, aber gut behütete Kindheit von Morrigan mit einem Schlag. Weil Elsbeth Zott weder Verwandte noch Angehörige hatte, zweifelte auch niemand an dem gefälschten Testament.

Ihr kleines Haus wurde von Tommen, Dorotheas Mann, bereits wenige Wochen nach Elsbeths Ableben an einen Geschäftsmann verkauft.

Schändlich

Weil Tommen in Morrigan nur eine Belastung sieht, muss das kleine Mädchen vom ersten Tag an all jene Arbeiten verrichten, welche noch vor Kurzem Maren zu erledigen hatte. Maren, mittlerweile gerade einmal 17 Jahre alt, war ebenfalls wie Morrigan ein elternloses Kind, das Dorothea vor einigen Jahren aus dem Waisenhaus zu sich geholt hat. Sie tat dies jedoch nicht aus Mitleid. Nein, keinem der Mädchen, die sie immer wieder unter dem Vorwand der Barmherzigkeit in ihr Haus geholt hat, ist es in ihrer Jugend anders ergangen, als Morrigan jetzt. Schuften und putzen von früh morgens bis spät abends, ohne jemals ein lobendes Wort oder Dank dafür erhalten zu haben. Für Dorothea, die schon immer zu träge war, um auch nur ein paar Schritte mehr als nötig zu machen, mussten diese Mädchen all jene Sachen erledigen, die ihrer Ziehmutter zu beschwerlich erschienen. Lediglich zu ihren Damenkränzchen in einem Kaffeehaus auf der anderen Seite des Miislats erscheint Dorothea regelmäßig, weil diese Nachmittagsgesellschaften für sie eine Art von Wohlstand darstellen, den diese Frauen mehr oder weniger gekonnt zur Schau tragen. Dabei verschweigt sie jedoch beharrlich ihre Herkunft und ihren wirklichen Stand in der Gesellschaft. Ihren Freundinnen gegenüber behauptet sie, dass sie nur aus Liebe zu ihrem Mann einem Leben auf der anderen Seite der Misslat zugestimmt hat. Dies alles geschieht jedoch zum Missfallen ihres Ehemanns, da dieser der Meinung ist, dass es eine pure Verschwendung darstellt, für ein Getränk, das weder gut schmeckt noch den Hunger stillt, Geld auszugeben. Außerdem sei er Stolz auf seine niedrige Herkunft, die ihm zu einem starken Mann gemacht hat, der sich von nichts und niemandem aus der Bahn werfen lässt. Dennoch lässt sich Dorothea dieses Vergnügen nicht nehmen. So steigert sich an diesen Tagen der Unmut Tommens meist bis zum Unerträglichen. Dies war mitunter ein Grund für seinen Entschluss, den er im Herbst vor einem Jahr gefasst hatte, war er doch der Meinung, dass es an der Zeit wäre, dass Maren endlich damit beginnen soll, ihre Schuld bei ihm abzuarbeiten. Eine Schuld, die jedoch nie bestand. Dass Maren von ihrem Gemüt her noch ein Kind war, scherte ihn nicht im Geringsten. Seiner Ansicht nach war sie reif genug, um wie seine anderen Mädchen ihren Körper zu verkaufen. Um seinem Willen Nachdruck zu verleihen, hat es für Maren, nachdem er sie vergewaltigte, gleich noch eine gehörige Tracht Prügel von Tommen mit seiner Reitergerte gegeben.

Schnell hat es sich bei den Matrosen der einlaufenden

Schiffe herumgesprochen, dass in Tommens Hurenhaus ein noch blutjunges Mädchen auf ihren ersten Freier warten würde. Maren wurde daraufhin in den folgenden Monaten herumgereicht wie eine Kuriosität, die jeder einmal in seinen Händen halten wollte. Wie es der jungen Frau dabei erging, scherte niemand. Weder Tommen noch seine Frau Dorothea und schon gar nicht die anderen Frauen, zumal diese, hätten sie für Maren Partei ergriffen, nur Tommens Zorn auf sich gezogen hätten. Nicht einmal Rittmeister Mormont Jusfar, seines Zeichens Kommandant der hiesigen Gendarmerie, Stellvertreter des Bürgermeisters und Vertreter der Justiz in Form eines Anklägers, berührte diese Ungerechtigkeit, welche Maren tagtäglich begegnete. Wohl aber wusste er davon, weil er mehrmals im Monat den Mädchen von Tommen einen Besuch abstattete. Hinter vorgehaltener Hand wusste jedes Mädchen in Tommens Hurenhaus, dass Jusfar nicht ein einziges Mal auch nur einen Selani für ihre Liebesdienste zu bezahlen hatte. Im Gegenzug gab es bei Tommen nie einen der üblichen Kontrollbesuche der Polizei. Selbst als ein rabiater Besucher von Tommen mit einem Eichenknüppel derart verprügelt wurde, dass er zwei Tage später verstarb, wurde nie eine Untersuchung eingeleitet. Für Tommen hingegen war Maren ein gutes Geschäft, zumal er am Anfang mehr als den doppelten Preis für ihren Körper verlangen konnte. Ihre Arbeit als Dienstmagd blieb ihr in weiterer Folge allerdings nicht erspart. Lediglich das Privileg, einmal in der Woche ein Bad nehmen zu dürfen, wurde ihr ab diesem Zeitpunkt gewährt. Dass Dorothea als Ersatz für Maren kein weiteres Kind mehr adoptieren wollte, lag wiederum daran, dass seit den letzten Bürgermeisterwahlen ein neues Gesetz erlassen wurde. Ein Gesetz, das besagt, dass den Waisenhäusern der Stadt eine Gebühr von fünfzehn Selani zu entrichten ist, sollte es jemand in Betracht ziehen, ein Kind aus diesen Einrichtungen zu adoptieren. Des Weiteren wurde den Adoptiveltern die Auflage erteilt, ihren Kindern den Besuch einer Schule zu ermöglichen. Um aber die ohnehin überfüllten Waisenhäuser nicht noch mehr zu belasten, wurde den Adoptiveltern das übliche Schulgeld von sechs mal acht Selani für ein Jahr erlassen. Der Stadtrat unter der Führung des neu gewählten Bürgermeisters Rorriger Hendersen, der selbst das Schicksal vieler Waisen erleiden musste, wollte damit dem Handel mit unschuldigen Kindern Einhalt gebieten. Nicht zuletzt, weil viele von ihnen unter menschenunwürdigen Verhältnissen in den Fabriken arbeiten mussten. Aus diesem Grund muss, wie es früher von Maren verlangt wurde, jetzt Morrigan Botengänge für Dorothea und Tommen erledigen. Für sie stellt dies jedoch eine der wenigen Annehmlichkeiten dar, die ihren tristen Alltag ein wenig aufheitern, zumal sie es liebt, sich zwischen den Menschenmassen hindurchzuschlängeln oder sich frech an den Marktständen vorzudrängen. Auf diese Weise gelingt es Morrigan sich schon früh in der Stadt zurechtfinden. Vorbei an ihrem alten Zuhause bis hin zum Marktplatz, zu den Droschkenständen oder zum alten Hafen kennt sie schon bald jeden Pflasterstein. Ja selbst den Weg über eine der Brücken muss Morrigan ab und zu gehen, obwohl sie dabei stets ein mulmiges Gefühl begleitet. Es ist das ununterbrochene Rauschen des Miislats, dessen Wasser sich an den mächtigen Pfeilern bricht und somit in ihr ein unheimliches Gefühl aufkommen lässt. Aber auch die Tatsache, dass vor nicht allzu langer Zeit eines von Tommens Mädchen sich in dem reißenden Fluss das Leben genommen hat, lässt Morrigan bei jedem Überqueren erschaudern. Ein weiterer Anziehungspunkt für sie ist, wie auch für viele andere Menschen dieser Stadt, eine noch im Bau befindliche Brücke. Über diese soll später einmal eine Dampfeisenbahn fahren, obwohl sich nur wenige ein Bild davon machen können, wie das vonstattengehen soll. Zum einen, weil diese Brücke nicht wie all die anderen aus gehauenen Granitblöcken mit unzähligen Pfeilern den Miislat überqueren soll, sondern aus einem Gewirr aus Stahlträgern besteht. Zum anderen, weil sie nur von zwei hoch aufragenden Stahlgitterpfeilern getragen wird, die zudem auch noch auf künstlich errichteten Inseln im Fluss stehen. Aber auch die Vorstellung, dass ein Zug, bestehend aus mehreren Wagen ohne ein einziges Zugpferd oder Maultier sich fortbewegen könnte, will nicht in die Köpfe derer, welche diesem Projekt mit Skepsis entgegensehen. Es gibt aber auch Personengruppen, die in all dem einen Nutzen für die Stadt sehen. Und dann gibt es auch noch jene, so wie Norma Morgenstern. Sie ist die Frau eines jungen aufstrebenden Arztes aus reichem Elternhaus, der es sich zur Aufgabe gemacht hat, die tiefsten Abgründe der menschlichen Seele zu ergründen. Norma Morgenstern, ebenfalls aus reichem Haus ist eine egozentrische Frau, der alle Mittel recht sind, um ihre Persönlichkeit ins rechte Licht zu rücken. Seit jenem Tag aber an dem bekannt wurde, dass die Geleise der Dampfstraßenbahn an ihrem Haus vorbeiführen, kämpft sie dafür, dass dort auch eine Haltestelle errichtet wird, welche ihren Namen tragen soll.

Kindheit

Es ist ein Tag wie jeder andere, als Morrigan zeitig in der Früh nach einer kärglichen Mahlzeit mit dem Auskehren der Schenke beginnt. Und dennoch, an diesem Tag hält das Schicksal für sie einen weiteren Streich bereit, den sie ihr Leben lang nicht vergessen wird. Jedoch ist es weder so weit, noch ahnt Morrigan etwas davon.

„Morrigan, du faules Dreckstück, wo sind meine Miesmuscheln?", schimpft Dorothea ein paar Stunden später, als sie bemerkt, dass diese auf ihrem reichlich gedeckten Frühstückstisch fehlen.

„Es tut mir leid, aber …", entschuldigt sich Morrigan, worauf ihr Tommen eine Ohrfeige versetzt, ohne sich Morrigans Entschuldigung anzuhören.

„Steh nicht so dumm herum du faules Miststück und hol sofort frische Miesmuscheln vom Hafen. Und wage es nur ja nicht, dir alte oder vergammelte Muscheln vom gestrigen Tag anzudrehen lassen. Ich will die von Anderson, obwohl dieser Geizhals es eigentlich nicht verdient hat, mein gutes Geld zu erhalten. Also worauf wartest du noch? Ich will meine Miesmuscheln. Sofort!", befiehlt Dorothea, ehe sie zwei Selani und fünfzig Groschen vor

Morrigan auf den Boden wirft. Tommen ruft ihr noch nach, dass sie es nur ja nicht wagen soll, seine von ihm geliebte Zeitung zu vergessen.

Mit Tränen in ihren Augen macht sich Morrigan nach dieser Bestrafung auf den Weg zum Hafen. Wie in letzter Zeit immer öfter bereitet ihr der Weg an diesem regnerischen Tag keine Freude. Zu sehr schmerzen die Züchtigungen, welche sie täglich von Tommen erfahren muss. Nichtsdestotrotz weiß sie, dass sie sich nicht viel Zeit nehmen darf, da sonst nur eine weitere Boshaftigkeit von Dorothea oder Tommen auf sie warten würde. Nur allzu oft hat sie das schon miterleben müssen.

„Na Morrigan, hat dich die fette Dorothea heute schon so früh aus dem Haus gejagt? Also wie viele von diesen schleimigen Biestern darf ich dir heute geben", fragt sie jener Fischer, bei dem sie die Miesmuscheln für Dorothea besorgen muss. Stillschweigend überreicht daraufhin Morrigan dem Mann ihren Korb, in dem zwei Selani liegen, weil sie die fünfzig Groschen noch für den Kauf einer Zeitung benötigt.

„Zwei Selani nur für Miesmuscheln? Tommens Geschäft muss richtig gut laufen. Wie aber sieht es bei dir aus? Du bist heute so blass. Geben sie dir wenigstens genug zum Essen?", fragt der Fischer mitleidvoll, worauf Morrigan nur verhalten nickt.

„Wohl kaum", beantwortet der Mann mit traurigem

Blick seine Frage, ehe er hinzufügt, „hier mein Kind nimm diesen Viertelselani und kauf dir dort drüben beim Marktstand vom alten Bäcker ein Stück Brot."

„Es wird aber auch Zeit, dass du wieder hier bist. Wo warst du so lange, ich verhungere", brüllt Dorothea, als ihr Morrigan eine geflochtene Korbschale mit Miesmuscheln hinstellt und Tommen die Zeitung überreicht.

„Worauf wartest du noch? Die Arbeit erledigt sich nicht von alleine. Die Schenke muss heute blitzblank sein. Und starr mich nicht so an, du unverschämtes Miststück, sonst setzt es eine Tracht Prügel", schimpft Dorothea, nachdem sie prüfend an den Miesmuscheln gerochen hat.

„Habt ihr schon gehört, letzte Nacht soll ein Schiff aus Gwlad Darmor im Hafen eingelaufen sein? Ein Schiff voller liebeshungriger Matrosen, die nur darauf warten von uns verwöhnt zu werden", erzählt etwas später eine jener Frauen ihren Mitbewohnerinnen, die ihren Körper in Tommens Schenke für ein paar Selani verkaufen, um nicht in der Gosse ihr Dasein fristen zu müssen.

„Das sind doch nur Seeleute, die sich wahrscheinlich seit mehreren Monaten nicht richtig gewaschen haben. Also was soll daran schon Besonderes sein?", möchte daraufhin Lora wissen, weil sie erst seit Kurzem diesem Gewerbe nachgeht.

„Warte nur ab, du wirst schon noch sehen. Die Männer aus diesem Teil der Welt sind nicht nur kohlrabenschwarz, sondern auch besonders gut bestückt. Unsere Männer sind im Vergleich zu diesen Prachtexemplaren langweilige Schlappschwänze. Aber ich kann verstehen, dass du in deinen noch unerfahrenen Jahren lieber einen unserer langweilgen Stadträte den Schwanz lutschen möchtest, ehe sie nach getaner Arbeit durch die Hintertür verschwinden. Nein, es gibt nichts Begehrlicheres als Matrosen, die monatelang auf See waren", schwärmt wiederum eine andere Frau, worauf die meisten von ihnen in Gekicher verfallen.

„Schluss jetzt. Das ist nicht nur irgendeine Mannschaft, die uns schon bald einen Besuch abstatten wird. Das sind die Männer von Kapitän Barisor, der ein persönlicher Freund von mir ist. Ich erwarte deshalb von euch allen, dass ihr euer Bestes gebt. Ich will keine einzige Beschwerde hören", belehrt Dorothea die Frauen, worauf Sofia, die in letzter Zeit immer mehr zu Dorotheas Schätzchen avancierte, es sich nicht verkneifen kann zu sagen, dass die Männer doch nur einer wie der andere sei. Egal, von woher sie kommen, welche Hautfarbe sie haben und wie groß ihr Schwanz sein mag. Wichtig sei nur, dass die Bezahlung stimme, posaunte sie heraus. Wäre aber diese Bemerkung von einem anderen Mädchen gekommen, so hätte diese zumindest eine gehörige Schelte bekommen.

„Also nehmt euch ein Beispiel an Sofia, sie weiß, worauf es ankommt und jetzt geht euch frischmachen oder auch nicht, ihr badet sowieso viel zu oft", belehrt sie Tommen, worauf ihn seine Frau ein zustimmendes Nicken gibt. Für Morrigan hört sich dieses Gerede, immer noch befremdlich, verstörend und angsteinflößend an, obwohl sie schon lange hier wohnt. Doch das schert niemand außer Maren, die für sie zu einer Freundin und Ersatzmutter wurde.

„Hör nicht auf sie Morrigan, das ist nur dummes Gerede, um dir Angst zu machen."

„Dummes Gerede?", unterbricht sie Tommen, ehe er mit einem bösen Lächeln noch hinzufügt, „es wird langsam Zeit für Morrigan, dass sie lernt, worauf es im Leben ankommt."

„Nein tut das nicht. Nicht mit Morrigan. Bitte", fleht Maren, weil sie nur allzu gut weiß, was Tommen damit sagen wollte.

„Schluss jetzt! Ihr tut, was mein Mann gesagt hat und du Morrigan gehst zu Meister Koffler, um nachzufragen, ob meine neuen Stiefel schon abgeholt werden können. Unsere liebe Maren wird derweilen mit Freude deine Arbeit hier übernehmen. Sie kann sofort damit beginnen, die Pissoirs und die Scheißhäuser zu putzen", befiehlt Dorothea unmissverständlich, worauf unter den anderen Frauen ein schadenfrohes Geflüster entsteht.

Eigentlich hat sich Maren schon vor einiger Zeit vorgenommen, sobald sie genug Geld gespart hat, von hier zu verschwinden. Nur die Gewissheit, dass Morrigan ohne sie zugrunde gehen würde, hat sie von ihrem Vorhaben noch etwas Abstand nehmen lassen. Das von ihr mühsam ersparte Geld reicht aber nicht für zwei Schiffskarten, um eine Passage bis in den Norden zu kaufen. Wo genau sie hin möchte, hat sie sich allerdings noch nicht überlegt. Einfach nur weit weg von hier. Aus Angst, Dorothea könnte das Geld irgendwann einmal in ihrer Kammer finden, hat sie sich dazu durchgerungen, es einmal im Monat auf eine Bank zu tragen. Allerdings hat Dorothea schon davon erfahren und beim Besitzer der Bank interveniert, dass Maren ohne ihre Zustimmung keinen größeren Betrag abheben darf. Natürlich ahnt Maren nichts davon und so muss sie ihren heute geplanten Gang zu dem Geldinstitut vorerst einmal verschieben.

Längst sind alle Arbeiten getan und Morrigan wieder zurück von ihrem Botengang, als Dorothea zu guter Letzt Maren und Morrigan erlaubt ein Bad zu nehmen.

„Irgendwann gehen wir beide fort von hier. Irgendwo hin, wo uns niemand kennt und auch niemand vorschreibt, was wir zu tun haben", erzählt Maren, als sie Morrigan die Haare wäscht. Dass sie dabei von Dorothea belauscht werden, bemerken sie nicht, worauf diese, einen teuflischen Plan zu schmieden beginnt.

„Das wird auch langsam Zeit, dass die gnädige Maren sich ebenfalls bemüht, hier zu erscheinen. Die ersten

Matrosen sind bereits im Kommen. Und du faules Ding stehe nicht nur herum. Geh sofort in den Keller und hol eine Kiste Wein", befiehlt Tommen voller Zorn zu guter Letzt noch Morrigan.

„Wie soll ein zwölf Jahre altes Mädchen ein Dutzend Weinflaschen aus dem Keller holen?", mischt sich Maren ein, worauf ihr Tommen ohne Vorwarnung einen Schlag ins Gesicht gibt.

„Misch dich nicht ein! Wenn es ihr zu mühsam ist, dann muss sie eben öfter gehen. Das ist mein Haus. Solange ihr alle hier wohnt, habt ihr zu tun, was ich sage. Verstanden? Und jetzt macht euch wieder an die Arbeit."

Dass es aber mit dem Dutzend Weinflaschen aus dem Keller nicht getan ist, weiß Morrigan. Sie weiß aber auch, dass sie sich nicht zu viel Zeit lassen darf.

„Wirt, ich will eine Runde Freibier für meine Männer. Sie haben es sich redlich verdient, diese verdammten Hurensöhne", brüllt kurz darauf ein Mann, der soeben in Tommens Hurenhaus gekommen ist.

„Freibier gibt es hier keines, es sei denn, Ihr bezahlt dafür", kontert Tommen unwirsch.

„Hier das wird wohl reichen, um eine ganze Mann-schaft besoffen zu machen, du alter Geizkragen. Ich habe heute Nachmittag das Geschäft meines Lebens gemacht. Ein guter Freund hat mir geraten, in Gewürze zu inves-tieren, und er hatte verdammt noch einmal recht. Leider weilt er nicht mehr unter uns. Sein alter Kahn ist vor Faro auf Grund gelaufen und wie ein Stein abgesoffen. Zum Glück konnten wir zuvor noch seine wertvolle Fracht sichern", prahlt jener Mann, nachdem er vor Tommen einen Säckel voll mit Münzen auf den Tresen platziert und hinzufügt: „Das sind Gold und Silbermünzen aus dem fernen Gwlad Darmor, die mehr Wert sind als dein gesamtes Hurenhaus mit deinen hässlichen Weibern. Aber was soll's? Meine Männer haben darauf bestanden, sich hier bei dir auszutoben. Muss wohl daran liegen, dass sie seit mehreren Monaten keinen Frauenarsch mehr gesehen haben."

„Barisor, du alter Seebär. Schön, dass du mir und meinen Mädchen wieder einmal einen Besuch abstattest. Ich habe mir schon gedacht, dass du uns vergessen hast, als ich gehört habe, dass dein Schiff eingelaufen ist. Komm, erzähl, wie geht es dir?"

„Wie könnte ich mein altes Mädchen Dorothea vergessen. Komm schon her und lass dich umarmen."

„Erzähl, wo hast du dich in den letzten Jahren herumgetrieben. Ich habe schon befürchtet, dass dein alter Kahn es nicht mehr bis zu unserer schönen Stadt schaffen könnte."

„Alter Kahn? Meine liebe Dorothea ich bin der Besitzer eines der schnellsten und modernsten Segelschiffe, die es zurzeit diesseits und jenseits der Kontinente gibt. Mein Freund der alte Seralos hat es mir vererbt, ehe er sich dazu entschlossen hat, den Beruf der Seefahrt für immer an den Nagel zu hängen."

„Und was macht er jetzt?"

„Wie schon gesagt, wenn ihn auf seiner letzten Reise kein Hai gefressen hat, dann wird es wohl eine Meerjungfrau gewesen sein, die sich seiner armen Seele angenommen hat. Dabei habe ich ihn noch davor gewarnt, nicht so viel Wein zu saufen. *Mein lieber Freund, wenn du dich nicht in acht nimmst, wird es früher oder später passieren, dass du über Bord gehst,* habe ich zu ihm gesagt, worauf er mich nur ausgelacht hat. Als ich am nächsten Morgen nach ihm sehen wollte, war er nirgendwo zu finden. Auch nicht in der Segelkammer, wo er immer seinen Rausch ausgeschlafen hat. Die beiden Matrosen, die in jener Nacht Wache hatten, haben mir erzählt, dass in dieser stockfinsteren Nacht irgendjemand über Bord gefallen sein könnte. Und wie es sich später herausgestellt hat, muss es wohl der alte Seralos gewesen sein."

„Der arme Mann. Warum hat ihn denn niemand geholfen", möchte eines von Tommens Mädchen wissen, die gespannt Barisors Schilderungen mitverfolgen.

„Wieso *der arme Mann?* Seralos war stinkreich und jetzt gehört sein Schiff mit all seinem Reichtum und der guten Ladung mir. Außerdem ist es unmöglich, in einer stürmischen und finsteren Nacht einen über Bord gegangenen Trunkenbold oder auch nur einen Matrosen aus dem Wasser zu fischen. Wer sich der Gefahr der See-fahrt nicht bewusst ist, der sollte lieber an Land bleiben. Saufen ist eine schöne Sache, aber nicht auf dem Deck eines Schiffes. Dessen muss sich jeder bewusst sein, der zur See fährt", prahlt Barisor, ohne ein Hehl daraus zu machen, dass es sich dabei um den Kapitän jenes Schiffes handelt, welches er jetzt als sein Eigen nennt. Doch wer soll das beweisen oder gar ahnen?

Selbstgefällig erzählt Barisor nach diesem Geständnis von seinen Heldentaten, von seinen Erlebnissen und von schönen Frauen, die ihm in jedem Hafen zu Füßen liegen. Dabei lässt er keine Gelegenheit aus, um immer wieder auf seinen neu erworbenen Reichtum hinzuweisen.

Noch ahnt Morrigan nichts von dem, was mit ihr in dieser Nacht noch geschehen soll, als Tommen sie mit gewohnt harschem Ton zu sich ruft.

„Morrigan du faules Miststück, wo steckst du? Geh sofort in den Keller und bring für unseren Ehrengast eine neue Flasche Branntwein. Die geht heute auf mich."

„Tommen, deine Huren werden auch immer jünger und kleiner. Ich hoffe nur, dass dein Schandlohn für diese halbe Portion auch nur die Hälfte beträgt. Andererseits, es gibt nichts Atemberaubenderes als einem so jungen Ding die Freuden einer Liebesnacht zu lehren", posaunt Bar-isor, als er Morrigan sieht.

„Morrigan ist keine Hure. Sie ist noch zu jung für diese Arbeit", meint Dorothea zu Barisors Andeutung. Ihr Mann ist allerdings anderer Meinung, als er vom Wunsch seines Gastes erfährt.

„Wieso, wenn unser geschätzter Kapitän Morrigan mit auf eines unserer Zimmer nehmen möchte, dann hat er meine Erlaubnis. Für Morrigan wird es sowieso an der Zeit zu erfahren, wie das Leben so spielt. Dreihundert Selani, und sie gehört eine ganze Nacht lang dir. Du darfst mit ihr machen, wonach dir gelüstet. Nur sie töten oder ihr Gesicht entstellen darfst du nicht. Ich habe noch so manches vor mit meinem *Schatz*, was mir und meiner Frau bestimmt einen Haufen Geld einbringen wird."

„Was? Dreihundert Selani für diese halbe Portion? Andererseits, wenn ich es mir recht überlege … Ist sie eigentlich noch Jungfrau oder hat sie etwa schon mehr Erfahrung als mein Schiffsjunge, dieser verdammte Hosenscheißer."

„Nein du wärst ihr Erster. Wie es allerdings bei deinem nächsten Besuch aussieht, kann ich nicht beurteilen. Sieh sie dir doch nur an, dieses junge Rehlein, so unschuldig und unbefleckt und auch noch unberührt. Tagtäglich fragen mich Männer, wann sie dieses keusche Geschöpf für sich haben können. Und glaub mir, ihre Angebote sind nicht weit von dem entfernt, was ich für ihre Unschuld haben möchte. Es ist sowieso nur eine Frage der Zeit, bis sich einer unserer ehrenwerten Kunden das Vergnügen gönnt, dieses schüchterne Geschöpf zu entjungfern."

„Nichtsdestotrotz, dreihundert Selani sind zu viel!"

„Für einen normalen Mann, ja da gebe ich dir recht. Aber hast du nicht gesagt, dass du dir jeden Luxus leisten kannst?"

„Also gut! Dreihundert Selani und eine weitere Runde Freibier für meine tapferen Männer und wir sind im Geschäft", brüllt Barisor unter jubelndem Beifall seiner Mannschaft.

„Nein nicht! Bitte nicht", fleht Maren, ehe ihr Tommen einen derart heftigen Schlag ins Gesicht verabreicht, sodass sie benommen zu Boden geht.

„Meine liebe Dorothea, dein Mann gefällt mir von Stunde zu Stunde besser. Er weiß genau, wie ein aufsässiges Weib zu behandeln ist", lästert Barisor, ehe er sich nach seinem Spielzeug für diese Nacht umsieht, doch Morrigan scheint verschwunden zu sein. Und wäre da nicht Sofia, welche beobachten konnte, dass sich Morrigan in der aufklappbaren Holzkiste im Vorratsraum neben der Küche versteckt hat, so würde sie wohl heute Nacht niemand finden.

„Was soll das, Morrigan? Komm sofort heraus oder ich zieh dich an deinen Löffeln aus dieser Kiste", schimpft Dorothea, als sie sie nach Sofias Hinweis dort vorfindet. In der darauffolgenden Nacht erlebt Morrigan die schrecklichsten Stunden ihres Lebens, weil Barisor von ihr nicht nur Dinge verlangt, von denen Morrigan noch nie etwas gehört hat, sondern auch noch Spaß daran findet, sie fast bis zur Bewusstlosigkeit zu würgen. Doch auch diese Nacht hat ein Ende, als sich Morrigan zu Beginn der Morgendämmerung aus seinem Zimmer schleichen kann. Auf dem Weg zu ihrer Kammer wird sie von Dorothea erwartet, die normalerweise zu dieser Zeit noch tief und fest schläft. Anders aber als erwartet nimmt Dorothea Morrigan nur an der Hand und geht mit ihr, ohne auch nur ein Sterbenswörtchen zu sagen, zu Marens Kammer.

„Kümmere dich um Morrigan und zeig ihr, wie sie sich in Zukunft nach einem Männerbesuch zu waschen hat", befiehlt Dorothea, ehe sie ohne ein weiteres Wort zu verlieren auch schon wieder verschwindet. Maren, der es vor noch nicht allzu langer Zeit nicht anders ergangen ist, nimmt sich Morrigan nicht nur an, weil Dorothea es befohlen hat, sondern auch weil sie das junge Mädchen an ihre eigene Jugend erinnert. Sie erklärt ihr all die Dinge, die ein Freier, aber auch Tommen von ihr erwartet, wenngleich Letzterer nicht an ihrem Körper interessiert ist. Für ihn zählt nur jenes Geld, das ihm Morrigans zarter Körper einbringen wird. Sie lehrt sie aber auch, wie sie sich vor Krankheiten oder einer ungewollten Schwangerschaft schützen kann.

Schnell hat sich unter den Hafenarbeitern herumgesprochen, dass es bei Tommen eine neue Hure gibt, die so zart wie ein junges Rehlein sein soll. So steigt der Preis für Morrigan täglich. Der engen Verbundenheit zwischen Morrigan und Maren steht Dorothea in den kommenden Monaten mit immer größerem Misstrauen gegenüber. Als Dorothea einige Tage später Morrigan wieder einmal zum Hafen schickt, um Miesmuscheln zu kaufen, bittet Maren sie, außer der Hörweite von Tommen und Dorothea, um einen Gefallen.

„Morrigan. Frag am Hafen nach einem Mann namens Willem und übergib ihn diesen Brief und diese zwei Silbermünzen für Ophelia. Du findest ihn an den Docks nahe der Steintorbrücke. Außerdem sag ihm, dass ich genug Geld gespart habe für unsere Schiffspassage nach Andor. Er weiß dann schon, was zu tun ist."

Dass sie dabei aber von Sofia belauscht werden, bemerkt weder Maren noch Morrigan.

„Dieser verdammten Hure werde ich einen gehörigen Strich durch die Rechnung machen", erklärt Tommen seiner Frau, nachdem ihnen Sofia von Marens Plänen erzählt hatte. Während nun Tommen zum Hafen eilt, um zu versuchen, Morrigans Auftrag zu vereiteln, stellt Dorothea Maren zur Rede.

„Du undankbares Miststück. Was fällt dir ein, mich zu hintergehen. Ist das der Dank dafür, dass ich dich aus dem

Waisenhaus geholt habe, um dir ein Leben in der Gosse zu ersparen? Ich will sofort dein Geld, und zwar alles oder ich verkaufe dich an Kapitän Trade. Du hast bestimmt schon von diesem Mann gehört! Sein Schiff die Arosa liegt seit ein paar Tagen im Hafen. Also nimm dich in acht. Beim nächsten Mal hast du deine Chance hierzubleiben vertan."

So werden die Pläne von Maren mit einem Schlag zunichtegemacht, zumal hinter vorgehaltener Hand jeder zu wissen glaubt, dass Kapitän Trades Einkünfte zum großen Teil aus Menschenhandel bestehen. Aber auch weil Tommen es verhindern kann, dass Morrigan die Botschaft an Willem weiterleiten kann.

Für Tommen ist die Angelegenheit jedoch noch lange nicht aus dem Weg geräumt. Dabei kommt ihm gelegen, dass an diesem Nachmittag Dorothea wieder einmal sich mit ihren Freundinnen zu einem Kaffeekränzchen verabredet hat. Während dieser Zeit vergewaltigt Tommen Maren. Dem nicht genug, er droht ihr sie ermorden zu lassen, sollte sie auch nur ein Sterbenswörtchen zu Dorothea oder sonst wem sagen.

Ausweglos

Längst schon gleicht Morrigans Alltag dem der Frauen in Tommens Haus mit einem kleinen Unterschied. Morrigan avancierte mit der Zeit zu Dorotheas Liebling, was ihr wiederum einige Vorteile verschafft. Nicht etwa dass sie sich Dorotheas Gunst erschlichen hätte. Nein, diese Art der Sympathie ging mehr von Dorothea aus. Sofia hingegen sieht das mit Argwohn und so wächst in ihr von Tag zu Tag die Eifersucht.

„Morrigan mein Schatz, ich möchte heute Abend Hammelbraten mit Weinsauce und Knollengemüse. Geh zum Markt und besorg alles Nötige. Danach kannst du noch bei Meister Koffler meine neuen Stiefeletten abholen. Hier sind fünfzehn Selani, das müsste reichen. Anderenfalls musst du dir etwas einfallen lassen, um diesen alten Lustmolch auf irgendeine Weise zufriedenzustellen."

„Ja lass dir etwas einfallen, damit wenigstens der alte Schuster es dir besorgt. Matrosen und richtige Männer bekommst du sowieso keine ab. Die mögen nämlich keine so dürren Weiber", lästert Sofia.

„Schluss jetzt mit dem Gezanke", mischt sich Dorothea

ein, ehe sie Sofia zu deren Widerwillen in die Küche schickt, um mit dem Putzen von Gemüse zu beginnen.

„Meister Koffler, ich bin es, Morrigan. Wo sind Sie?", fragt Morrigan froh gelaunt, als sie die nur angelehnte Tür zur Schusterwerkstatt aufschiebt.

„Ich bin hier", antwortet daraufhin eine ihr völlig unbekannte Stimme. Als kurz darauf auch noch ein Mann aus dem Raum hinter der Werkstatt kommt, kennt sich Morrigan nicht mehr aus.

„Wer sind Sie und wo ist Meister Koffler? Was machen Sie hier in seiner Werkstatt?"

„Guten Tag. Ich bin Samuel. Elias ist mein Vater. Er fühlte sich heute Morgen nicht besonders gut und hat sich auf meine Bitte hin durchgerungen, Doktor Steinmetz aufzusuchen."

„Oh … dann komme ich später noch einmal vorbei."

„Nein nicht! Äh ich meine, kann ich Ihnen helfen? Ich bin sein Sohn und werde irgendwann einmal seine Werkstatt weiterführen."

„Meister Koffler hat nie erwähnt, dass er einen Sohn hat. Ich habe nicht einmal gewusst, dass er verheiratet war. Aber das geht mich ja auch nichts an. Ich komme später noch einmal vorbei", antwortet Morrigan, weil ihr die Situation nicht geheuer vorkommt.

„Schade. Sie wären heute meine erste Kundin gewesen. Sie müssen nämlich wissen, ich bin erst vor zwei Tagen hier angekommen und kenne außer meinem Vater noch niemand in der Stadt."

„Wie schon gesagt, ich komme lieber später noch einmal vorbei."

„Darf ich Sie wiedersehen?"

„Wozu?", fragt Morrigan nicht gerade freundlich. Samuel, den jetzt schon das Herz bis zum Hals klopft, weiß nicht, was er dieser jungen und für ihn wunderschönen Frau antworten soll. Zu sagen, dass er sich von ihr angezogen fühlt, getraut er sich nicht und so verschwindet Morrigan auch schon aus seinem Blickfeld.

„Dorothea wird stinksauer sein, wenn ich ohne ihre Stiefeletten nach Hause komme. Anderseits, was kann ich dafür, wenn Meister Koffler ausgerechnet heute zum Doktor muss", rechtfertigt Morrigan ihr Versäumnis.

„Aufpassen junge Frau!", ruft eine Stimme hinter ihr, weil Morrigan gerade noch im letzten Moment einem heranbrausenden Pferdefuhrwerk ausweichen kann.

„Scheiße, verdammte Scheiße. All das nur wegen Samuel, diesen widerwärtigen Grünschnabel, oder wie auch immer er heißen mag", schimpft Morrigan mit sich selbst, ehe sie sich zu dem Mann dreht, der sie vor einem Zusammenstoß mit einem auf sie zukommenden Fuhrwerk rechtzeitig warnen konnte.

„Meister Koffler, wie schön Sie zu sehen", antwortet Morrigan noch ein wenig geschockt von dem Vorfall.

„Sie müssen schon etwas mehr acht auf sich geben. Von einem Pferdefuhrwerk überfahren zu werden, kann schlimme Folgen haben", belehrt sie daraufhin der Mann.

„Ja natürlich. Es tut mir auch leid."

„Aber Fräulein Morrigan, Sie müssen sich doch nicht bei mir entschuldigen."

„Ja ich weiß. Aber ich war irgendwie … abgelenkt, in meinen Gedanken versunken. Aber gut, dass ich Sie hier treffe, Meister Koffler. Ich komme gerade von Ihrer Werkstätte. Ich wollte dort die neuen Stiefeletten von Dorothea abholen."

„Hat Ihnen Samuel die Stiefeletten nicht gegeben?"

„Äh … nein. Genauer gesagt, ich habe nicht danach gefragt. Aber woher sollte ich auch wissen, dass jetzt Ihr Sohn Ihr Geschäft führt?"

„Samuel führt mein Geschäft noch nicht, obwohl ich mich darüber freuen würde."

„Ist dieser Mann wirklich Ihr Sohn?"

„Ich habe selbst erst vor Kurzem davon erfahren, dass ich einen Sohn habe. Ich war damals auf der Walz. Bin von einer Stadt zur anderen gezogen, um die Welt kennenzulernen und mein Wissen bei den dort ansässigen Schustermeistern zu verfeinern. Lisbeth, so hieß seine Mutter, war ein liebes Mädchen und fast wäre ich bei ihr geblieben, wenn da nicht ihr Vater, Oberstleutnant Vektor, ein konservativer Sturschädel, gewesen wäre, der gemeint hat, ein Wandergeselle wäre nichts für seine Tochter. Natürlich sind wir durchgebrannt. Lange hat unsere Flucht aber nicht gedauert, bis uns die Soldaten aus seinem Regiment gefunden und zurückgebracht haben. Ich bin danach für ein halbes Jahr in den Arrest gewandert und Lisbeth wurde zu einer Tante nach Dreiseental gebracht. Kurz vor Samuels Geburt wurde sie mit einem dort lebenden, bereits pensionierten Rechnungsoberoffizial verheiratet. Fünf Jahre lang hat Lisbeth die Allüren ihres Mannes ertragen, ehe sie sich das Leben genommen hat. Ihr Mann verstarb ein Jahr später, worauf Samuel in ein Waisenhaus kam, weil er von der Familie seines Ziehvaters nie akzeptiert wurde. Seinen Erzählungen nach muss diese Zeit die Hölle für ihn gewesen sein und ich mache mir richtig Vorwürfe, dass ich als sein Vater nicht für ihn da war. Aber was geschehen ist, ist geschehen und kann nicht mehr rückgängig gemacht werden. Dass Lisbeth von mir schwanger war, habe ich allerdings erst von Samuel erfahren, als er mich nach langer Suche endlich gefunden hat", erzählt der Mann Morrigan mit Tränen in seinen Augen auf dem Weg zu seiner Schusterwerkstätte.

„So da wären wir. Ich muss nur noch Schuhbänder für Dorotheas neue Stiefeletten holen", sagt Elias Koffler, als Morrigan in der Werkstatt erneut mit Samuel zusammentrifft. Jetzt aber wo sie vom Schicksal dieses jungen Mannes weiß, kommt er ihr auf einmal nicht mehr so unsympathisch vor. Allerdings will sie ihm auch keine Hoffnungen machen, weiß sie doch nur allzu gut, dass Tommen und Dorothea nie damit einverstanden wären, sie ihres Weges gehen zu lassen. Irgendwie kommt es ihr sogar vor, als ob sich die Geschichte, die sie vor Kurzem von Meister Koffler erfahren hat, mit der ihres Lebens gleicht. Also macht sie sich keine Hoffnung auf ein Wiedersehen mit Samuel. Ja sie hat in den kommenden Tagen sogar Angst davor, ihm zu begegnen.

„Verdammt Morrigan, wo warst du schon wieder so lange. Langsam reißt mir die Geduld mit dir", schimpft Tommen wieder einmal mit Morrigan, weil er der Meinung ist, sie habe zu viel Zeit am Hafen verbracht, um für Dorothea ihre Miesmuscheln zu besorgen. Um aber seinem Missmut Nachdruck zu verleihen, gibt es wie schon so oft Schläge mit seiner Reitgerte. Aber auch Dorothea ist mehr als ungehalten über Morrigans späte Rückkehr. Zudem kommt auch noch, dass Dorothea mit der Passform ihrer neuen Stiefeletten nicht zufrieden ist, was wiederum heißt, dass Morrigan Mitschuld an diesem Dilemma trägt. Sofie hingegen freut das umso mehr, weiß sie doch jetzt schon, dass sie in nächster Zeit anstelle von Morrigan hinter der Theke stehen darf und somit vorerst keinem Freier seine Wünsche erfüllen muss.

„Ein junger Matrose hat mir letzte Nacht erzählt, dass in der Nähe des Hafens eine bildhübsche Frau ihre

Dienste anbietet. Hast du nichts davon gehört?", fragt Sofia im Laufe des Abends so nebenbei Dorothea.

„Was soll das schon wieder heißen?", will diese daraufhin wissen.

„Nichts, ich frage mich nur …", antwortet Sofia, ohne ihren Satz zu beenden. Ihr Blick schweift dabei unmissverständlich zu Morrigan, die im selben Moment nicht gerade erfreut über die Anmache eines betrunkenen Mannes reagiert.

„Was willst du damit sagen?", faucht Dorothea nach dieser haltlosen Beschuldigung Sofia an.

„Ich kann nur nicht verstehen, warum Morrigan zu unseren Gästen so mürrisch sein darf, gerade so als wie, wenn sie heute schon genug Männer gehabt hätte. Aber es geht mich nichts an. Es kränkt mich nur ein wenig."

„Ich will jetzt sofort wissen, was das zu bedeuten hat?"

„Morrigan kann in letzter Zeit tun und lassen, was sie will. Sie darf auf den Markt gehen, um sich die schönsten Kleider anzusehen. Sie darf zum Schuster, um eure Stiefeletten abzuholen und sie darf sich auch stundenlang am Hafen herumtreiben, während wir hier ihre Arbeit miterledigen müssen. Außerdem soll sie sich in letzter Zeit des Öfteren mit einem jungen Mann getroffen haben."

„Was? Woher weißt du davon?"

„Ich habe gehört, wie sie Maren davon erzählt hat. Wie du ja weißt, stecken Maren und Morrigan unter ein und derselben Decke. Außerdem bin ich mir sicher, dass die beiden bestimmt schon wieder einen Plan aushecken, um von hier fortzukommen. Wäre ja nicht das erste Mal. Aber das weißt du nicht von mir."

„Nur keine Sorge, sobald ich von meiner Geschäftsreise zurück bin, nehme ich mir die beiden vor. Derweilen verbiete ich dir, meinen Mann oder sonst irgendwem dasselbe zu erzählen wie mir. Halt einfach nur die Ohren steif und es wird sich für dich bestimmt bezahlt machen. Und noch eins: Finger weg von meinem Mann", verwarnt Dorothea unmissverständlich Sofia, obwohl sie weiß, dass Tommen sie wie jedes Jahr, während ihrer Reise betrügen wird.

Es ist ein für diese Jahreszeit kühler und regnerischer Morgen, der eher zu den Städten im Norden passen würde als zu Mogustral. Nichtsdestotrotz macht sich Dorothea mit einer Droschke auf dem Weg zum Hafen, um von dort aus mit einem Schiff nach Faro zu reisen. Sie tut dies einmal im Jahr, um ihren Körper einige Salzlakenbäder zu gönnen. Dass dabei die kulinarische Seite nicht zu kurz kommen darf, versteht sich für Dorothea von selbst, zumal sie jegliche Art von Meeresfrüchten liebt.

Eine andere Art von Vergnügen gönnt sich derweilen Tommen mit Sofia.

„Sofia mein Schatz, wir müssen vorsichtiger sein. Was wenn Morrigan oder eines meiner Mädchen von unserer

Liebe erfährt und es Dorothea erzählt? Glaub mir, wir beide wären nicht mehr sicher. Bestenfalls verkauft sie dich an Kapitän Trade", erzählt Tommen seiner Geliebten nach einer leidenschaftlichen Nacht.

„Das gibt es doch nicht", lästert Sofia, ehe sie Tommens Befürchtung provokant analysiert und meint, „Tommen der knallharte Frauenwirt hat Angst vor seiner Frau. Aber sei unbesorgt mein Liebster, ich regle das. Ich weiß, dass Morrigan einen heimlichen Verehrer in der Stadt hat. Glaub mir, sie wird alles daran setzen, dass ich mein Geheimnis für mich behalte. Auf diese Weise sind wir zumindest vor Morrigan sicher. Den anderen erzähle ich, dass du und Dorothea beabsichtigen, mit Trade ins Geschäft zu treten, um ihn für eine angemessene Summe die eine oder andere von uns zu überlassen. Nach dieser Ansage wird es keine wagen, bei dir oder Dorothea in Ungnade fallen zu wollen. Wer will schon von Trade nach Gwlad Darmor gebracht werden?"

„Merk dir eins, ich habe keine Angst vor Dorothea. Sie ist mein Weib und muss mir gehorchen. Trotzdem will ich nicht, dass sie von uns erfährt. Also sieh dich vor, was du meiner Frau zu erzählen gedenkst. Anderenfalls findest du dich auf dem Schiff von Trade wieder", droht Tommen Sofia, ehe er noch wissen möchte, woher sie von Morrigans Verehrer gehört haben will.

„Ich bin ihm erst kürzlich beim Schuster begegnet, als

mich Dorothea vor ihrer Abreise dorthin geschickt hat. Er ist ein junger, gar nicht einmal so unattraktiver Mann. Er arbeitet dort und hat nur von Morrigan geschwafelt, als er gesehen hat, dass ich die Stiefeletten von deiner Frau zurückgebracht habe. Er hat mich sogar gebeten, ihr einen schönen Gruß auszurichten."

„Das heißt noch gar nichts. Viele von diesen jungen Burschen verlieren ihr Herz an jene Frau, mit der sie ihre ersten Erfahrungen machen. Wahrscheinlich war er erst vor Kurzem hier und hat sich in Morrigan verliebt. Nichtsdestotrotz will ich, dass du sie im Auge behältst."

„Und was bekomme ich von dir dafür?"

„Ich erlaube dir, heute hinter der Theke zu arbeiten. Ich habe gestern gehört, dass ein fremdes Schiff aus dem Norden im Hafen angelegt hat. Solange meine Frau nicht hier ist und du die Beine für mich breitmachen darfst, will ich nicht, dass einer dieser stinkenden Matrosen auf dir liegt. Und jetzt raus aus meinem Bett und sie zu, dass ich mein Morgenessen bekomme. Ich habe Hunger."

„Morrigan!", schallt es durch den Schankraum, in dem Tommen wie jeden Tag seine Mahlzeit zu sich nimmt.

„Sie kann dich vermutlich nicht hören. Sie ist im Zimmer deiner Frau, um dort sauber zu machen", sagt Maren so nebenbei.

„Verdammt noch einmal, dann geh und hol sie!", brüllt Tommen, weil Maren nur so dasteht und sich nicht rührt.

„Sei nicht so ungestüm mit Maren, sie hat es ohnehin schwer genug", sagt Sofia, um Tommen einen versteckten Hinweis zu geben, dass Maren seit mehr als vier Monaten schwanger ist. Tommen jedoch beachtet diese Information nicht, zumal Morrigan im selben Moment die Treppe herunterkommt.

„Hast du nicht schon gestern das Zimmer meiner Frau geputzt?", pöbelt Tommen unverhofft Morrigan an.

„Ein betrunkener Hafenarbeiter hat wohl letzte Nacht Dorotheas Zimmer mit der Latrine verwechselt. Wahrlich kein schöner Anblick, was dieser Mann dort hinterlassen hat. Zum Glück ist Dorotheas Zimmer Morrigans Angelegenheit", mischt sich Sofia mit einem gehörigen Maß an Sarkasmus ein.

„Wie wenn wir nicht genug zu tun hätten. Das Schiff, mit dem Dorothea kommt, soll morgen im Laufe des Tages im Hafen einlaufen und hier sieht es aus wie in einem Schweinestall. Außerdem will ich, dass zur Begrüßung meiner Frau ein Ferkel gegrillt wird. Morrigan, du gehst sofort zum Metzger und bestellst für morgen ein junges Schwein."

„Und das Zimmer deiner Frau, wer soll das putzen, wenn außer Morrigan niemand dort hinein darf?", fragt Sofia provokant.

„Maren wird das Zimmer meiner Frau sauber machen. Und merkt euch ein für alle Mal, ich bin der Herr des

Hauses und bestimme, wer wo hinein darf und wer welche Arbeiten zu erledigen hat. Also los, worauf wartet ihr noch? Die Arbeit erledigt sich nicht von selbst."

Längst ist Dorothea von ihrer Reise zurück, als am späten Nachmittag die Tür zur Schenke aufgestoßen wird. Herein kommt eine wilde Seefahrermannschaft, deren Schiff schon am nächsten Morgen wieder auslaufen wird. Der Kapitän dieser nach Vergnügen lechzenden Meute ist kein anderer als Trade, auf der Suche nach Frauen, denen er wie immer ein luxuriöses Leben in Gwlad Darmor verspricht. Dort soll es unzählige Fürsten und Herrscher auf stattlichen Anwesen geben, die Frauen aus dem Norden wegen ihrer hellen Haut geradezu vergöttern. Dass jene Frauen, die auf Trades Versprechen hereinfallen, immer in irgendwelchen Bordellen, oder als Sklavinnen auf den Baumwollplantagen landen, weiß hierzulande jedoch so gut wie niemand.

„Na los ihr faulen Weiber, es gibt Arbeit und dass mir nur ja keine von euch schwanger wird. Morrigan, wo ist Maren?", brüllt Dorothea, die an diesem Tag besonders schlecht gelaunt zu sein scheint.

„Maren fühlt sich heute nicht besonders gut. Sie wäre zurzeit für dein Geschäft wohl eher ein Hindernis, als eine gewinnbringende Investition", gesteht Morrigan, wohl wissend, dass dies für Dorothea kein Grund ist, sich eine kurze Auszeit zu gönnen.

„Was soll das heißen, sie fühlt sich nicht besonders gut! Na warte nur, ich werde diesem faulen Miststück schon Beine machen", schimpft Dorothea, während sie zur Hintertür hinaus auf den Hof rennt, um von dort aus zum Hintereingang des Frauenhauses zu gelangen. Dort angekommen stürmt sie auf Marens Zimmertür zu, ehe sie diese, ohne anzuklopfen, aufstößt.

„Was fällt dir ein? Den ganzen Tag nur faul in deinem Zimmer herumzusitzen und sich den Wanst vollzufressen ist nicht drin. Du frisst in letzter Zeit sowieso viel zu viel. Sieh dich nur an, wie du aussiehst. Du wirst von Tag zu Tag dicker, also sieh zu, dass du in den Schankraum kommst. Dort unten warten einige Männer, denen es sicherlich egal ist, wie du dich fühlst. Hauptsache du machst die Beine breit, damit diese verlausten Wichser ihr Geld hierlassen."

„Ich kann nicht mehr für euch arbeiten. Bitte versteht das. Es geht nicht mehr. Bitte", fleht Maren.

„Was soll das wieder heißen, es geht nicht mehr?"

„Ich bin schwanger. Ich erwarte ein Kind."

„Du dämliche Hure. Wie oft habe ich euch gesagt, dass ihr aufpassen müsst, damit ihr nicht schwanger werdet. Weißt du überhaupt, was ein Schwangerschaftsabbruch kostet?"

„Ich will das nicht. Wir möchten unser Kind behalten. Außerdem ist es zu spät dafür."

„Wer sind wir? Raus mit der Sprache, wer ist der Vater von diesem Bastard, damit ich ihm den Hosenboden versohlen kann? Ist es dieser dämliche Droschkenfahrer, der mich um deine Hand gefragt hat oder gar dieser Grünschnabel Einert?", brüllt Dorothea, ehe sie damit beginnt, Maren mit unzähligen Ohrfeigen zu überhäufen, sodass diese einige Schritte zurückmacht, ehe sie an die Kante ihres Bettes stößt. Weil aber Dorothea weiter gegen sie drängt, verliert Maren den Stand, worauf sie auf ihrem Bett zu liegen kommt.

„Es ist Tommen! Dein Mann Tommen!", brüllt Maren voller Verzweiflung, um sich der Schläge zu erwehren, die immer noch auf sie herniederprasseln. Wie auf ein geheimes Zeichen hält Dorothea inne, ehe sie realisiert, was Maren in ihrer Verzweiflung gerufen hat.

„Du verdammtes Miststück, lüg mich nicht an. Ich will wissen, wer dieser Bastard war, der dir diesen Balg gemacht hat."

Noch einmal zu sagen, dass Tommen dafür verantwortlich ist, getraut sich Maren allerdings nicht. Auch nicht, dass er sie vergewaltigt hat, zumal ihr Dorothea sowieso nicht glauben würde. Also liegt sie nur da und schüttelt kaum wahrnehmbar ihren Kopf. Aber auch Dorothea weiß nicht, was sie nun tun soll. Soll sie Maren glauben? Soll sie Tommen zur Rede stellen? Oder gar so tun, als wäre nichts geschehen?

„Dieser verdammte Wichser hat dir also ein Kind gemacht und du hast es zugelassen! Du alleine trägst die Schuld an deiner Misere, du verdammte Hexe!"

„Nein du musst mir glauben, so war das nicht", stammelt Maren.

„Wie war es dann? War es schön? Nein lass mich raten. Du verdammtes Miststück hast meinen Mann verführt. Ja genauso muss es gewesen sein!", brüllt Dorothea, während sie ratlos durch das Zimmer stürmt. Ihre Wut steigert sich dabei von Wort zu Wort, ehe sie den großen Schürhaken des Gussofens in der Hand hält. Jetzt ist es nur noch eine reflexartige Bewegung und schon fährt diese *Waffe* auf Maren hernieder. Einmal, zweimal, ehe die Spitze des Schürhakens unterhalb Marens Ohr tief in ihren Hals eindringt. Doch dies ist für Dorothea kein Grund aufzuhören. Nein in ihrer unermesslichen Wut reißt sie den Schürhaken heraus, um erneut auf die am Bett liegende Frau einzuschlagen. Erst als ihr aufgrund ihrer massigen Gestalt der Atem wegbleibt, hören die Schläge auf. Maren merkt davon allerdings nichts mehr, weil mit dem Herausreißen des Schürhakens ihre Halsschlagader, sosehr verletzt wurde, dass sie kurz darauf verblutete. Keuchend vor Anstrengung steht Dorothea eine Weile vor Marens Bett, ehe ihr in den Sinn kommt, was sie getan hat. Nein es ist keine Reue, die sie in diesem Moment überkommt. Es ist vielmehr ein erregendes Gefühl, welches sie so noch nie verspürt hat. Dennoch stellt sich für sie die Frage, wie sie ihre Tat vor den anderen geheim halten soll. Dass niemand das Gebrüll zwischen Maren und Dorothea mit anhören konnte, liegt daran, dass nur Maren im Frauenhaus war, weil an diesem Abend in der Schenke mehr als normalerweise los ist. Jetzt muss Dorothea nur dafür sorgen, dass niemand, vor allem nicht Morrigan, dieses Zimmer betritt. Dabei kommt ihr zugute, dass nur sie von jedem Zimmer einen Schlüssel besitzt. Mit der Abgebrühtheit eines Auftragsmörders, dem jeglicher Skrupel fremd ist, kehrt Dorothea kurz darauf in den Schankraum zurück. Sie hat auch schon einen Plan, wer ihr dabei behilflich sein könnte, Marens Körper verschwinden zu lassen. Trade, ein Mann, der keine Skrupel kennt und für Geld vor nichts zurückschreckt und zufälligerweise heute in der Schenke sitzt.

„Kapitän Trade, wie schön Euch zu sehen. Seid Ihr an einem Geschäft interessiert?", fragt Dorothea etwas später, ohne mit der Wimper zu zucken. Für einen Augenblick verwundert sieht sie daraufhin der Mann an, ehe er mit einer gehörigen Portion Sarkasmus fragt: „Ist Euer geistiges Siechtum schon dermaßen fortgeschritten, dass Ihr nicht einmal mehr wisst, dass Ihr mich heute schon begrüßt habt?"

„Na na, warum so feindselig, mein lieber Freund? Ich dachte mir nur, Ihr seid ein gewiefter Mann, der an einem erträglichen Geschäft interessiert sein könnte", erwidert Dorothea ein wenig gelangweilt, geradeso, als ob sie diesem Mann mit ihrem Angebot nur einen Gefallen erweisen möchte. Trade erkennt jedoch sofort, dass sich sein Gegenüber in einer Zwangslage befindet.

„Für gutes Geld meine liebe Dorothea kann man sich fast alles kaufen", antwortet Trade mit einem bösen Lächeln, ehe er die Frau, die auf seinem Schoß sitzt, mit einem Klatsch auf ihren Hintern fortschickt.

„Also worum handelt es sich? Soll ich ein ungehorsames Mädchen mit auf mein Schiff nehmen, um sie in Gwlad Darmor zu verkaufen? Oder wollt Ihr Euren Mann loswerden? Nein lasst mich noch einmal raten. Ihr habt in Eurem Keller eine Leiche versteckt. Letzteres würde auch Eure blutverschmierte Schürze erklären. Aber keine Sorge, Gold ist der beste Schlüssel, um meinen Mund zu verschließen."

„Bedauerlicherweise hat sich eines meiner Mädchen das Leben genommen. Maren konnte mit der Schmach, dass sie ein ruchloser Seemann geschwängert hat, nicht zurechtkommen. Fünf Monate lang hat sie jeden Tag am Hafen nach ihrer Liebe Ausschau gehalten. Vor ein paar Tagen hat sie dann den Mann wiedergesehen, doch dieser wollte von ihr nichts mehr wissen. Er hat sie sogar eine hässliche Schlampe genannt, als sie ihm ihre Liebe gestehen wollte."

„Dann ist doch alles sonnenklar klar. Ihr meldet den Selbstmord den Behörden und schon hat sich die Sache für Euch erledigt."

„Wenn das nur so einfach wäre. Was denkt ihr denn, was geschieht, wenn herauskommt, dass in meinem Haus ein so schrecklicher Selbstmord geschehen ist. Man wird sagen, dass ich daran Schuld trage, wodurch mein Geschäft ruiniert wäre. Wer will schon in einem Haus einkehren, in dem sich die Mädchen der Reihe nach das Leben nehmen. Aber ich sehe schon, Ihr wollt mir nicht helfen. Dabei müsste nur einer Eurer Männer den Körper der jungen Frau zum Leichenbestatter bringen."

„Fünfhundert Selani und wir sind im Geschäft", antwortet Trade daraufhin mit einem bösen Lächeln, das Dorothea lieber nicht deuten möchte. Aber was hat sie sonst für eine andere Wahl? Also stimmt sie ohne den geringsten Versuch um den Preis zu feilschen Trades Bedingungen zu.

Am nächsten Morgen als Morrigan nach Maren sehen will, findet sie nur noch deren leere Kammer vor. Das Bett ist gemacht, das Fenster steht zur Hälfte offen und auch sonst scheint hier wir immer alles so zu sein, wie Maren es geliebt hat. Nur ihre Schuhe, sowie ihr Mantel fehlt.

„Wo ist eigentlich Maren? Hat jemand sie heute Morgen schon gesehen?", fragt Morrigan die beiden Frauen, die den Schankraum ausfegen.

„Nein hier war sie nicht", antwortet eine der beiden gelassen.

„Sie schläft bestimmt noch. Die arme Maren hat sich gestern wohl etwas zu sehr verausgabt. Ach ja stimmt, sie hat sich gestern den ganzen Tag hier nicht sehen lassen, um nur ja mit keinen Mann auf ihr Zimmer gehen zu müssen. Oder war es gar anders und kein Mann wollte mit ihr ins Bett steigen? Verdenken kann ich es keinem. Wer will schon Sex mit einer schwangeren Frau haben, wenn das Kind in ihr nicht von ihm ist. Aber schau mal bei den Latrinen nach, vielleicht kotzt sie schon wieder", meint die zweite Frau, welche keine andere als Sofia ist. Weil sie Maren aber auch dort nicht finden kann, beschließt Morrigan, Dorothea zu fragen.

„Maren hat sich dazu entschieden, ihr Kind zu Hause bei ihrer Verwandtschaft zur Welt zu bringen. Sie ist heute Morgen an Bord von Trades Schiff gegangen, weil dieser mit Tagesanbruch auslaufen wollte und der nächste Hafen, den er ansteuern will, eben Estrashafen ist."

„Was? Warum hast du das zugelassen?"

„Es war ihr freier Wille. Sie hat mich gebeten, sie gehen zu lassen. Was sollte ich also tun? Ich kann sie doch nicht hier festhalten oder gar einsperren. Das wäre gegen das Gesetz gewesen und dazu auch noch menschenunwürdig. Nein es war Marens freie Entscheidung, wenngleich ich sagen muss, dass es mir um sie schon ein wenig leidtut. Sie war doch so ein liebes Mädchen", heuchelt Dorothea.

„Schluss jetzt damit! Maren, Maren, ich kann das Gesülze um diese Frau nicht mehr hören! Also geht an eure Arbeit oder auf eure Kammern", mischt sich Tommen sichtlich verärgert ein.

Einige Tage nach Marens verschwinden.

Es ist noch nicht allzu spät, als ein hagerer Mann mit einem schäbigen Mantel einer abgetragenen Melone und einer Nickelbrille in der Schenke erscheint. Verstohlen aber nicht schreckhaft geht dieser, nachdem er sich kurz umgesehen hat auf Sofia zu.

„Mein Name ist Erol Bauer. Ich suche eine Frau Dorothea Kelter. Sind Sie das?"

„Nein", antwortet Sofia ihren Blick an Dorothea gewandt, die am selben Tisch sitzt und in einer alten Zeitung blättert.

„Was wollen Sie von Dorothea?", fragt diese, geradeso, als ob sie wer anderer wäre.

„Ich habe mit ihr eine wichtige geschäftliche Angelegenheit, im Auftrag meines Kompagnons Swenson Lugmann, zu bereden."

„Ich kenne aber keinen Swenson Lugmann", antwortet Dorothea, obwohl ihr der von ihm genannte Name bestens bekannt ist. Ein wenig verwundert mustert sie der Mann daraufhin mit fragendem Blick, ehe sie sich zu erkennen gibt und sagt: „Ich bin Dorothea Kelter. Also erzählen Sie schon, was es mit diesem Mann auf sich hat. Ich habe nicht den ganzen Tag Zeit, um mir irgendwelche Beschwerden anzuhören."

„Hier vor all den anderen? Sind sie sicher, dass sie das wollen?"

„Gut, dann folgen Sie mir in meine Schreibstube. Morrigan, ein Glas Wein für meinen Gast und für mich einen Becher Bier", befiehlt Dorothea, ehe sie den Mann nach hinten bittet.

„Ich habe Swenson Lugmann mehr als genug bezahlt, um diesen *Kadaver* zu entsorgen", hört Morrigan ungewollt Dorothea schimpfen, worauf diese für einen Moment innehält, um vor der nicht ganz geschlossenen Tür zur Schreibstube noch ein wenig zu verharren.

„Sie haben uns verschwiegen, dass der Leichnam dieser Frau, … sie wissen schon was ich meine und damit sagen will."

„Dass sie schwanger war oder sich selbst das Leben genommen hat? Was macht das schon aus. Ein Körper, eine Bezahlung. So war es ausgemacht", erwidert Dorothea, sich vollends im Recht zu wissen.

„Nein nein, so einfach ist das nicht. Unsere Totengräber weigern sich, eine Frau zu verscharren, die ein ungeborenes Kind in sich trägt. Sie sagen, es bringe Unglück. Ihre Leibesfrucht wird nach deren Ansicht als

Dämon zurückkommen und über jedermann Unheil bringen, der in dieser Sache involviert war."

„So ein Schwachsinn. Es gibt keine Dämonen, Geister oder wer weiß was sonst noch", empört sich Dorothea.

„Da stimme ich Ihnen ganz und gar bei. Aber sagen Sie das unseren Totengräbern. Allerdings …", sagt der Mann, ehe er von Dorothea mit einer eindeutigen Geste daran gehindert wird weiter zu sprechen.

„Morrigan bist du da draußen? Hast du uns belauscht?", fragt Dorothea, ehe Morrigan mit einem Tablett in das Zimmer kommt.

„Nein, ich wollte nur fragen, ob ich für den Herrn noch etwas anderes bringen soll. Eine Zigarre vielleicht oder ein Glas Branntwein?"

Ein Blick, wie er nicht böser sein könnte, trifft daraufhin Morrigan, ehe sie wieder aus dem Zimmer verschwindet. Das soeben gehörte bestätigt jedoch ihre Befürchtung, dass Maren etwas zugestoßen sein könnte. Während nun Erol Bauer seine Forderung stellt, um dieses für Dorothea leidige Problem aus der Welt zu schaffen, beschließt Morrigan, noch einmal in Marens Kammer zu gehen. Was sie dort zu finden gedenkt, weiß sie selbst nicht. Alles sieht noch genauso aus wie vor ein paar Tagen. Geradeso als hätte Maren erst vor Kurzem ihr Zimmer verlassen. Das Bett ist frisch gemacht, das Fenster gekippt. Ja sogar ein kleiner Blumenstrauß, so wie es Maren geliebt hat, steht auf der kleinen Kommode. Und dennoch, etwas scheint anders zu sein. Womöglich liegt es am Duft, der trotz des gekippten Fensters in ihre Nase steigt. Es ist der charakteristische Geruch nach Benzol, der, je näher Morrigan an das Bett kommt, immer stärker wird. Also hebt sie die Bettdecke hoch, um nachzusehen, woher dieser jetzt schon beißende Geruch kommt. Ein etwas dunklerer Fleck unter dem Polster gibt Morrigan die Gewissheit, dass hier mit Benzol versucht wurde, eine größere Menge Blut oder dergleichen zu entfernen.

„Was hast du hier in Marens Zimmer zu suchen?", zischt Dorothea energisch, als sie plötzlich hinter Morrigan steht.

„Ich will wissen, was mit Maren geschehen ist?"

„Was mit ihr geschehen ist, möchtest du wissen. Das kann ich dir schon sagen. Dieses undankbare Ding hat sich mit meinen gesamten Ersparnissen aus dem Staub gemacht. Mehr als fünfhundert Selani fehlen aus meinem Nachttisch. Aber keine Sorge, ich habe bereits nach Estrashafen telegrafieren lassen. Sollte sie dort auftauchen, wird man sie auf der Stelle festnehmen."

„Das glaube ich dir nicht. Hier dieser Fleck ist doch Blut, den jemand zu entfernen versucht hat", entgegnet Morrigan.

„Na und? Das hat nichts zu sagen. Das wird schon Menstruationsblut sein. Maren war, wie wir alle wissen, nicht gerade die Reinlichste, was dieses Problem angeht."

„Menstruationsblut? Hier unter ihrem Kopfkissen? Außerdem war Maren schwanger. Ich habe mit angehört, was Ihr vorhin zu diesem Mann gesagt habt. Ich werde der Polizei melden, dass hier etwas nicht mit rechten Dingen vor sich gegangen sein kann."

„Na und, was hat das schon zu sagen?", erwidert Dorothea, ehe sie scheinbar gelassen zur Tür schlendert. Sie tut dies allerdings nicht, um den Raum zu verlassen, sondern um die Tür von innen zu verriegeln.

„Du bist ein genauso verdorbenes Miststück, wie Maren es war. Ist aber auch kein Wunder, ihr beide habt ja unter ein und derselben Decke gesteckt. Ach noch eins. Deine so geliebte Mutter Elsbeth habe ich vergiftet. Aber das tut jetzt nach so vielen Jahren nichts mehr zur Sache. Es spielt jetzt sowieso keine Rolle mehr, wen ich beiseite geräumt habe. Elsbeth, Maren, wichtig war nur, es hat mir einen Vorteil verschafft. Zudem muss ich gestehen, dass es ein berauschendes Gefühl war, mit anzusehen, wie deine Mutter sich vor Schmerzen gewunden hat. Genauso erfreulich war es, wie mit jedem Herzschlag das Leben aus Marens Körper gewichen ist. Ihre weit aufgerissenen Augen, die nach Hilfe gefleht haben. Ihre Angst auf ihrem Gesicht, das geradezu nach Erbarmen gebettelt hat. Schade nur, dass ich mir nicht schon öfter dieses Erlebnis gegönnt habe. Einem Menschen sein Leben zu nehmen ist so … wollüstig, so begehrlich, dass ich diese wunderschöne Erfahrung nie mehr missen möchte. Jetzt aber, wo ich dir meine innigsten Geheimnisse verraten habe, wirst du sicher verstehen, dass ich dich nicht davonkommen lassen kann", sagt Dorothea mit sanft mütterlicher Stimme. Ihr Gesicht aber ziert ein böses Grinsen, ehe sie mit einem Karambitmesser jongliert, das sie geschickt um ihren Mittelfinger tanzen lässt. Was Dorothea allerdings nicht bemerkt, ist der Wulst des am Boden liegenden Fleckenteppichs, ehe sie reflexhaft auf Morrigan zukommt. Dass sich ihre Füße dabei an dem Wulst verfangen bemerkt sie erst, als sie ihre Schritte nicht mehr kontrollieren kann. Ohne zu überlegen, dreht sich Morrigan derweilen zur Seite, um diesen Angriff auszuweichen. Dorothea, zeit ihres Lebens mit einem massigen Körper gesegnet, kann nichts mehr dagegen tun, als zu versuchen mit ihren Händen den Sturz abzufangen. Dabei wird ihr die Art, wie sie ihrer Waffe in der Hand hält, zum Verhängnis und so bohrt sich die Spitze des Messers tief in ihre Brust. Noch hat Morrigan nicht realisiert, was soeben geschehen ist. Erst als sie Dorothea auf den Rücken dreht, weil diese sich nicht mehr bewegt, sieht sie das bis zum Heft in Dorotheas Brust steckende Messer.

„Dorothea, das wollte ich nicht", ruft Morrigan voller Verzweiflung, worauf die Frau vor ihr noch einmal ihre Augen öffnet.

„Du verdammtes Mist…“, mehr ist Dorothea nicht zu sagen in der Lage, weil sich ihre Lunge immer mehr mit Blut füllt. Nach Luft röchelnd, versucht sich in folgedessen ihr Körper mit einem krampfhaften Husten, Erleichterung zu verschaffen.

Mit nicht gerade wenigen Blutspritzern auf ihrem Gesicht und ihrer Kleidung flüchtet Morrigan daraufhin in Panik aus dem Haus. Dabei läuft sie Tommen in die Arme, kann sich dessen aber erwehren, zumal er nicht ahnt, was soeben in Marens Zimmer geschehen ist.

„Dorothea, bist du hier?“, ruft Tommen, als er nach seiner Frau sucht, weil er sie nach dem Grund für den Besuch von Erol Bauer fragen wollte, kennt er diesen doch aus seiner Jugendzeit, wo sie in derselben Straße gewohnt haben.

„Dorothea, was ist mit dir? Wer war das?“, ruft Tommen entsetzt, als er seine Frau schwer verletzt auf dem Boden liegend vorfindet. Ein letzter Versuch, etwas zu sagen, endet mit einem erneuten Ausstoß Blut aus ihrem Mund, ehe Dorothea in den Armen ihres Mannes verstirbt. Und obwohl Tommen zeit seines Lebens unter der Herrschaft von Dorothea gelitten hat, ihr unzählige Male den Tod gewunschen hat, sie Dutzende Mal betrogen hat, hat er sie geliebt.

„Morrigan, das wirst du mir büßen“, schwört Tommen in seinem unermesslichen Schmerz, ehe aus seinem Mund ein Schrei des Entsetzens ertönt. Doch den kann Morrigan nicht mehr hören. Kurz darauf begegnet sie unweit der Schenke bei ihrer Flucht Sofia. Weil aber die beiden sich nie besonders gut verstanden haben, straft Sofia Morrigan nur mit einem verächtlichen Blick. Dennoch wendet sie sich nach ein paar Schritten um, um zu sehen, wohin Morrigan mit ihrer blutverschmierten Kleidung will.

„Was soll's, was geht mich das an, wenn diese dumme Gans mit so einem Aufzug in die Stadt will", sagt Sofia zu sich selbst, ehe sie ihr Kleid zurecht streift, um stolz ihren Weg nach Hause fortzusetzen.

„Sofia, ich war das nicht. Das musst du mir glauben, es war Morrigan, diese verdammte Hure. Sie hat meine liebe Frau erstochen. Hätte ich sie doch nur an Trade verkauft, als er mich danach gefragt hat. Sofia, was sollen wir jetzt nur machen?", fleht Tommen, als er Sofia hinter sich wahrnimmt.

„Wir müssen die Gendarmerie verständigen", rät Sofia, obwohl ihr Tommen diesen vernünftigen Ratschlag nicht zugetraut hätte. In Sofia aber reift ein Plan, der sie in ihrer Fantasie schon als Dorotheas Nachfolgerin an der Seite von Tommen sieht. Verständnisvoll nickt Tommen daraufhin mit seinem Kopf, ehe er seine Frau behutsam auf Marens Bett legt. Danach bittet er Sofia, Dr. Lumen aufzusuchen, um diesen herzubitten.

„Ich glaube nicht, dass der Doktor deiner Frau noch

helfen kann. Ich an deiner Stelle würde zur Gendarmerie gehen. Je eher diese nach Morrigan suchen, desto größer wird die Chance, sie zu finden. Tommen wir müssen jetzt zusammenhalten."

„Vielleicht hast du sogar recht. Trotzdem möchte ich zu allererst Dr. Lumen holen. Danach kann ich immer noch zum Posten der Gendarmerie gehen, um den Mord an meiner lieben Dorothea zu melden."

„Nein, bleib du hier. Es macht bestimmt keinen guten Eindruck, wenn du dort selbst erscheinst. Lass mich das machen. Dr. Lumens Praxis liegt sowieso auf demselben Weg. Der Gendarmerie werde ich erklären, dass du mich geschickt hast, weil du aufgrund deines schmerzvollen Verlustes nicht in der Lage bist, selbst Anzeige zu erstatten", schlägt Sofia vor, worauf nach kurzem Nachdenken Tommen meint: „Ja es wird wohl besser sein, wenn du das in dieser schweren Stunde für mich erledigst. Nimm dir eine Droschke und fahr zu Dr. Lumen und anschließend zur Gendarmerie. Frag dort nach einem Mormont Jusfar. Er ist Rittmeister der dortigen Einheit und zudem ein alter Freund von mir."

„Zu wem soll ich gehen? Zu einem Rittmeister? Wäre es nicht klüger der Gendarmerie vom Mord an deiner Frau zu berichten?", fragt Sofia.

„Mormont Jusfar ist Rittmeister der Stadtgendarmerie und auch Untersuchungsführer. Seine Aufgabe ist es ein

Ermittlungsverfahren gegen jeden Verdächtigen einzuleiten, der eines Verbrechens beschuldigt wird. Er hat zudem auch noch die Befugnis, den Gendarmeriebeamtin Anordnungen zu erteilen. Außerdem entscheidet er über den weiteren Verlauf des Verfahrens, sobald der Täter gefasst wurde. Frag in meinem Namen nach diesem Mann und erzähl ihm, was sich hier zugetragen hat. Alles andere wird sich dann schon ergeben, du dummes Ding."

„Halt, junge Frau! Wohin so eilig?", will jener Wachmann wissen, der vor dem großen Eingang zur Gendarmeriehauptwache seinen Dienst zu versehen hat.

„Ich muss sofort zu Mormont Jusfar. Morrigan hat Dorothea erstochen!"

„Nichtsdestotrotz, Sie können nicht so einfach in das Haus der Gendarmerie stürmen. Hier gibt es Vorschriften, die eingehalten werden müssen. Also muss ich Sie fragen. Tragen Sie irgendwelche Waffen bei sich?"

„Verdammte Scheiße, nein. Ich will einen Mord melden und niemand umbringen."

„Gut, dann folgen Sie mir bitte, damit einer meiner Kollegen ein Protokoll aufnehmen kann", befiehlt der junge Gendarm Sofia, um nur ja keinen Fehler zu machen, der ihn bei seiner Karriere hinderlich sein könnte.

„Bezirkswachtmeister Oppler, diese Frau möchte einen Mord anzeigen", meldet der junge Gendarm, nachdem er ordnungsgemäß vor seinem Vorgesetzten salutierte.

„Soso. Einen Mord. Dann erzählen Sie mir einmal, was sich wann und wo …"

„Verdammte Scheiße ich will sofort zu Mormont Jusfar", unterbricht Sofia den Mann.

„Und ich will, dass Sie meine Fragen beantworten junge Frau oder Sie landen für einen Tag und eine Nacht in einer unserer Arrestzellen. Haben Sie das verstanden? Also noch einmal ganz von vorne. Was hat sich wann und wo zugetragen?"

Sichtlich genervt von der Art der Befragung lehnt sich Sofia provokant an das Pult, hinter dem Bezirkswachtmeister Oppler seinen Schreibtisch hat. Gerade so als ob sie auf einmal ihre Anzeige nicht mehr so recht interessieren würde, antwortet Sofia auf die Frage von Bartot Oppler: „Das habe ich doch schon gesagt. Morrigan hat Dorothea erstochen."

„Geht es etwas genauer? Wer ist Morrigan, wer Dorothea und vor allem wo ist diese Tat geschehen? Außerdem muss ich zuerst Ihre Personalien aufnehmen."

„Im Frauenhaus von Tommen Kelter. Morrigan ist eine verdammte Hure und Dorothea war wie eine Mutter für uns Frauen, die wie auch ich dort wohnen. Mich dürfen Sie Sofia nennen. Alle tun das, nachdem sie meine Dienste einmal in Anspruch genommen haben. Ich bin gut, indem was ich mit euch Männern mache."

Längst hat Sofia die Aufmerksamkeit aller erregt,

welche in der Wachstube irgendwelchen Tätigkeiten nachkommen. So auch die von Rittmeister Mormont Jusfar,
dessen Zimmer an die Wachstube angrenzt.

„Bezirkswachtmeister Oppler! Was geht dort draußen
vor sich?", ertönt es aus Jusfars Büro, weil dessen Tür wie
immer offen steht.

„Diese Frau behauptet, dass in einem Frauenhaus ein
Mord geschehen sein soll, Herr Rittmeister."

„Und wo soll dieses Verbrechen begangen worden
sein?", will Mormont Jusfar wissen.

„In Tommen Kelters Frauenhaus, verdammt noch einmal!", ruft Sofia dazwischen.

„Soviel ich weiß, befindet sich Tommens Hurenhaus
südlich des Miislats. Also was geht uns das an, wenn die
sich dort abstechen? Das ist nicht unser Zuständigkeitsbe-
reich", erläutert Bartot Oppler seinem Vorgesetzten, was
ihn eine gehörige Schelte einbringt. Nicht zuletzt, weil
Mormont Jusfar und Tommen Kelter sich schon seit
ewigen Zeiten kennen und früher einmal dicke Freunde
waren, obwohl zwischen den beiden schon damals ein fast
unüberwindbarer, gesellschaftlicher Graben bestand. Es
waren aber keine Reibereien oder sonst irgendwelche
Meinungsverschiedenheiten, welche die beiden getrennt
hat. Es war das Schicksal des Lebens, welches für Tommen sowie auch für Mormont Jusfar verschiedene Wege
vorgesehen hat. So geschah es, dass sich die beiden viele

Jahre lang nicht gesehen haben. Nichtsdestotrotz erinnert sich Mormont gerne und immer wieder an jene Zeiten zurück, wo er mit Tommen große Pläne geschmiedet hat. Aus diesem Grund bittet er Sofia herein, bietet ihr einen Stuhl an und schließt zur Verwunderung aller die Tür.

„Also noch einmal ganz von vorne. Wie lautet Ihr Name?"

„Wie oft soll ich noch diesen Scheiß erzählen?", antwortet Sofia genervt, worauf sie Mormont Jusfar mit einem nicht einmal bösen Blick ansieht.

„Also gut, mein Name ist Sofia Melross."

„Wohnhaft in …? Verdammte Scheiße muss ich Ihnen jedes Wort aus der Nase ziehen?", schimpft Mormont, weil ihm ihre Antworten zu langsam kommen.

„Seidenstraße Nummer 11."

„Sie haben den Namen Tommen Kelter erwähnt. Tommen ist ein alter Freund von mir. Aus diesem Grund nehme ich mich selbst dieser Sache an. Zuvor aber erzählen Sie mir, wie geht es meinem alten Freund Tommen?"

„Wie würden Sie sich fühlen, wenn jemand Ihre Frau mit einem Dolch absticht wie ein Schwein, das zur Schlachtbank geführt wurde?", entgegnet Sofia provokant, worauf Mormont alles bis auf das kleinste Detail wissen will. Sofia ist dabei sehr einfallsreich und erfindet Geschichten, die Morrigan in kein gutes Licht rücken. Ja sie scheut nicht einmal davor zurück, Morrigan eines weiteren ungeklärten Mordes zu bezichtigen, der vor mehr als einem Jahr an einer Dirne in der Nähe des Hafens begangen wurde. Dabei steigert sie sich immer mehr hinein, ehe sie gekonnt ein paar Tränen fließen lässt. Zu guter Letzt behauptet sie auch noch, dass sie den Mord mit ansehen musste. All diese Schilderungen klingen für Mormont Jusfar glaubwürdig, worauf er selbst mit Bezirkswachtmeister Bartot Oppler und drei Gendarmen seiner Einheit sofort die Ermittlungen aufzunehmen gedenkt, obwohl seine Dienststelle völlig unterbesetzt ist. Schuld daran trägt unter anderem auch Bürgermeister Rorriger Hendersen, weil dieser einen Großteil der Gendarmen einfordert, damit diese die seit dem Beginn der Bauarbeiten der Eisenbahn andauernden Unruhen südlich des Miislats in Schach halten. Grund für diese Anspannungen ist der Verlauf der Dampfeisenbahn, welcher direkt durch eine Arbeitersiedlung führt und somit Hunderte Familien ihr Zuhause verloren haben. Abgesehen von diesen Ereignissen arbeiten die Behörden von Mogustral seit Wochen an den Feierlichkeiten, die zur Eröffnung eines Teilstückes der Eisenbahn bestimmt sind, welches nur zur Beförderung von Personen vorgesehen ist und nur die noblen Bezirke der Reichen verbinden wird. Es ist dies ein weiteres Prestigeobjekt, welches den Spalt zwischen reich und arm um ein weiteres Stück auseinander triften lässt. Doch das schert insbesondere die Damen der noblen Gesellschaft nicht. Ihnen geht es nur darum, um sich ein Denkmal zu setzten. So auch Norma Morgenstern. Ihr Mann Dr. Elian Morgenstern hat sich auf ihr Drängen hin bereit erklärt, bei Bürgermeister Rorriger Hendersen vorzusprechen, um zu erreichen, dass seine Frau die Patenschaft für eine der Lokomotiven übernehmen darf. Noch während des Baus der Strecke musste Morgenstern dem Wunsch seiner Frau nachgeben und beim dafür zuständigen Planungsbüro mit einer beträchtlichen Geldspende intervenieren, dass direkt vor seinem Haus eine Haltestelle eingerichtet wird. Dass ihn dies ein kleines Vermögen gekostet hat, interessiert seine Frau nicht im Geringsten.

Stolz verkündet einige Wochen später Norma bei ihrer Ansprache zur Taufe der größten und stärksten Lokomotive, dass sowohl dieses Wunderwerk der Technik so wie auch die Haltestelle vor ihrem Haus für alle Zeiten den Namen Norma Morgenstern tragen wird.

Flucht

Nicht länger als eine halbe Stunde, nachdem Sofia die Gendarmeriewache verlassen hat, erscheint Rittmeister Mormont Jusfar in Tommen Kelters Schenke. Bezirkswachtmeister Bartot Oppler war ihm vorausgeeilt, um beim Eintreffen seines Vorgesetzten, diesem einen ersten Lagebericht geben zu können.

„Mein aufrichtiges Beileid zum Tod deiner Frau. Ich weiß, wie nahe ihr euch gestanden habt. Trotzdem muss ich dir und deinen Mädchen einige Fragen stellen. Je eher ich alles über die Mörderin in Erfahrung bringen kann, desto eher werden wir sie finden", beteuert Mormont Jusfar, ehe er einen Schreibblock aus seiner Jackentasche holt, um mit der Befragung zu beginnen.

„Sofia Melross hat bei ihrer Anzeige von einer gewissen Morrigan gesprochen. Wie gut kanntest du diese Frau wirklich?"

„Dorothea hat Morrigan als kleines Mädchen adoptiert. Sie hat alles für sie gegeben und wie hat es ihr dieses Miststück gedankt? Mit einem Messer in ihrer Brust. Nein, so etwas hat Dorothea nicht verdient."

„Du bist dir also sicher, dass besagte Morrigan deine

Frau erstochen hat? Wie lautet eigentlich ihr Nachname?"

„Keine Ahnung. Vermutlich Zott, so hieß nämlich ihre erste Ziehmutter."

„Hat noch jemand außer" Mormont Jusfar blättert in seinem Notizheft, „Sofia Melross beobachten können, wie deine Frau ermordet wurde? Gibt es noch weitere Zeugen?"

„Diese Frage kann ich dir leider nicht zu hundert Prozent beantworten. Es war so: Heute Morgen nach meinem Besuch beim Barbier wollte ich nach meiner Frau sehen, um mit ihr einige mehr oder weniger wichtige Dinge zu besprechen. Weil ich sie aber nicht in unserer Schenke angetroffen habe, hat mir eines unserer Mädchen gesagt, dass meine Frau im Frauenhaus wäre. Also habe ich mich auf den Weg dorthin gemacht. Allerdings bin ich nicht über den Hof dorthingegangen, sondern der Straße entlang. Gerade als ich die Veranda hinaufgehen wollte, kam mir Morrigan entgegen. Dabei hat sie mich fast umgerannt, dieses undankbare Frauenzimmer. Fragen, woher das viele Blut an ihren Händen und ihrer Schürze kommt, konnte ich sie nicht. Hätte ich nur im Geringsten geahnt, was sie meiner Frau angetan hat, so hätte ich sie natürlich festgehalten. Kurz darauf habe ich Dorothea blutüberströmt und mit einem Messer in ihrer Brust in einem der Zimmer der Mädchen gefunden."

„Hat deine Frau zu diesem Zeitpunkt noch gelebt?",

fragt Mormont seinen Freund, worauf Tommen mit Tränen in seinen Augen nur nickt.

„Ich gehe einmal davon aus, dass Dorothea in deinen Armen verstorben ist. Konnte sie dir noch etwas sagen? Einen Hinweis geben?"

„Nein. Wer aber sollte es sonst gewesen sein? Morrigan kam weniger als eine Minute zuvor aus dem Haus gerannt. Außerdem war sonst niemand anwesend. Untertags sind die Mädchen in meiner Schenke. Ins Frauenhaus gehen sie nur, um zu schlafen oder sich auszuruhen. Es ist ihnen auch untersagt, dort Männer zu empfangen. Dafür gibt es Zimmer in meiner Schenke. Aber wie gesagt, ich war nicht dabei und kann deshalb auch nur Vermutungen anstellen."

„Moment!" Mormont blättert erneut in seinem Notizheft, „ich dachte mir, dass jene Frau die den Mord bei uns zur Anzeige gebracht hat, wie hieß sie noch gleich? Ach ja Sofia Melross, die Tat mit angesehen hat. So hat sie es zumindest mir erzählt."

„Wenn Sofia das sagt, dann wird es wohl auch so gewesen sein. Sofia ist ein ehrliches Mädchen, das nie jemand anderen belasten oder gar eine Falschaussage machen würde. Nein, wenn sie das sagt, dann ist es auch so gewesen. Für Sofia würde ich sogar meine Hand ins Feuer legen", beteuert Tommen erneut.

„Hatte Morrigan auch hier im Frauenhaus ein Zimmer?

Ich würde mich dort gerne einmal umsehen. Außerdem wäre es äußerst hilfreich, wenn es eine Fotografie oder ein Bild von ihr geben würde", möchte Mormont Jusfar als Nächstes wissen, ohne weiter darauf einzugehen, dass Sofia Melross bei ihrer Anzeige zu Protokoll gegeben hat, dass sie den Mord an Dorothea beobachten konnte.

„Morrigan hat unter dem Dach meiner Schenke ihr Zimmer. Dorothea hat darauf bestanden, weil sie Morrigan in ihrer Nähe haben wollte. Wie ich schon erwähnt habe, meine liebe Frau hat Morrigan vergöttert wie ihr eigenes Kind. Und was hat sie jetzt davon?"

„Wie war eigentlich Morrigan Zotts Verhältnis zu den anderen Frauen? Haben sie sich gut verstanden oder hat es Reibereien gegeben?"

„Morrigan war immer schon eine Außenseiterin, die sich für etwas Besonderes hielt. Aus diesem Grund hat sie sich auch mit niemand wirklich gut verstanden. Wie schon gesagt, wenn Dorothea nicht gewesen wäre, hätte ich sie nie in meinem Haus arbeiten lassen. Doch für diese Erkenntnis ist es jetzt leider zu spät. Aus diesem Grund bitte ich dich nur um eins, mein lieber Freund. Finde dieses Miststück."

„Ich habe mich nicht umsonst dazu entschlossen, eigenhändig die Ermittlungen zu leiten. Als Gendarm bin ich es den Bürgern dieser Stadt schuldig. Als Freund bin ich es dir und deiner verstorbenen Frau schuldig. Aber ich kann dir nichts versprechen. Natürlich werde ich dich auf dem Laufenden halten. Sollte einem deiner Mädchen dazu noch etwas einfallen, so verlasse ich mich darauf, dass du mich ebenfalls unverzüglich informierst. Hendersen liegt mir seit den Morden im Schwanenpark ständig im Nacken. Wenn es dir nichts ausmacht, könnte ich dann jetzt Morrigans Zimmer sehen?"

„Ja natürlich. Sofia wird dich dorthin begleiten. Sie weiß auch, wo Dorothea die Fotografie aufbewahrt hat, die wir letzten Sommer haben machen lassen. Sie war so stolz darauf, dass wir die erste Familie waren, die mit dieser neuen Methode abgebildet wurde. Auf dem Bild findest du auch Morrigan. Bitte verzeih mir, wenn ich dich nicht begleite, ich möchte noch einmal von meiner Frau Abschied nehmen, ehe sie von den Leichenbestattern abgeholt wird."

„Wie gut haben eigentlich Sie sich mit Morrigan verstanden?", möchte Mormont Jusfar von Sofia wissen, während er von ihr durch den Hinterausgang zur Schenke geleitet wird, wo sie auf Bartot Oppler treffen.

„Morrigan war ein verdammtes Miststück. Sie hat nichts unterlassen, um bei Dorothea im guten Licht dazustehen. Trotzdem hat sie nicht davor zurückgeschreckt sich an Tommen heranzumachen, als vor einiger Zeit Dorothea verreisen musste. Zum Glück hat Tommen das nicht zugelassen, weil er seine Frau über alles geliebt hat.

Vielleicht hat sie aus diesem Grund Dorothea erstochen, um Tommen dafür zu strafen, dass er sie abgewiesen hat. Zutrauen würde ich es diesem Miststück allemal. So hier wären wir. Sehen Sie sich ruhig um, ich hole derweilen die Fotografie, von der Tommen gesprochen hat."

Dafür, dass Morrigan Dorotheas Liebling gewesen sein soll, sieht ihre Kammer nicht danach aus. Sie ist klein und nieder, sodass Mormont nur in der Mitte unter dem Giebel des Daches aufrecht stehen kann. Auch scheint diese Frau nur wenige persönliche Habseligkeiten besessen zu haben. Dessen ungeachtet glaubt Mormont den Anschuldigungen, die sowohl von Sofia wie auch von seinem Freund Tommen getätigt wurden. Aber auch Bartot Oppler ist derselben Meinung.

„Hier die Frau neben Dorothea, das ist Morrigan", sagt Sofia, die plötzlich und unerwartet hinter Mormont steht, ehe sie ihm das Bild überreicht. Obwohl er schon von dieser neuen Technik gehört hat, betrachtet er die Fotografie wie ein seltsames Ding. Vielleicht rührt das auch daher, weil er in Gedanken war und von Sofia überrascht wurde.

„Wo waren eigentlich Sie, als Dorothea Kelter ermordet wurde? Ich meine, von wo aus haben Sie den Mord beobachten können? Sie haben es doch mit Ihren eigenen Augen gesehen, haben Sie mir erzählt!"

„Natürlich habe ich es gesehen. Aber das habe ich

Ihnen doch schon erzählt. Was denken Sie denn von mir? Ich lüge nicht!"

„Das wollte ich damit nicht sagen. Trotzdem würde es mich interessieren, wo Sie zu dem Zeitpunkt waren. Ich würde mir gerne ein Bild von dem machen, wie dieser Mord geschehen ist, jetzt wo ich die Räumlichkeiten kenne. "

„Ich … ich war auf meinem Zimmer, als ich plötzlich Morrigan rufen gehört habe, *Dorothea, ich bring dich um du verdammtes Miststück.* Zuerst habe ich geglaubt, dass die beiden wieder einmal streiten. Weil aber der Streit nicht enden wollte, bin ich auf den Flur gegangen. Da habe ich dann gesehen, wie Morrigan sich über Dorothea gebeugt hat. Dabei hat sie gesagt: Endlich bin ich dich los du verdammtes Miststück."

„Und was geschah danach?"

„Was denken Sie denn? Ich bin sofort wieder auf mein Zimmer gerannt und habe die Tür verschlossen. Hier sehen Sie diese Narbe? Das war Morrigan, nur weil ich einmal ohne sie zu fragen ein Haarband von ihr verwendet habe", lügt Sofia. Dabei zeigt sie Mormont ihren Unterarm, an dem sich eine fingerlange Narbe befindet, die jedoch von einem Missgeschick ihrerseits herrührt.

„Nur noch eine letzte Frage. Wo würde Morrigan hingehen, wenn sie sich verstecken wollte."

„Es wäre denkbar, dass sie zu diesem Schusterjungen

gegangen ist. Ein junger Mann, dem sie den Kopf verdreht haben muss, weil er schon einige Male nach ihr gefragt hat", mutmaßt Sofia.

„Ein junger Mann? Ich dachte mir, Morrigan wollte sich an Tommen heranmachen. Kennen Sie vielleicht seinen Namen und seine Wohnadresse?"

„Er soll der Sohn von Meister Koffler dem Schuhmacher sein. In der Färbergasse auf der anderen Seite des Miislats arbeitet dieser Mann in seiner Hinterhofwerkstatt. Dorothea hat sich dort immer ihre Schuhe machen lassen. Morrigan durfte sie dann immer abholen, wenn sie fertig waren", weiß Sofia des Weiteren zu berichten, ehe sie Mormont Jusfar noch davon überzeugen will, dass Morrigan es mit der Treue nicht genau genommen haben soll. Für sie soll nur Geld gezählt haben.

Derweilen irrt Morrigan ziellos durch die Straßen von Mogustral. Noch kann sie keinen klaren Gedanken fassen, aber schon bald wird ihr bewusst, dass die Lage in der sie sich befindet, ihr gesamtes Leben auf den Kopf stellen wird. Also wo soll sie hin ohne einen einzigen Selani in ihrer Tasche? Wo soll sie sich verstecken? Während sie über diese Dinge nachdenkt, bemerkt sie plötzlich, dass sie sich wieder auf jener Straße befindet, die früher einmal ihr Zuhause war.

Gerade so als wenn sie die Dame des Hauses wäre, geleitet indessen Sofia, Rittmeister Mormont Jusfar zur

Eingangstür der Schenke, um diesen zu verabschieden. Dabei fällt ihr Blick zufällig auf die gegenüberliegende Straßenseite.

„Dort drüben auf der anderen Seite der Straße. Die Frau mit der dunkelroten Jacke, das ist sie! Das ist Morrigan!", ruft Sofia aufgeregt, als sie Morrigan dort erblickt. Sofort befiehlt Mormont Jusfar seinen Männern, die vor dem Haus auf ihn warten mussten, die Verfolgung der Verdächtigen aufzunehmen. Doch als diese die andere Seite der Straße erreichen, ist Morrigan bereits verschwunden.

„Verdammt, wo hat sich dieses Miststück nur versteckt?", schimpft einer der Gendarmen, während Bartot Oppler sich an einen Gemüseverkäufer wendet, der vor seinem Geschäft das Geschehen auf der Straße verfolgt, weil zurzeit in seinem Laden nicht gerade viel los ist.

„Haben Sie gesehen, wo die junge Frau hin ist, mit der Sie gerade ein paar Worte gewechselt haben?"

„Ich weiß nicht, von welcher jungen Frau Sie sprechen, Herr Wachtmeister."

„Ich spreche von Morrigan Zott. Einer jungen Frau, die für Tommen Kelter gearbeitet hat. Ich habe doch selbst gesehen, wie Sie vor ein paar Minuten mit ihr gesprochen haben. Also lügen Sie mich nicht an oder ich verhafte Sie wegen Behinderung der Gendarmerie."

„Ach Morrigan meinen Sie. Nein ich weiß nicht, wo sie

hin wollte. Sie hat mich nur gefragt, wie spät es ist. Dann ist sie auch schon wieder gegangen, ohne etwas zu kaufen."

„Möller, Sie und Stelzer suchen die Straße bis zum Hafen hinunter ab. Ich und Bankratz nehmen uns die Seidenstraße hinauf bis zur Hungerbrücke vor", befiehlt Oppler mürrisch, ehe er zwei Häuser weiter jene alte Frau fragt, die jeden Tag auf einem Stuhl vor ihrem kleinen Wollladen auf Kundschaft wartet. Und wie sich schon bald herausstellt, hat er bei der alten Frau mehr Erfolg.

„Dieses junge Frauenzimmer, nach dem Sie suchen, ist dort hinten in der Gumpertstraße verschwunden", krächzt die alte Frau, worauf Oppler seine Finger an den Mund legt, ehe er einen unverkennbaren Pfiff ausstößt, um seine Männer zu sich zu rufen. Und wahrhaftig, es dauert nicht lange, bis Wachtmeister Bankratz Morrigan erspähen kann. Doch Morrigan ist zu flink und so gelingt es ihr erneut, die sie verfolgenden Gendarmen abzuschütteln. Allerdings kennt man jetzt nicht nur ihr Gesicht, sondern man weiß auch, welche Kleidung sie trägt. Dies wiederum bedeutet, dass es für Morrigan um ein Vielfaches schwieriger werden wird, unterzutauchen, zumal sie nirgendwo eine Möglichkeit sieht, ihre Kleidung zu wechseln. Nichtsdestotrotz trennt sie sich von ihrer auffälligen Jacke, obwohl es zu dieser Jahreszeit nach Sonnenuntergang recht frisch werden kann. Also stopft sie die Jacke zwischen die abgestellten Körbe einer Kohlenhandlung, an der sie gerade vorbeikommt.

Längst ist die Dämmerung der Nacht gewichen, als Morrigan erschöpft und müde an der Schusterwerkstätte von Elias Koffler vorbeikommt. Soll sie dort fragen, ob sie die Nacht in seiner Werkstatt verbringen darf? Eine schwere Entscheidung für Morrigan, weil sie damit den Mann womöglich in Schwierigkeiten bringen könnte. Andererseits braucht sie eine Unterkunft für die Nacht, weil es schon seit mehr als einer Stunde *aus vollen Kübeln* regnet und sie bereits bis auf die Haut nass ist. Schon will sie weitergehen, da sieht sie an der Haustür neben dem Eingang zum Hinterhof, welcher zur Werkstätte führt, jenen Zettel, der wie ein Mahnmal jeden davon abhalten soll, dieses Haus zu betreten. Es ist ein grünes Kreuz in einem roten Kreis auf einem Stück Papier. Der Grund für diesen Hinweis ist, dass laut einer Verordnung des Stadtmagistrates jeder dazu verpflichtet ist, sein Haus auf diese Weise zu markieren, sollte dort eine Person aufgrund einer unerklärlichen Krankheit zu Tode gekommen sein. Zudem besteht eine Quarantäne, genannt Absonderungszeit, von einem halben Monat. Mogustrals Verwaltung will damit der Ausbreitung von unbekannten Seuchen und Krankheiten Einhalt gebieten, weil es in der Vergangenheit der Stadt immer wieder zu fürchterlichen Seuchen mit vielen Tausenden Toten gekommen ist. Dass der Tote in diesem

Haus der Schuster Elias Koffler war, weiß Morrigan allerdings nicht. Dennoch hofft sie, in dessen Werkstatt wenigstens für diese eine Nacht Unterschlupf zu finden. Weil dort auch kein Licht brennt, nimmt sie an, dass Meister Koffler, wie sie ihn immer genannt hat, bereits Feierabend gemacht hat und vor morgen früh bestimmt nicht erscheinen wird. Zwar ist die Werkstatt abgeschlossen, Morrigan weiß aber, dass der Mann in dem Blumenkasten vor dem Fenster einen Ersatzschlüssel versteckt hält. Es ist kein heldenhaftes Gefühl für sie, als sie den Schlüssel nimmt und damit die Tür aufschließt. Nein Morrigan kommt sich eher wie ein Einschleichdieb vor, dem es nichts ausmacht, sich an fremdem Eigentum zu bereichern. In der Werkstatt riecht es wie immer nach Leder, Bienenwachs und Lösungsmittel.

Derweilen auf der gegenüberliegenden Straßenseite.

„Hat nicht diese Sofia, oder wie auch immer sie heißen mag, etwas von einer Schusterwerkstatt gesagt", fragt Bartot Oppler seine Begleiter, obwohl diese nicht dabei waren, als er und Mormont Jusfar davon erfahren haben.

„Ihr beide bleibt hier und achtet darauf, dass niemand den Hinterhof dort drüben verlässt. Ich und Bankratz werden uns im Haus umsehen. Ich habe ein gutes Gefühl, dass wir diese Frau dort finden werden", verkündet Bartot Oppler selbstsicher, ehe er sich mit seinem Kollegen auf den Weg über die Straße macht.

„Dieses Haus ist markiert und steht unter Quarantäne. Was, wenn jemand in dem Haus an einer unbekannten Krankheit oder dergleichen leidet? Ich gehe dort bestimmt nicht hinein. Ich bin doch nicht verrückt", stellt Bankratz aus Furcht vor einer ansteckenden Krankheit fest.

„Na und? Ein Grund mehr, für uns dort nachzusehen. Ich gehe jede Wette ein, dass sich das dieses Luder auch gedacht hat. Also verraten Sie mir, wo würden Sie sich verstecken, wenn ihnen die Gendarmerie auf den Fersen ist? Sie sehen sich im Keller um, während ich mir diesen Schuster vornehme."

Längst hat Samuel bemerkt, dass die Gendarmerie im Haus nach irgendjemand sucht. Er hat aber auch von seinem Fenster aus beobachten können, wie sich jemand unbefugt zur Werkstatt seines Vaters Zutritt verschafft hat. Um wen es sich dabei aber handelt, konnte er in der beginnenden Dämmerung nicht erkennen. Er konnte nur so viel sehen, dass es sich um eine Frau handeln muss. Nicht sonderlich angetan von den Machenschaften der hiesigen Gendarmeriebeamten, versucht Samuel diese nun abzuwimmeln, als sie an die Tür seiner Wohnung klopfen.

„Aufmachen! Sofort, hier ist die Gendarmerie!"

„Ich darf Sie nicht in meine Wohnung lassen. Mein Vater ist vor ein paar Tagen an einer heimtückischen Krankheit gestorben. Aus diesem Grund steht das gesamte Haus unter Quarantäne. Haben Sie das Schild neben der

Eingangstür nicht gesehen?", fragt Samuel verlegen, nachdem er die Tür einen Spaltbreit geöffnet hat.

„Wir suchen nach einer Frau mit dem Namen Morrigan Zott. Sie wird des hinterhältigen Mordes an Frau Dorothea Kelter bezichtigt. Haben Sie sie gesehen oder gar in ihrer Wohnung versteckt? Diese Frau ist gefährlich und scheut nicht davor zurück, ihr Gegenüber bei Missfallen zu verletzten oder zu töten. Also, ich frage Sie noch einmal, können Sie mir etwas über den Aufenthalt dieser Person verraten?"

„Nein, wo denken Sie hin. Ich habe seit mehr als einer Woche weder mit jemand gesprochen, noch in meine Wohnung gebeten. Ich halte mich stets an die Verordnungen und Gesetzte der Stadt", beteuert Samuel, obwohl er genau weiß, wer Morrigan Zott ist. Im Anschluss daran täuscht er einen Hustenanfall vor, um den Mann vor ihm zu überzeugen, dass es womöglich sicherer sei, von ihm Abstand zu halten.

„Warum steht dieses Haus eigentlich unter Quarantäne und von wem wurde sie verhängt?", möchte nach einer kurzen Nachdenkpause Bartot Oppler von Samuel wissen.

„Mein Vater ist vor ein paar Tagen an einer unbekannten Krankheit verstorben. Doktor Lumen hat gemeint, dass es sich um eine Krankheit namens Cholera oder schlimmer noch die Pest handeln könnte. Aus diesem Grund hat er mir auch strengstens verboten, mit Personen außerhalb des Hauses Kontakt aufzunehmen. Genau genommen dürfte ich nicht einmal mit Ihnen sprechen."

Als aber Oppler das Wort Pest hört, schreckt er auf und tritt sogleich einen Schritt zurück.

„Wehe Ihnen, wenn Sie mich anlügen. Ich finde sowieso heraus, ob Sie mir die Wahrheit sagen", droht Oppler mit finsterer Miene Samuel, ehe er kehrt macht und dem Ausgang zustrebt. Sichtlich froh wieder auf der Straße zu sein wartet Oppler nun auf Bankratz, während er Möller und Stelzer zu sich winkt. Im selben Moment erscheint auch Bankratz in der Haustür, ehe dieser mit gelangweilter Miene verkündet, dass es im Keller nichts außer Spinnen und Ratten gebe. Stelzer hingegen meint mit Respekt vor seinem Vorgesetzten: „Rittmeister Jusfar wird nicht gerade erfreut sein, wenn wir ihm berichten müssen, dass uns die Verdächtige entwischt ist."

„Erfreut oder nicht erfreut. Soll er sich doch die Pest holen. Das hier ist weder unser Bezirk noch zählt diese Straße zu unserem Zuständigkeitsbezirk. Also worauf warten wir noch. Gehen wir zurück zu unserer Wache", beschließt Oppler.

Spät in der Nacht, als sich Samuel sicher ist, dass niemand mehr das Haus beobachtet, schleicht er sich mit etwas Brot und einem Tiegel Schmalz zur Werkstatt seines Vaters, in der Hoffnung Morrigan dort anzutreffen. Was er sich davon erhofft, weiß er selbst noch nicht. Er weiß nicht einmal, ob sie sich noch immer dort versteckt hält. Ein leises Knarren, kaum wahrnehmbar, verrät, dass die Tür aufgeschoben wird. Danach herrscht erneut eine unheimliche Stille in dem Arbeitsraum. Um aber nicht zu verraten, dass sich jemand in der Werkstatt befindet, schließt Samuel die innenliegenden Läden vor dem Fenster, ehe er eine Kerze entzündet.

„Ich … ich bin es. Samuel Koffler, aber das weißt du ja schon", erzählt der junge Mann, ohne zu wissen, wo sich Morrigan versteckt. Weil er sie aber nirgendwo sieht, fällt es ihm leichter, das zu sagen, was er ihr schon an jenem Tag sagen wollte, an dem er sie das erste Mal gesehen hat. Ja für Samuel war es Liebe auf den ersten Blick. Vielleicht hätte es auch für Morrigan dasselbe Gefühl geben können, wäre da nicht ihre Vergangenheit gewesen. Ihre Vergangenheit als Frau, die seit ihrer Jugend ihren Körper für Geld verkaufen musste. Gewollt hat sie so ein Leben nie. Doch was hätte sie dagegen tun sollen? Also belässt es Morrigan dabei, zusammengekauert ohne einen *Mucks* von sich zu geben, sich in dem kleinen Anbau hinter der Schusterwerkstatt versteckt zu halten. In Samuel tobt derweilen ein Zweikampf seiner Gefühle. So fürchtet er sich zum einen davor, dass diese wunderschöne Frau plötzlich vor ihm stehen könnte. Andererseits wünscht er sich, dass sie seine Worte hört oder gar erwidert. Bestimmt würde er danach kein vernünftiges Wort herausbekommen. Also belässt er es dabei, sie zu bitten sich zu zeigen, um mit seinem Geständnis fortzufahren.

„Ich habe dich neulich auf dem Markt gesehen. Eigentlich wollte ich dich dort ansprechen, aber dann habe ich mich nicht getraut. Also habe ich gehofft, dich hier in unserer Werkstatt irgendwann wiederzusehen. Leider ist mein Vater vor einigen Tagen verstorben, aber das ist dir sicher schon bekannt. Ich glaube jedoch nicht, dass mein Vater von irgendeiner ansteckenden Krankheit befallen war. Die Flecken, die der Totenbeschauer gesehen hat, waren bestimmt nur Totenflecken. Ich weiß das, weil ich in Meretos in einem Hospiz gearbeitet und somit viele Tote gesehen habe. Aber das tut jetzt nichts mehr zur Sache. Ich habe dir etwas Brot und Schmalz gebracht, falls du Hunger hast. Vor den Schergen der Gendarmerie bist du hier einstweilen sicher, die haben sich nur umgesehen. Ich habe ihnen gesagt, dass schon seit Tagen niemand das Haus oder die Werkstatt betreten hat. Ich werde jetzt wieder in mein Haus gehen. Ach ja, falls du neue Schuhe oder sonst etwas brauchst, sieh dich ruhig um. Sobald nämlich die Absonderungszeit vorbei ist, werden die Gläubiger meines Vaters hier nicht mehr viel zurücklassen. Ich hoffe nur, dass sie mir die wichtigsten Werkzeuge und etwas Leder hierlassen werden, damit ich sein Erbe fortführen kann. Andernfalls werde ich wohl oder übel auf der Straße landen.“

Einen Moment hält Samuel noch inne, ehe er sich der Tür zuwendet, um ohne ein weiteres Wort von sich zu geben, die Werkstatt zu verlassen. Am nächsten Morgen als Samuel nach einer schlaflosen Nacht nach Morrigan sehen will, liegen nur noch ein paar Krümel von dem Brot auf dem kleinen Tisch. Von Morrigan ist aber nichts zu sehen. Enttäuscht beschließt er, am Abend wieder zu kommen, um vielleicht diesmal ein paar Worte mehr mit dieser für ihn schönsten Frau wechseln zu können. Doch sein Wunsch bleibt unerfüllt. Morrigan scheint verschwunden zu sein. Auch in den kommenden Tagen bekommt Samuel sie nicht mehr zu sehen.

Morrigan hingegen konnte in der Werkstatt einige Kleidungstücke des verstorbenen Schusters finden. So machte sie sich noch in der Nacht in der Kleidung eines Mannes mit einer alten Schirmmütze, unter der sie ihr Haar versteckt und einem Bündel unter ihrem Arm auf den Weg, um sich einen neuen Unterschlupf zu suchen. Von einer Weggefährtin in Tommens Hurenhaus hat sie irgendwann einmal erfahren, dass sie zwei Jahre lang unter einer Brücke schlafen musste, ehe sie von Tommen die Chance bekam, in seinem Hurenhaus zu arbeiten. Im Gegensatz zu ihrer brüchigen Bretterbude unter einer Brücke hatte sie bei Tommen ein Dach über ihrem Kopf, genug zu essen, und musste auch nicht frieren. Morrigan hingegen war und ist noch immer der festen Überzeugung, dass kein Ort schlimmer sein könnte, als der, in dem sie seit ihrer Jugend tagein tagaus ihr Leben verbringen musste. So gesehen war sie froh, endlich diesem Albtraum entronnen zu sein, obwohl sie ihr Gewissen plagt. Irgendwie gibt sich Morrigan sogar einen Teil Schuld an dem, was mit Dorothea geschehen ist. Ein Wechselbad der Gefühle begleitet sie bei ihren Gedanken. Immerzu fragt sie sich: „Hätte ich all das verhindern können? War all das meine Schuld? Warum musste das alles so kommen?"

So irrt sie schon den ganzen Tag durch den strömenden Regen, sucht bei den Brücken da und dort einen Platz zum Ausruhen, ehe sie feststellen muss, dass sie heute Nacht wohl keinen trockenen Platz zum Schlafen finden wird. Doch es sollte sich auch am nächsten Tag herausstellen, dass ihr Schicksal sie mit diesem Kummer noch länger strafen wird. Längst hat Morrigan begriffen, dass auch hier unter den Brücken der Stadt eine Rangordnung besteht. Zudem kommt auch noch, dass sich der Hunger bei ihr meldet. Also durchsucht sie die Taschen ihrer Schürze. Zu ihrem Erstaunen findet sie dort drei Kupfermünzen und zwei Silbermünzen. Für eine Obdachlose ein kleines Vermögen. Dass diese Silbermünzen aber nicht ihr gehören, kommt ihr in jenem Augenblick in den Sinn, als sie diese auf ihrer Handfläche sieht. Es war Maren, die ihr diese Münzen und einen Brief anvertraute und sie gebeten hat, diese Willem zu geben, damit dieser sie zu einer Frau namens Ophelia bringen kann. Warum Maren damals dieser Frau den Brief und die Münzen nicht selbst übergeben wollte, konnte oder wollte sie Morrigan nicht sagen. Sie erklärte ihr nur, dass Ophelia die heimliche Regentin der Obdachlosen genannt wird. Obwohl Maren nicht mehr am Leben ist und Morrigan zurzeit andere Sorgen plagen, macht sie sich am nächsten Tag auf die Suche nach dieser Frau. Ihr erster Weg führt sie zum Hafen, weil sie sich dort am besten auskennt. Um eine Kupfermünze gönnt sie sich dort ein Stück Brot, um ihren größten Hunger zu stillen. Danach geht ihre Suche weiter nach Willem. Willem ist ein ehemaliger Hafenarbeiter, der seit einem schrecklichen Arbeitsunfall von Bauch abwärts gelähmt ist. Seitdem lebt dieser von Almosen. Doch an diesem Tag scheint ihr das Glück nicht besonders wohlgesonnen zu sein. Niemand, den sie fragt, kann ihr sagen, wo sie Willem finden könnte. Also versucht sie ihr Glück bei jenem Fischer, bei dem sie immer die Miesmuscheln für Dorothea besorgen musste.

„Ich bin Fischer und keine Auskunftsperson, also scher dich fort und verdirb mir nicht mein Geschäft", schimpft der Mann mürrisch, weil er im ersten Moment Morrigan in ihrer Verkleidung nicht erkennt.

„Es tut mir leid", antwortet Morrigan, ehe sie sich auch schon wieder abwenden will.

„Morrigan! Du bist das? Wie geht es dir? Ich hätte dich

fast nicht erkannt mit deinen Kleidern. Außerdem habe ich nicht gedacht, dich hier so schnell wiederzusehen. Die Gendarmen suchen überall nach dir."

„Dann haben Sie also schon gehört, was mit Dorothea geschehen ist?"

„Ja das habe ich, aber was kümmert mich das Wohlergehen einer Frau, die es vermutlich nicht anders verdient hat?", antwortet der Fischer.

„Haben Sie heute schon Willem gesehen?"

„Den armen Mann hat letzte Nacht sein Schicksal erneut gestraft. Einige Hafenarbeiter haben ihn heute Morgen tot aufgefunden. Obwohl, wenn ich es mir genau überlege, es war für ihn vielleicht sogar eine Erlösung. Wer sitzt schon gerne Tag ein Tag aus auf einem Stück Brett mit Rädern, während er um einen Bissen Brot betteln muss. Was wolltest du eigentlich von diesem armen Krüppel?"

„Ich suche nach Ophelia. Ich habe mir gedacht, dass er mir sagen kann, wo ich sie finde."

„Sei bloß vorsichtig mit dieser Frau. Ehe du dich versiehst, schlitzt dir einer ihrer Handlanger den Bauch auf. Andererseits, wenn du ihre Gunst erlangen kannst, bist du bei ihr sicher."

„Und wo finde ich Ophelia?"

„Geh bis zur Steintorbrücke und von dort aus dem Ufer entlang bis zu der alten Fischfabrik. Frag dort, wen auch immer du antriffst, nach einem Platz zum Schlafen, aber nicht nach Ophelia. Und jetzt los, sieh zu, dass du verschwindest, dort hinten kommt eine Patrouille der Gendarmerie."

„Hey du da! Was willst du hier?", pöbelt ein Mann Morrigan am Eingangstor der alten Fischfabrik an.

„Ich suche einen Unterschlupf."

„Dann geh nach Hause. Das hier ist kein Platz für einen Naseweis."

„Ich habe kein Zuhause mehr. Ich suche doch nur einen trockenen Platz zum Schlafen. Bitte nur für eine Nacht."

„Hey Rommel, wen hast du da?", ruft ein anderer Mann, der gerade aus einem alten Kobel kommt.

„Einen jungen *Dreikäsehoch*, der einen Platz zum Schlafen sucht!"

„Dann führ ihn gefälligst zu Ophelia oder willst du heute Abend auf deine Ration Brot verzichten, du dämlicher Idiot!", ermahnt ihn der Mann, geradeso, als ob ihm das Wohl seines Gegenübers scheren würde. Missmutig packt der Mann daraufhin Morrigan an ihrem Oberarm, um sie mit sich zu zerren. Vorbei an alten Karren, teils noch mit Fangkörben beladen, unzähligen Bottichen mit Unrat, den niemand mehr haben will und aus alten Brettern zusammengebauten Hütten, führt jener Mann Morrigan in eine Fabrikhalle. Deren Fenster, sofern sie nicht schon zu Bruch gegangen sind, lassen kaum noch Licht durch. Und obwohl hier schon lange keine Meerestiere mehr verarbeitet wurden, glaubt Morrigan noch immer den Geruch von Fisch und Muscheln zu vernehmen. Auch hier türmen sich allerlei verwahrloste Gerätschaften, Bottiche und Wassertröge, die wohl zu nichts mehr zu gebrauchen sind. Für Morrigan erscheint es fast unmöglich, ohne Kletterkünste einen Weg nach hinten zu finden. Für den Mann jedoch scheint diese Unordnung kein Problem darzustellen. Hie und da brennen Lagerfeuer, um denen sich armselige Gestalten drängen, um ein wenig von der Wärme des Feuers zu erhaschen. Misstrauische Blicke verfolgen Morrigan, ehe sie der Mann über eine Treppe in ein ehemaliges Büro bringt. Vermutlich war dies einmal das Arbeitszimmer eines Vorarbeiters. Jetzt gleicht dieser Raum einer Wohnstube, wie sie die vornehme Gesellschaft von Mogustral gerne zur Schau stellt. Wohlfühlen würde sich hier allerdings niemand aus dieser Bevölkerungsgruppe. Unschwer ist zu erkennen, dass hier weder Stil noch Harmonie auf seine Besucher wartet. Auch mit der Reinlichkeit scheint es hier niemand genau zu nehmen. Vor einem alten mannshohen Gusseisenofen, in dem ein Feuer brennt, sitzt auf einem Diwan eine Frau, deren Fülligkeit wohl kaum zu überbieten ist.

„Diese Rotznase sucht einen Platz zum Schlafen", verkündet jener Mann, ehe er sich von Ophelia abwendet, geradeso, als ob er nur ein Paket abzugeben hätte.

„Ein Platz zum Schlafen kostet einen Kupferling pro Woche. Hast du so viel Geld? Wenn nicht, dann scher dich fort und such dir woanders einen Unterschlupf", belehrt Ophelia jenen jungen Mann, den sie vor sich zu sehen glaubt. Morrigan holt daraufhin aus ihrer Tasche die ihre letzten Münzen und den Brief hervor, ehe sie Ophelia eine weitere Kupfermünze hinhält.

„Du bist gar kein Junge. Du bist ein Mädchen aus gutem Haus. Wohl von zuhause fortgelaufen. So etwas wie dich können wir hier nicht gebrauchen. Ich habe schon mehr als genug Ärger mit der Gendarmerie. Also behalt deine Münzen und geh wieder nach Hause. Wir haben hier keinen Platz für dich."

Enttäuscht steckt Morrigan nach dieser Belehrung die Kupfermünzen wieder ein und legt, wie sie es sich vorgenommen hat, den Rest der Münzen mitsamt dem Brief auf den klobigen Tisch vor Ophelia.

„Was soll das? Hast du nicht gehört, ich habe gesagt, du sollst verschwinden!"

„Maren Sattler hat mir anvertraut, dass sie Ihnen noch zwei Silbermünzen schuldet. Ich wollte sie Euch geben, weil sie mich kurz vor ihrem Tod darum gebeten hat. Außerdem hat sie mich auch noch gebeten, diesen Brief an Sie zu übergeben", sagt Morrigan resignierend, ehe sie sich enttäuscht und müde abwendet, um irgendwo anders in der Stadt nach einem Schlafplatz zu suchen. In diesem

Moment der Verzweiflung spielt Morrigan sogar mit dem Gedanken, sich selbst das Leben zu nehmen. Sich in die reißenden Fluten des Miislats zu stürzen.

„Was erzählst du da? Meine Maren soll tot sein? Wer hat dir das erzählt?"

„Niemand. Ich habe es …", stammelt Morrigan, vollendet ihren Satz aber nicht, weil sie nicht gesehen hat, wie Maren zu Tode gekommen ist.

„Was hast du selbst?", fragt Ophelia entschlossen, worauf ihr Morrigan erzählt wie es dazu gekommen ist, dass Maren vermutlich nicht mehr am Leben ist und warum sie hier vor den Beamten der Gendarmerie Zuflucht suchen wollte. Morrigans ehrliche Haltung berührt Ophelia, ehe sie ihr erlaubt in einer Hütte auf dem Hof der Fabrik sich einen Schlafplatz einrichten zu dürfen.

Mogustral

„Hey du da, du verdammte Hure, scher dich fort oder ich polier dir die Fresse, dass selbst den Leprakranken bei deinem Anblick das Grauen kommt", schimpft ein Markthändler, als er Morrigan dabei beobachtet, wie diese sich ein Stück Brot aus einem Korb von seinem Stand nehmen will. Nein Morrigan hatte nie die Absicht, das Brot zu stehlen, obwohl es ihr zurzeit wahrhaftig nicht gut geht. Ihren letzten Kupferling hätte sie für dieses Stück Brot hergegeben. Doch es sollte nicht sein, dass ihr dieser Happen gegönnt sei. Also legt sie das Brot zurück und macht sich wie schon die Tage zuvor auf den Weg zur Salzwasserbrücke, der östlichsten Brücke von Mogustral, um dort im Unrat der Stadt nach etwas Essbarem zu suchen. Viel gibt es an diesem Tag für sie jedoch nicht zu finden, als sie die stinkende Müllhalde durchstöbert. Normalerweise sollten diese Tage die heißesten des Jahres sein, doch heuer scheint dies nicht der Fall zu sein. Ständig regnet es und es sieht sogar danach aus, als ob die Natur sich dem Wohl der Menschen entgegenstellen würde. Auf ein viel zu trockenes Frühjahr folgt dieser Sommer, mit Unwettern, Stürmen und eisigen Winden, wie man sie normalerweise nur hoch im Norden kennt. Selbst die Ältesten können sich nicht erinnern, je einen solchen Sommer erlebt zu haben. Die ohnehin spärliche Aussaat des Getreides konnte nach dem Ausbringen nicht keimen, was wiederum heißt, dass die Ernte fast zur Gänze ausfallen wird. Zudem gesellt sich noch ein weiterer Missstand hinzu. Seit dem Frühjahr laufen aus den verschiedensten Gründen nur mehr vereinzelt Handelsschiffe den Hafen von Mogustral an. Ein Teufelskreis, der dazu führt, dass die Preise für Korn und alle daraus entstehenden Erzeugnisse ins Unermessliche steigen. Ein Laib Brot kostet jetzt schon mehr als das Doppelte. Aber auch Fleisch, das sich Morrigan sowieso nicht leisten kann, ist längst zur Mangelware geworden. Auch die Fischer beklagen, dass ihre Netze immer öfter leer bleiben.

Völlig durchnässt, müde, hungrig und erschöpft muss Morrigan ihr Unterfangen, wie in letzter Zeit schon so oft, erfolglos aufgeben. Also bleibt ihr nichts anderes übrig, als zum Gelände der Fabrik zurückzukehren, um sich mit leerem Magen und dem Gefühl von Hilflosigkeit in ihre Behausung zu verkriechen. Es ist ein kleiner Bretterverschlag, der sie zwar vor der Nässe und dem Wind schützt, aber nicht vor der Kälte. Und dennoch ist sie froh, hier ein Versteck gefunden zu haben. Auf dem Weg zum Gelände der Fabrik kommt sie auch am Hafen vorbei, wo sich von einem Augenblick zum anderen ein Mob zu bilden beginnt. Getrieben von Hunger und Elend macht sich diese Menschenmenge auf den Weg, um seinen Unmut bei den Reichen der Stadt loszuwerden, weil diese trotz aller Nöte weiterhin in Saus und Braus leben. Nur mit Mühe gelingt es Morrigan, nicht in den Sog dieses Monsters zu geraten, weiß sie doch aus Erfahrung, einmal in der Menschenmenge gefangen, gibt es keinen Ausweg mehr zu entkommen oder sich dagegen zu wehren. So geschieht es, dass unweit von ihr ein junger Mann stürzt, um im Anschluss daran von Hunderten Füßen niedergetrampelt zu werden. Einer Frau, die sich seiner annehmen wollte, ergeht es nicht anders. Zurück bleiben nur ihre leblosen Körper. Diese beiden werden jedoch nicht die Einzigen sein, die auf diese Weise ihr Schicksal finden. Doch das schert niemand, während dieses Monster aus Hunderten ausgemerzten Leibern seinem Ziel entgegenstrebt. Sein Weg vom Hafen bis zu den Häusern der Reichen führt ihn über die Hauptstraße bis zur Kettenbrücke, der größten und mächtigsten Passage über den Miislat.

Längst schon wurde Bürgermeister Rorriger Hendersen davon informiert, dass es in den Bezirken rund um den Hafen immer wieder zu Aufständen kommt. Es sei nur noch eine Frage der Zeit, bis sich der Mob gegen jene wendet, denen es scheinbar an nichts fehlt. Um aber dieser Gefahr etwas entgegensetzen zu können, hat sich schon vor einigen Wochen Bürgermeister Hendersen mit Rittmeister Mormont Jusfar in Verbindung gesetzt. So wurden an allen Brücken Wachposten errichtet, um gegebenenfalls einen Aufstand noch südlich des Miislats in seinem Keim zu ersticken.

Bewaffnet mit Messern, Äxten, Knüppeln und dem, was die aufgebrachte Menschenmenge als Mordwerkzeug in die Finger bekam, bewegt sich der Pulk der Hauptstraße entlang. Empfangen werden sie an der Kettenbrücke von Gendarmen mit Gewehren. Es ist ein imposantes Bild, wie dieses Monstrum aus Hunderten oder mehr Menschen gleich einer alles verschlingenden Flutwelle die Brücke erreicht. Sich ihrer Sache sicher, peitschen die Rädelsführer dieses Aufstandes ihre Anhänger mit heroischen Sprüchen an, wiegeln sie auf und versprechen das schier Unmögliche, ehe sie selbst mit erhobenen Fäusten auf die Brücke zustürmen. Empfangen werden sie dort nach wenigen Schritten von einer Salve aus Dutzenden Gewehren, deren Donner weit über die Grenzen der Stadt hinaus zu hören ist. Noch drängt die Masse der aufgebrachten Menschen, jene die an vorderster Linie für ein besseres Leben Kämpfenden weiter auf die Brücke, ehe erneut eine Salve den Pulk Einhalt gebietet. Es ist nicht der erste Aufstand dieser Art, den Mogustral erleben musste und es wird auch nicht der Letzte sein. Immer wieder ist es dazu gekommen, dass sich benachteiligte

Gruppen gegen den Proporz zu erheben versucht haben. Unwillkürlich ist es dabei auch immer wieder zu blutigen Auseinandersetzungen gekommen, die Opfer auf beiden Seiten forderten. Die Verlierer waren jedoch ausnahmslos immer nur jene, die für eine gerechtere Verteilung des Wohlstandes sich arrangiert haben. So auch an diesem regnerischen Tag eines zu Ende gehenden Sommers. Ein Tag, der schon bald wieder in Vergessenheit geraten wird, außer von jenen, die durch diese sinnlose Aktion einen lieben Menschen verloren haben. Doch das schert weder jene, die dazu aufgerufen haben sich zu erheben, falls sie noch am Leben sind, noch jene, die den Befehl gaben die Gewehre abzufeuern. Die Brücken der Stadt werden wie schon so oft für einige Tage gesperrt, ehe sich die Normalität erneut wie der Mantel der Nacht über das Geschehene legt. Jedoch wird es diesmal ein paar Tage mehr brauchen, bis der Alltag wieder einkehrt und niemand mehr davon spricht, dass mehr als einhundert Menschen bei dem Aufstand ihr Leben verloren haben. Ändern wird sich dadurch jedoch nichts. Weder auf der Seite der Reichen, noch auf der Seite derer, die aus Verzweiflung sich dazu hinreißen haben lassen, sich aufzubegehren.

Neuanfang

Zwei Wochen sind nunmehr schon vergangen, seit der Aufstand des Proletariats mit Gewalt niedergeschlagen wurde. Geändert hat sich dadurch wie schon vermutet nichts und so hat der Alltag, mit all seinen Facetten der Achtlosigkeit gegenüber jenen die ihr Leben lassen mussten Einzug gehalten.

„Morrigan bist du dort drinnen?", ruft ein Junge vor dem nur angelehnten Verschlag ihrer Behausung.

„Sam?", fragt sie daraufhin ein wenig verwirrt, weil sie kurz zuvor eingeschlafen sein muss.

„Ophelia schickt mich. Du sollst zu ihr kommen."

„Was will sie von mir?"

„Das musst du sie schon selber fragen. Zu mir hat sie nur gesagt, dass ich dich holen soll", antwortet Sam, ehe er ihr erzählt, dass er neulich fast von einem Fuhrwerk der Eisenbahngesellschaft überfahren wurde. Er weiß aber auch zu berichten, dass heute das zweite Mal seit einer Woche ein hoher Beamter der Gendarmerie mit gleich sieben Gendarmen Ophelia einen Besuch abgestattet hat. Morrigan beschleicht daraufhin ein ungutes Gefühl, weil immer noch nach ihr gefahndet wird.

„Was wollten diese Männer von Ophelia? Haben sie nach jemandem gesucht?", möchte Morrigan von dem Jungen wissen.

„Nein das glaube ich nicht. Ich habe nur gehört, wie einer von ihnen gesagt hat, dass sich Ophelia nicht mehr bemühen muss, etwas in Erfahrung zu bringen, weil irgendwo bei den Docks jene Frau tot aufgefunden wurde, nach der sie gesucht haben. Hast du schon einmal einen toten Menschen gesehen? Ich habe gehört, dass wenn dieser ein schlechter Mensch war, ihm die Augen nicht geschlossen werden können."

„Nein Sam, das stimmt nicht. Wie soll das vor sich gehen? Wenn man einem Toten die Augen schließt, bleiben diese auch zu", versichert Morrigan dem Jungen, ehe sie sich auf den Weg macht, um Ophelias Wunsch, sie zu sehen, nachzukommen.

„Komm, setz dich zu mir ans Feuer. Du siehst blass aus. Hast du heute schon etwas gegessen?", fragt Ophelia, worauf Morrigan kaum wahrnehmbar mit dem Kopf schüttelt.

„Sam hat bestimmt schon ausgeplaudert, was hier sowieso schon jeder weiß. Vermutlich hast du auch schon davon gehört."

„Ich habe nur gehört, dass heute eine Abteilung von der Gendarmerie hier war und dass irgendwo beim Hafen eine tote Frau gefunden wurde. Hast du sie gekannt?"

„Sam, nimm dir ein Stück Brot aus dem Korb und lass uns alleine", befiehlt Ophelia, ehe sie Morrigan ansieht und sagt: „Die Frau, die gefunden wurde, hieß Morrigan Zott, hat mir Bezirkswachtmeister Oppler erzählt. Demzufolge müsstest du diese Frau gekannt haben, hatte sie doch denselben Namen wie du. Doch das spielt jetzt keine Rolle mehr. Viel wichtiger ist, dass die Gendarmerie kein Interesse mehr daran hat, nach dir zu fahnden. Such dir einen anderen Namen und beginn ein neues Leben irgendwo, wo es kein Elend gibt."

„Und wo soll das sein? Gibt es überhaupt so einen Ort für *Unsereiner*?", fragt Morrigan resignierend.

„Lass einfach dein altes Leben hinter dir. Geh über eine der Brücken und such dir dort eine Arbeit. Eine Arbeit als Hausmädchen, Gouvernante oder sonst dergleichen. Es liegt an dir, wie du dein weiteres Leben führen möchtest. Noch ist es nicht zu spät für dich", rät Ophelia ihrem Schützling.

„Dann heißt das jetzt, dass ihr mich hier nicht mehr haben möchtet."

„Nein das habe ich nicht gesagt. In unserer Gemeinschaft ist jeder willkommen, der sich an die wenigen Regeln hält. Nichtsdestotrotz sollst du bedenken, welche Zukunftsaussichten hast du hier? Du kannst natürlich auch in einer anderen Stadt deinen alten Beruf nachgehen. Aber möchtest du das wirklich, deinen jungen Körper für ein

paar lumpige Selani an irgendwelche Männer verkaufen?", fragt Ophelia mit ein wenig Wehmut in ihrer
Stimme.

Bedacht schüttelt Morrigan daraufhin ihren Kopf, ehe
sie wieder zu ihrer Behausung zurückkehrt.

„Warte noch einen Moment, ich habe etwas für dich.
Hier, diesen Mantel habe ich vor einigen Jahren von
einem Verehrer bekommen. Leider hatte ich nie eine so
zierliche Figur wie du, also wofür sollte ich dieses Ding
noch länger aufbewahren. Jetzt geh und überleg dir meine
Worte", sagt Ophelia, ehe sie Morrigan noch einen Kut-
schermantel überreicht, der zweifelsohne für eine Frau
geschneidert wurde. Ohne einen Dank oder sonst etwas
für ihr Geschenk zu erwarten, wendet sich Ophelia
daraufhin von Morrigan ab, um ihr nicht zu zeigen, dass
auch sie dieser Abschied schmerzt.

Schon in der darauffolgenden Nacht fasst Morrigan den
Entschluss, dass sie so wie ihr es Ophelia geraten hat, in
ihrem Leben etwas ändern muss. Vor ein paar Jahren hat
sie bereits schon das eine oder andere Mal versucht, sich
bei einer wohlhabenden Familie vorzustellen, um vielleicht eine Stelle als Küchenmagd oder Hausmädchen zu
bekommen. Doch all ihre Mühen waren damals vergebens. Einmal möchte sie es noch versuchen, einen
Arbeitsplatz zu finden. Sollte ihr Unterfangen auch diesmal nicht fruchten, so hat sie beschlossen zu versuchen,

mit einem Schiff nach Gwlad Darmor oder sonst wohin zu gelangen. Wie sie das dafür nötige Geld aufbringen soll, darüber hat sie sich jedoch noch nicht den Kopf zerbrochen. Allerdings geistert in ihr der Gedanke, solange zu warten, bis ein Schiff der *Achia Mado Union* im Hafen einläuft. Mit dem Versprechen in Gwlad Darmor warte ein Land voller Möglichkeiten auf all jene, die das Wagnis auf sich nehmen dort ein neues Leben zu beginnen, lockt diese verbrecherische Vereinigung Tausende gutgläubige Menschen in die Sklaverei. Doch das wird diesen ahnungslosen Menschen zumeist erst dann bewusst, wenn sie nach einer langen Seereise auf einem Sklavenmarkt an ausbeuterische Plantagenbesitzer oder sonst wem verkauft werden. Auch Kapitän Trade, den Morrigan schon des öfteren in Tommens Schenke angetroffen hat, war oder ist einer von diesen Menschenhändlern, denen es nur um Profit und Geld geht. Was sie dort erwartet, sollte sie dieses Wagnis eingehen, kann und will sie sich in diesem Moment jedoch nicht vorstellen.

Es ist noch finster, als Morrigan am Morgen des nächsten Tages erwacht. Mit klammen Fingern holt sie etwas später ein mit Öltuch umwickeltes Paket unter ihrem Bett hervor, schnürt es auf und legt die darin verstauten Sachen sorgsam auf ihren Schlafplatz. Ein weißes Unterkleid, eine rohweise Bluse mit nur kleinen Rüschen, ein blauer Rock und Schnürschuhe. Es sind jene Sachen, die sie bei ihrer Flucht vor mehr als zwei Monaten getragen hat. Nur ihre rote Jacke fehlt. Eigentlich wollte sie diese ein paar Tage später zurückholen. Zu ihrem Bedauern musste sie jedoch feststellen, dass die Jacke wohl jemand anders genommen haben muss. Dafür konnte sie vor gar nicht allzu langer Zeit auf der Müllhalde einen fast neuen Damenhut finden, der vorzüglich zu dem Mantel passt, den sie von Ophelia geschenkt bekommen hat.

Nach einer spärlichen Mahlzeit bürstet Morrigan sorgsam ihr wallendes Haar, das sie eigentlich immer offen getragen hat. Heute aber knotet sie es zu einem einfachen Dutt.

Würde man es nicht besser wissen, so könnte man glauben, dass diese junge Frau aus dem feinsten Hause der Stadt kommt, so elegant wirkt Morrigan, als sie ein letztes Mal zurücksieht, ehe das Eingangstor zum Fabrikgelände hinter einer Häuserzeile verschwindet. Um aber nicht an Tommens Schenke vorbeizugehen, muss sie einen Umweg in Kauf nehmen, der sie am Markt vorbeiführt. Viel ist nicht los an diesen noch recht jungen Tag, doch schon bald wird reges Treiben die Szenerie beherrschen. Freundlich grüßen sie die Händler, während andere ihr ein entgegenkommendes Lächeln schenken. Im Zwiespalt ihrer Gefühle weiß Morrigan nicht so recht, soll sie diese neue Erfahrung genießen oder ihr aus dem Weg gehen. Als Prostituierte in Tommens Schenke war sie nie mehr als ein Objekt der Begierde. Eine Frau, die nur dazu da war, um für ein paar lausige Selani die animalischen Triebe jener zu befriedigen, die in ihr nur eine Hure sahen. Hier aber wo niemand sie kennt, wird ihr jene Achtung entgegengebracht, die vielen Frauen ein Leben lang verwehrt bleibt. Doch was nützt der Respekt, wenn einem der Magen knurrt. Längst hat sie bereut, dass sie etwas von ihrem Vorrat in ihrer Hütte zurückgelassen hat. Noch einmal zurückgehen will sie aber auch nicht. Einen halben Selani findet Morrigan kurz darauf in der Tasche ihres Mantels. Gerade einmal genug, um sich ein kleines Stück Brot zu kaufen. Also gibt sie einem Händler, dessen Stand von duftend frischen Backwaren dazu einlädt bei ihm zu kaufen, ihr letztes Geld. Mit einem Blick der Bewunderung überreicht ihr der Mann ein Stück Brot, obwohl oder gerade, weil es nicht zum Alltag gehört, dass eine so schöne junge Frau alleine durch die Gassen zwischen den Ständen schlendert. Fast hätte sie dabei vergessen, dass sie sich auf der Suche nach einer Anstellung befindet. Ebenso hat sie fast vergessen, was dazu geführt hat, dass sie hier den bewundernden aber keinesfalls anzüglichen Blicken dieser Männer standhalten darf oder muss. Es ist ein trügerisches Gefühl, das sie unvorsichtig werden lässt. So kommt es, dass sie schon nach wenigen Schritten zwei Gendarmen gegenübersteht, mit deren Erscheinen sie nicht gerechnet hat. Der Schreck dieser Begegnung holt sie augenblicklich in die Realität zurück. Was aber soll sie jetzt tun? Suchen diese beiden nach ihr?, fragt sie sich. Kehrt machen und davonlaufen würde sie bestimmt verraten. Also senkt sie beschämend ihren Kopf, hält ihre Hand vor ihre Lippen und tut so, als ob sie den letzten Bissen in ihrem Mund verbergen möchte. Und siehe da, es funktioniert. Freundlich grüßen die beiden Gendarmen sie, ehe diese sich einem Händler zuwenden, dessen Stand ihrer Meinung nach viel zu weit in die Straße hineinreicht. Morrigan aber zittern die Knie, sodass sie sogar aufpassen muss, nicht zu stolpern. Am liebsten würde sie nach dieser Situation wieder zurück in ihre Behausung gehen, um sich für immer dort zu verstecken. Jedoch weiß sie auch, dass sie danach womöglich nie mehr den Mut finden wird, diesen Schritt in eine bessere Zukunft zu wagen. Also fasst sie all ihren Mut zusammen, um weiter der Straße entlang bis zur Kettenbrücke zu gelangen, und siehe da, mit jedem Schritt steigt ihre Zuversicht. Von Weitem sind bereits die mächtigen Pylonen dieses imposanten Bauwerkes dies und jenseits des Miislats zu sehen. Aber auch die Kontrollposten der Gendarmerie, die nach dem letzten Aufstand auch diesseits der Brücke errichtet wurden, kann Morrigan ausmachen. Und so steigt ihre Nervosität auch schon wieder mit jedem Schritt. Und da ist er wieder, dieser Zweifel, das Richtige zu tun. Schon will sie sich abwenden, da braust ein Fuhrwerk an ihr

vorbei. Um ein Haar und die weit ausladenden Holz-
bohlen hätten sie erfasst.

„Ein Problem, mit dem wir es immer öfter zu tun
bekommen werden", hört sie eine Stimme hinter sich
sagen. Es ist ein junger, gut aussehender Mann mit einem
Zylinderhut, einem Gehstock, den er bestimmt nur als
Accessoire bei sich führt, und einer vermutlich voll-
gepackten Reisetasche.

„Bitte verzeihen Sie mir, dass ich Sie auf offener Straße
anspreche. Mein Name ist Jonsen Seetal. Ich bin neu hier
in der Stadt und suche nach der Adlergasse. Wäre es vermessen, Sie zu bitten, mir den Weg dorthin zu beschreiben? Ich wäre Ihnen außerordentlich dankbar für diesen
Gefallen."

Verwundert sieht Morrigan für einen Moment lang den
Mann an, ehe sie spürt, wie ihr die Röte ins Gesicht steigt.
Warum sie derart erregt auf die Frage dieses Mannes
reagiert, kann sie sich nicht erklären. Ja es ist durchaus
nicht gebräuchlich, dass ein Mann eine ihm fremde Frau
auf der Straße anspricht. Bei Tommen in seiner Schenke
würde sein höflicher Ton wohl eher Heiterkeit auslösen.
Hier und jetzt aber sieht sich Morrigan einer Situation
gegenüber, die ihr zwar nicht unbekannt ist, die sie aber
so noch nie erfahren hat. Dass ihr der Namen Seetal
bekannt vorkommt, hat im Moment keine Bedeutung für
sie, lautet doch der Name der Apotheke am Ende der

Adlergasse, Seetal. Doch das wird wohl nur ein Zufall sein, denkt sie sich.

„Gleich hinter der Brücke nach der ersten Häuserzeile beginnt die Adlergasse", antwortet Morrigan dann doch noch, ehe sie sich eiligst zu entfernen versucht. Doch schon nach ein paar schnellen Schritten hält sie ein, dreht sich noch einmal zu dem Mann um und sagt: „Bitte verzeihen Sie mir meine Unhöflichkeit. Ich habe denselben Weg. Wenn es Ihnen nicht unangenehm erscheint, dürfen Sie mich ein Stück begleiten."

Dies wiederum kommt für den Mann unerwartet. Anders als Morrigan versteht er es jedoch, seine Überraschung zu verbergen. Morrigan hingegen hofft dadurch, beim Überqueren der Brücke von den Gendarmen nicht kontrolliert zu werden. Und dem ist auch so. Außer ein paar bewundernden Blicken die Morrigan entgegengebracht werden, interessieren sich die Gendarmen nur, woher der Mann kommt und wohin er will. Doch auch das stellt kein Problem dar.

„Woher kommen Sie wirklich?", fragt Morrigan, als sie ihren Weg wieder fortsetzen.

„Aus Riverto. Ich habe an der dortigen Universität meine Kenntnisse in der Herstellung von Arzneimitteln erlernt. Serlos Seetal, der Besitzer der hiesigen und gleichnamigen Apotheke Seetal, ist ein Onkel von mir. Wie Ihnen sicherlich bekannt sein dürfte, hat mein Onkel keine Nachkommen. Aus diesem Grund hat er mir bei seinem letzten Besuch in Riverto angeboten, nach Beendigung meines Studiums mir seine Apotheke zu vererben. Eine einmalige Gelegenheit für mich, dem kalten Wetter des Nordens zu entfliehen."

„Mögen Sie den Norden nicht? Ich war leider noch nie dort. Wie ist das, wenn Schnee fällt?", fragt Morrigan verlegen, währenddessen in ihr der Gedanke aufkommt, dass sie auch dorthin gehen könnte, um ein neues Leben zu beginnen.

Im Verlauf dieses Spazierganges erzählt Jonsen weitere Begebenheiten aus seinem Leben, vom Winter und der rauen Schönheit dieses Landes jenseits des Südgebirges, ohne auch nur ein einziges Mal eine nicht passende Formulierung zu wählen.

„Hier beginnt jetzt die Adlergasse, wo sich unsere Wege trennen. Am Ende der Straße finden Sie die Apotheke. Mein Weg führt mich zu den Villen dort oben", sagt Morrigan und zeigt zu einem leicht ansteigenden Hügel, der den Anschein erweckt, als passte dieser nicht so recht in die Landschaft.

„Schade, dass sich unsere Wege hier trennen, aber vielleicht sehe ich Sie ja wieder einmal in unserer Apotheke. Es würde mich auf jeden Fall freuen. Und nochmals vielen herzlichen Dank für Ihre zuvorkommende Freundlichkeit", sagt der Mann, ehe er seinen Hut in seine Hand nimmt und elegant zur Seite schwingt. Erneut steigt daraufhin Morrigan die Röte ins Gesicht, ehe sie sich nach einem kurzen Lächeln von dem Mann abwendet, um ihren Weg fortzusetzen. Ohne sich noch einmal umzuwenden, obwohl sie nichts lieber täte, strebt Morrigan den Villen am Ende der Bärenstraße entgegen. Ermutigt von den Ereignissen der letzten halben Stunde ist sie fest davon überzeugt, dass sich an diesem Tag ihr Schicksal dazu entschlossen hat, ihr bisheriges Leben in eine neue bessere Zukunft zu leiten. Wo aber soll sie anfangen, nach einer Arbeitsstelle zu fragen, schweben in ihrem Kopf doch noch immer die nicht gerade erfolgreichen Bewerbungen herum, von denen sie von Maren gehört hatte. Vielleicht hat es an Marens Kleidung gelegen, versucht sie sich einzureden, als sie vor der Tür eines stattlichen Herrenhauses steht und mit zitternder Hand am Gestänge der Hausglocke zieht. Jedoch scheint niemand zu Hause zu sein, weil auch auf ein erneutes Ziehen am Gestänge sich weder was tut, noch die Tür öffnet. Ein wenig enttäuscht wendet sie sich daraufhin von dem Haus ab, um ihr Glück anderswo zu versuchen. Doch auch beim nächsten Haus bleibt für sie die Haustür verschlossen, obwohl sie kurz zuvor dort jemand gesehen hat, wie diesem die Tür geöffnet wurde.

„Vielleicht versuche ich es in einer anderen Straße. Bestimmt habe ich dort mehr Glück", sagt Morrigan zu sich selbst, um ihr verlorenes Selbstvertrauen zu erneuern.

„Wen wünschen Sie zu sprechen?", fragt ein älterer Mann, zweifelsohne ein Diener, als ihr ein paar Straßen weiter zu ihrer eigenen Überraschung die Tür geöffnet wird.

„Ich bin auf der Suche nach Arbeit. Ich bin beflissen und …", weiter kommt Morrigan mit ihrem Anliegen allerdings nicht, weil ihr im selben Moment die Tür auch schon wieder vor ihrer Nase zugeschlagen wird. Doch davon lässt sie sich nicht entmutigen. Nein im Gegenteil. Nach jeder Tür, an der sie abgewiesen wird, verfestigt sich ihr Entschluss, solange nachzufragen, bis sie ihr Ziel erreicht hat.

„Womit kann ich ihnen helfen?", fragt eine junge Frau in Dienstbotenkleidung, ehe hinter ihr ein Mann erscheint, dessen gelangweilter Blick erahnen lässt, dass ihn Morrigans Problem nicht sonderlich interessieren wird. Dennoch nimmt sie ihren Mut zusammen, um mit einem freundlichen Lächeln ihr Anliegen kundzutun.

„Ich heiße Morrigan. Ich bin auf der Suche nach einer Anstellung. Ich kann putzen, kochen oder auch die Wäsche waschen."

„Wir benötigen keine zusätzlichen Dienstboten. Die gnädige Frau des Hauses hätte es mich wissen lassen, wenn dem so wäre. Außerdem ist das hier der Eingang der Herrschaften. Aus diesem Grund muss ich Sie bitten, wieder zu gehen", antwortet der Mann. Obwohl Morrigan keine naiven Vorstellungen vom Leben hat, hat sie sich zu Beginn ihrer Suche nach einer Anstellung erwartet, wenigstens angehört zu werden. Dass nicht jede wohlhabende Familie wahllos viele Dienstkräfte einstellen kann, darüber ist sie sich durchaus bewusst. Dessen ungeachtet hat sie sich erhofft, wenigstens den einen oder anderen Hinweis zu bekommen, wo ein Dienstmädchen gesucht wird. Es gibt aber auch Häuser, an denen sie nicht nur als lästige Bittstellerin gesehen wird. So zum Beispiel das Haus von Johansen Perler, dem Herausgeber der größten Zeitung und zudem Besitzer einer Buchdruckerei. Johansen Perlers Butler, ein in Abwesenheit seines Arbeitgebers selbstständig entscheidungsberechtigter Kammerdiener, bittet Morrigan in den Dienstbotenraum, um sich dort ihr Anliegen anzuhören. Währenddessen beginnen zu ihrer Verwunderung zwei Frauen damit, den großen Tisch zu decken, an dem sie Platz nehmen darf. Teller und Gläser werden bereitgestellt und das Besteck wird platziert, während aus der Küche neben dem Raum ein verführerischer Duft nach Gemüseeintopf herüberschwappt.

„Es ist ein besonderes Anliegen unseres Herrn, dass niemand an seinem Haus abgewiesen werden darf und auch nicht fortgeschickt wird, ehe man ihm einen Teller Suppe angeboten hat. Ich sehe es Ihnen an, Sie haben heute, noch nichts zu Essen bekommen. Bitte greifen Sie zu und lassen Sie es sich schmecken. Mehr jedoch kann ich leider für Sie nicht tun", erklärt der Mann Morrigan, nachdem sie ihm ihr Anliegen schildern durfte. Trotzdem rät er ihr, nicht den Mut zu verlieren und weiterhin an allen Häusern nachzufragen. Zu guter Letzt erhält Morrigan noch einige nützliche Ratschläge, wie sie sich besser präsentieren könnte, um ihr Bemühen letztendlich mit Erfolg zu krönen. Dazu gehört unter anderem, dass sie im Fall einer Anstellung sofort mit der Arbeit anfangen sollte. Dies wiederum bedeutet, dass sie einen Teil ihrer persönlichen Habe bei sich mitführen muss.

So vergeht der erste Tag, ohne dass sie Erfolg gehabt hätte. Also bleibt ihr nichts anderes übrig, als zurück zu ihrer Behausung zu gehen, um am nächsten Tag erneut ihr Glück zu versuchen.

Es ist nur der Schatten einer streunenden Katze, der vorüberhuscht, als Morrigan auf ihrem Weg zum Gelände der Fabrik nach der Kettenbrücke aus einer finsteren Hauseinfahrt einen leisen Hilferuf vernimmt. Obwohl Maren und Ophelia ihr stets zu erklären versucht haben, sich niemals um das Leid anderer zu kümmern, geht Morrigan diesem Hilferuf nach.

„Hallo, ist dort jemand?", fragt sie, ehe sie vorsichtig in die Dunkelheit eines Durchganges, der zu einem Hinterhof führt, eintaucht.

„Hallo!", ruft sie erneut, worauf ein weiteres Mal eine

aufgescheuchte Katze mit einem fauchenden Miauen an ihr vorbeizischt. Eigentlich kein Grund, sich zu erschrecken, doch Morrigan klopft das Herz bis zum Hals. Nach ein paar Schritten kann sie im fahlen Licht einer flackernden Gaslaterne am Beginn einer weiterführenden Durchfahrt die Silhouette einer mit dem Oberkörper an der Mauer gelehnten Person erkennen. Es ist ein schockierender Anblick, den sie in weiterer Folge vorfindet. Eine Frau, mit blutigem Schaum vor ihrem Mund, kämpft offensichtlich um ihr Leben, ehe sie von schmerzhaften Krämpfen heimgesucht wird. Starr vor Schreck, kann sich Morrigan kaum rühren, ehe es ihr in den Sinn kommt, dass diese Frau womöglich an einer Unheil bringenden Krankheit leiden könnte. Gerade als sie sich von der Frau abwenden will, vernimmt sie einige leise Worte, welche von der am Boden Sitzenden kommen. Jedoch versteht sie diese nicht. Also bückt sie sich zu der Frau und streicht ihr die zerzausten Haare aus ihrem Gesicht. Es ist das Gesicht einer jungen Frau, das trotz des nahenden Todes weder Furcht noch Angst zeigt. Kaum wahrnehmbar bewegen sich daraufhin ihre Lippen erneut, ehe sie versucht, Morrigan etwas zu sagen. Mehr als ein paar kaum verständliche Worte, die nach Killian und Gift klingen, vermag die Frau nicht hervorzubringen. Ein letzter krampfhafter Versuch der Frau, nach Luft zu ringen, endet mit einem Hustenanfall, der jedoch abrupt abbricht. Ihr verkrampfter Körper erschlafft, ihre Augen weiten sich und ihre Hand gibt ein kleines Fläschchen frei, das leise und klirrend auf den mit Steinen gepflasterten Boden rollt. Auch ihr vor Schmerz verzerrtes Gesicht entspannt sich, worauf Morrigan, auf ihren Lippen sogar ein Lächeln zu sehen glaubt. Was aber soll sie jetzt tun, fragt sie sich, angesichts der toten Frau vor ihr.

Nach Hilfe rufen? Wird man ihr, einer gesuchten Mörderin glauben, dass sie am Ableben dieser Frau keine Schuld trägt? Davonlaufen? Auch keine gute Idee, weil das einem Schuldgeständnis gleichkommen könnte.

„Was also soll ich jetzt nur tun?", fragt sich Morrigan erneut, ehe sie sich selbst zur Antwort gibt: „Helfen kann dir nicht, aber vielleicht kannst du mir helfen oder etwas hinterlassen, das mir meinen ärmlichen Alltag für ein paar Tage erleichtern könnte."

Ohne darüber weiter nachzudenken, nimmt Morrigan die Reisetasche, die neben der Frau liegt, bückt sich nach dem Fläschchen, um im Anschluss daran so schnell als nur möglich diesen Ort des Grauens zu verlassen. Zwei drei Straßen weiter beginnt sie zu realisieren, was sie mit der Mitnahme der Tasche getan hat.

„Morrigan du hast die Tasche einer Toten genommen. Bist du schon so weit gesunken, dass du einer Leiche das letzte Hab und Gut fleddern musst?", sagt ihre innere Stimme, als sie zu einer Brücke kommt, die einen alten

Abwasserkanal überspannt. Schon steht ihr Entschluss fest, die Tasche hier in dem Kanal loszuwerden, da erscheinen am anderen Ende der Brücke die Silhouetten von zwei Gendarmen auf ihrem nächtlichen Kontrollgang.

„Ganz ruhig Morrigan, geh einfach nur weiter. Einfach nur weitergehen", flüstert sie sich selber zu, ehe sie den Gruß der beiden mit einem beschämenden Nicken erwidert. Längst ist sie außerhalb der Sichtweite der beiden Gesetzeshüter, als es ihr erneut in den Sinn kommt, dass sie sich der Tasche entledigen wollte.

„Buh!", erschreckt sie Sam, der sie vor Kurzem entdeckt hat und sich einen Jux daraus macht, ihr Herz zum Rasen zu bringen.

„Sam verdammt noch einmal, hast du mich erschreckt. Was machst du denn hier. Es ist doch schon Nacht! Ab nach Hause mit dir", schimpft Morrigan, geradeso, als ob sie seine Mutter wäre.

„Wie ist es dir heute ergangen? Wir haben gedacht, dass du jetzt bei den reichen Leuten auf der anderen Seite des Miislats wohnst. Soll ich deine Tasche tragen, die sieht nämlich schwer aus", fragt Sam und hält auch schon die Tasche in seinen Händen. Ohne auf eine Antwort zu warten, was Morrigan nur recht ist, beginnt er von seinem Tag zu erzählen. Und wäre er kein Waisenkind, welches mit Betteln und Stehlen seinen Alltag meistern muss, so könnte man durchaus annehmen, dass diesem Jungen schlicht und einfach ein glückliches Leben beschert wurde. So geschieht es, dass Morrigan kurze Zeit später in ihrer kleinen Behausung sitzt und die letzte Kerze, die sie noch hat, anzündet.

„Was soll ich nur mit dir machen? Du bist nicht einmal mein. Andererseits, die Frau, der du gehörst, wird dich wohl kaum vermissen", sagt Morrigan zu sich selbst, um ihr Gewissen zu beruhigen, worauf sie die Tasche zu durchsuchen beginnt. Fein säuberlich zusammengelegt findet sie dort zwei weiße Kittel, saubere Unterwäsche einer Frau, ein Nachthemd und so manch anderes Kleidungsstück, das sie sich bestimmt nicht hätte kaufen können. Aber auch ein Lederetui mit medizinischem Besteck sowie ein Fieberthermometer darf sie jetzt ihr Eigen nennen. Morrigan kennt zwar den Zweck dieser Gegenstände, in ihren Händen gehalten oder gar benützt, hat sie so etwas aber noch nie. Nichtsdestotrotz weiß sie wofür diese Zangen, Pinzetten, Nadeln und was sonst noch in dem Etui zu finden ist, Verwendung finden. Auch die Anwendung des Fieberthermometers, das in einer zigarrenförmigen Hülle vor Bruch geschützt aufbewahrt wird, ist ihr nicht unbekannt. Erfahren hat sie von diesen Instrumenten sowie von neuen Methoden der Heilkunde aus einem Buch, das sie erst vor Kurzem auf der Müllhalde gefunden hat. Mit Interesse hat Morrigan jedes Kapitel mehrmals gelesen und wäre sie noch ein kleines

Mädchen, so stünde nach dieser Lektüre der Wunsch, Krankenpflegerin oder gar Ärztin zu werden, wohl ganz oben auf ihrer Liste fürs Leben. Dass letzterer Beruf zu dieser Zeit nur Männern vorbehalten war, würde wohl nichts am Traum eines Mädchens ändern. Ein letztes Aufflackern der Kerze ist für Morrigan ein Hinweis, dass es an der Zeit ist, sich auszuruhen. Am Morgen des nächsten Tages, als sie gut ausgeruht erwacht, blicken die ersten Sonnenstrahlen über den Horizont jenseits der See. Allerdings ist es noch zu früh, um sich jetzt schon auf den Weg zu machen. Also bleibt ihr genug Zeit, um sich zu waschen, sich anzukleiden, ihre Haare zu bürsten und sich darüber zu erfreuen, dass sie gestern einen Teil ihres Frühstücks zurückgelassen hat. Dabei kommt ihr auch in den Sinn, dass das kleine Fläschchen, das der Frau nach ihrem Ableben aus der Hand entglitten ist, noch immer in der Tasche ihres Mantels sein muss. Anhand des Buches, das sie vor einiger Zeit gefunden hat, versucht sie kurz darauf herauszufinden, um welche Art von Medizin es sich dabei handeln könnte. *Arsen-Salizumtropfen* steht mit kunstvoll geschwungenen Buchstaben auf dem schon etwas vergilbten Aufkleber. Kleingedruckt steht aber auch, dass mit der Anwendung Vorsicht geboten ist. Etwas stutzig macht sie der aufgemalte Totenkopf auf der Rückseite, der jedoch nur mehr schwer zu erkennen ist. Aus dem Buch kann sie entnehmen, dass dieses Medikament in niedrigen Dosen bei fiebriger Schlaflosigkeit verabreicht werden darf. Allerdings sollte unbedingt darauf geachtet werden, dass nie mehr als ein halbes Dutzend Tropfen an einem Tag verabreicht wird. Mehr kann sie jedoch nicht in Erfahrung bringen. Demzufolge stellt sie sich vor, wie sie dem charmanten jungen Mann in der Apotheke bittet, ihr zu erklären, wofür diese Medizin noch verabreicht werden kann. Also steckt sie das Fläschchen wieder in die Tasche ihres Mantels. Das Buch legt sie zu dem Etui mit den medizinischen Sachen in jene Tasche, die sie seit dem Vortag ihr Eigen nennen darf, um sich im Anschluss daran auf den Weg zu machen. Eine Stunde später steht sie vor der Apotheke Seetal. Ihr Herz klopft ihr bis zum Hals. Was aber soll sie sagen? Es könnte nämlich durchaus sein, dass die Gendarmerie bei ihren Ermittlungen auch hier nach ihr gesucht hat. Sie ist eine gesuchte Mörderin, wenngleich sie mit dem Tod von Dorothea nichts zu tun hat. Es war ein Unfall, den sie nicht einmal herbeigeführt hat. Gerade in dem Moment, als sie sich wieder abwenden will, öffnet sich die Tür. Die kleine Glocke dahinter bimmelt, während Serlos Seetal, der Besitzer der Apotheke höflich eine Kundin hinausbegleitet, sich noch einmal verabschiedet, ehe er seinen Blick zu Morrigan wendet.

„Fräulein Morrigan, schön Sie wieder einmal zu sehen. Wie geht es Ihnen? Sie sind bestimmt hier, um die von Dorothea bestellte Salbe abzuholen? Bitte kommen Sie nur herein, ich habe schon alles vorbereitet", erklärt ihr wie immer höflich und zuvorkommend der Mann. Danach macht er einen kleinen Schritt zur Seite, sodass Morrigan unweigerlich dazu aufgefordert wird, einzutreten. Aufgrund der Erklärung, dass das gewünschte Präparat abgeholt werden kann, vermutet Morrigan, dass hier noch nicht nach ihr gesucht wurde und auch nicht bekannt ist, dass Dorothea nicht mehr am Leben ist. Die freundlichen Worte des Apothekers lassen zudem schnell ihre Nervosität abklingen.

„Bitteschön junge Frau, hier ist die Salbe für Dorothea Kelter, die Sie ja schon bei Ihrem letzten Besuch bezahlt haben. Bestellen Sie der gnädigen Frau einen schönen Gruß von mir und baldige Genesung. Kann ich sonst noch etwas für Sie tun?", fragt Serlos Seetal, weil sich Morrigan suchend in dem kleinen Verkaufsraum umsieht. Dass sie aber nicht nach irgendeinem Produkt oder irgendeiner Medizin sucht getraut sie sich nicht zu sagen, genauso wie sie sich nicht getraut, das Fläschchen herzuzeigen, weil im selben Moment zwei Gendarmen den Verkaufsraum betreten. Also schüttelt Morrigan nur ihren Kopf, ehe sie sich an den beiden vorbei drängt.

„Ein schüchternes junges Fräulein, aber gut erzogen und immer freundlich", erklärt Serlos Seetal den beiden Männern, ehe er sie nach ihren Wünschen fragt. Dass die beiden Gendarmen nicht nach Morrigan suchten, sondern nur hierher kamen, um ein Medikament für die Frau von einem der beiden zu besorgen, konnte Morrigan nicht ahnen.

Ein wenig enttäuscht darüber, weil sie Jonsen nicht antreffen konnte, überlegt Morrigan, nachdem sie die andere Straßenseite erreicht hat, wo sie an diesem Tag mit der Suche nach einer Stellung beginnen soll. Ihr Besuch in der Apotheke geht ihr dabei nicht aus dem Kopf, hat sie doch gehofft, Jonsen Seetal wiederzutreffen. Doch von diesem war weit und breit nichts zu sehen. Was sie aber sehen kann, ist der Anschlag einer Litfaßsäule, auf dem von den Unruhen der vergangenen Woche berichtet wird. Nicht etwa, dass sich Morrigan dafür sonderlich interessieren würde, liest sie trotzdem alle Artikel der dort aufgehängten Wochenzeitung. Von einem Mord oder gar, dass nach ihr gesucht wird, steht dort allerdings nichts zu lesen. Erleichterung verschafft ihr diese Tatsache allerdings keine. Auch die wenig erfolgreichen Vorstellungsgespräche des vergangenen Tages tragen nicht gerade dazu bei, dass sie mit neuem Ehrgeiz ihre Suche fortsetzt. Ja sie überlegt sogar, ihr Bemühen vollends aufzugeben. Im Gedanken versunken, bemerkt sie nicht einmal, dass sie bereits auf der Einfahrt zu einem stattlichen Herrenhaus sich befindet. Noch ehe sie aber bis zur Tür kommt, welche für die Dienstboten vorgesehen ist, wird sie von einem Mann mit strengen Worten dazu aufgefordert, das

Grundstück sofort zu verlassen. Ein weiterer Rückschlag, der sich beim nächsten und übernächsten Haus wiederholt. Drei Stunden später und vier Häuser weiter, an denen sie abgewiesen wurde, läutet sie erneut am Dienstboteneingang einer Villa am Ende der Hauptstraße. Die Hoffnung heute, am zweiten Tag ihrer Suche nach einer Stelle, noch einen Arbeitsplatz zu finden, hat sie bereits aufgegeben. So soll dies der letzte Versuch werden, ehe sie am Hafen nach einer Stelle fragen will.

„Dich habe ich hier noch nie gesehen. Du siehst hübsch aus. Wer bist du?", fragt ein kleiner Junge von etwa sechs oder sieben Jahren, als dieser plötzlich mit einem hölzernen Schwert und mit nicht gerade sauberer Kleidung hinter ihr steht, obwohl man auf den ersten Blick sagen kann, dass dieser Junge aus gutem Hause stammt.

„Danke", antwortet Morrigan ein wenig verwundert über das Kompliment, ehe sie dem kleinen Kavalier Rede und Antwort steht.

„Mein Name ist Morrigan Zott. Ich bin auf der Suche nach Arbeit."

„Dann musst du vorne läuten. Hier ist nur der Eingang für unsere Dienstboten. Komm ich, zeige es dir. Hat dich Doktor Morgenstern geschickt?"

„Doktor Morgenstern? Nein ich kenne niemand mit diesem Namen."

„Doktor Morgenstern ist unser Arzt. Er hat gesagt, dass

meine Mama schwer krank ist, und jemand braucht, der sich den ganzen Tag nur um sie alleine kümmert. Sie hat die fiebrige Schwindsucht, hat Dr. Morgenstern gesagt. Kannst du meine Mama wieder gesund machen? Bitte."

„Hendrik, wo bist du schon wieder gewesen? Sieh nur, wie du aussiehst. Deine Hose ist zerrissen, dein Hemd ist voller Schmutz und wo liegt wohl wieder deine Jacke. Deine Lehrerin Frau Beckstein sucht dich auch schon seit mehr als einer halben Stunde. Außerdem wartet dein Mittagessen noch immer auf dich", schimpft jener Mann der, nachdem Hendrik wie wild an der Glocke neben der Eingangstür geläutet hat, missmutig die Tür öffnet.

„Bitte verzeihen Sie mir meinen schroffen Empfang, aber dieser Junge treibt uns noch in den Wahnsinn. Sie sind bestimmt jene Frau, die uns Doktor Morgenstern zugesagt hat. Mein Name ist Erol Banks. Ich bin der Butler unseres ehrwürdigen Herren, Richter Elias Kaut und seiner Frau Letizia, deren Pflege Ihre Aufgabe sein wird. Angesichts dessen möchte ich, so unhöflich es auch klingen mag erwähnen, es wird höchste Zeit, dass Sie endlich erscheinen. Wir haben Sie schon gestern am Abend erwartet. Seit diese undankbare Pflegeschwester uns vor einer Woche verlassen hat, geht es unserer gnädigen Frau Kaut immer schlechter. Ich hoffe nur, dass Sie vertrauenswürdiger und auch kompetenter im Umgang mit einer schwer kranken Frau sind als ihre Vorgängerinnen. Wie ich sehe, Sie haben zumindest Ihre Sachen schon dabei, um sofort mit der nötigen Pflege von Letizia Kaut zu beginnen. Ihre Probezeit beträgt eine Woche. Danach wird unser gnädiger Herr entscheiden, ob er Ihnen ein Dienstverhältnis anbietet. Einstweilen dürfen Sie im Gästezimmer logieren. Sofia, die Sie bei der Pflege von Frau Kaut unterstützt, wird Sie dorthin begleiten, damit Sie sich umkleiden können. Ich werde Sie im Anschluss daran von dort abholen und zu unserer Herrin bringen, damit Sie sofort mit ihrer Behandlung beginnen können. Falls Sie derweilen noch etwas benötigen, wenden Sie sich einfach nur an eines unserer Dienstmädchen. Jetzt aber entschuldigen Sie mich, ich muss mich zuvor noch um den jungen Herrn kümmern, ihn zur Räson bringen. Hendrik! Wo steckst du schon wieder?", sagt dieser Mann, ohne dass Morrigan auch nur eine Silbe von sich geben konnte. Sofia erklärt Morrigan im Anschluss daran mit wenigen Worten, wie es um Letizia Kauts Gesundheit steht. Außerdem erläutert sie ihr die Gepflogenheiten im Haus und wie sie sich gegenüber dem Personal und Richter Elias Kaut zu verhalten hat. Morrigan hingegen würde am liebsten davonlaufen, weil sie nicht weiß, was in absehbarer Zukunft auf sie zukommen könnte. Es ist ihr aber auch bewusst, dass sie nicht noch einmal so eine Chance bekommen wird.

Hoffnung

Es ist ein erbärmlicher Anblick, der sich Morrigan darbietet, als sie etwas später von Erol Banks in das Krankenzimmer von Letizia Kaut geführt wird. Es riecht nach abgestandener Luft. Die zur Hälfte zugezogenen Vorhänge lassen alles in diffusem Licht erscheinen. Auch sonst gleicht dieser Raum mehr einem Aufbahrungsraum. Auf einem großen mit weißen Lacken bezogenen Bett liegt eine Frau, deren Leben nur noch an einem seidenen Faden zu hängen scheint. Kaum wahrnehmbar ist ihr Atem zu vernehmen. Ihr Gesicht, eingefallen und fahl, zeigt keinerlei Regung, als Banks emotionslos Morrigan als neue Krankenschwester ankündigt, ehe er den Raum auch schon wieder verlässt. Ein Hustenanfall mit blutigem Auswurf, wie er nicht schlimmer sein könnte, raubt der Frau ein weiteres Stück ihrer Kraft, sodass sie kaum noch zu Atmen in der Lage ist.

„Was machen Sie da?", fragt Sofia erschrocken, als Morrigan zuallererst die Vorhänge zur Seite zieht und die Fenster einen Spaltbreit öffnet.

„Ausreichend Tageslicht und vor allem frische Luft, aber keine Zugluft, sind die besten Voraussetzungen für eine baldige Genesung. Wie soll diese arme Frau jemals gesund werden, wenn sie hier wie in einer Gruft eingesperrt liegen muss", antwortet Morrigan so selbstsicher, dass sie sogar über ihre eigenen Worte erschrickt. Doch es waren auch die Worte, die ihr ihre Ziehmutter Elsbeth immer wieder gesagt hat, wenn sie sich beim Spielen im Regen verkühlt hatte, weil Morrigan es als Kind geliebt hat, mit den Regentropfen um die Wette zu tanzen. Auf einem Serviertisch neben dem Bett steht noch immer Letizias Mittagessen. Gebratene Entenbrust, mit Speck gespickte Fleischstücke in Rotweinsoße und in Fett gegartes Knollengemüse. Als Nachtisch, der schon alleine einen kräftigen Mann zu sättigen in der Lage wäre, gibt es gebratene Flönz mit Apfelmus. Vorsichtig riecht Morrigan an dem für sie seltsam anmutenden Gericht.

„Was ist das?"

Verwundert, weil Morrigan diese nicht gerade ansehnlich wirkende Köstlichkeit nicht kennt, gibt ihr Sofia zur Antwort: „Was ihr wisst nicht, was Flönz ist? Das ist geräucherte Blutwurst mit kleinen Speckstücken und Apfelmus. Allerdings muss ich dazu sagen, dass auch ich so etwas nicht essen würde. Du musst nur ein wenig davon kosten, dann wird dir klar, wovon ich spreche. Die Damen und Herrn der Gesellschaft hingegen vergöttern diesen Nachtisch geradezu. Mitunter ein Grund dafür, dass der Dienerschaft diese Spezialität verwehrt bleibt."

„Und von so etwas soll jemand gesund werden? Meiner Meinung nach bewirkt solche Kost wohl eher das Gegenteil", stellt Morrigan kopfschüttelnd fest, nachdem sie noch einmal daran gerochen hat. Sofia erklärt ihr daraufhin, das Antipa Morgenstern, die Schwester von Dr. Morgenstern kategorisch darauf bestanden hat, dass die gnädige Herrin kräftigende Nahrung zu sich nehmen muss. Außerdem soll Antipa darauf hingewiesen haben, dass Justina Mang tunlichst darauf zu achten hat, dass Letizia Kaut mehrmals am Tag ihre Medizin verabreicht wird.

„Wer?", fragt Morrigan, währenddessen sie damit beginnt, Letizia in eine für sie angenehmere Position zu betten, ehe sie ihr zu guter Letzt den Schweiß von der Stirn wischt.

„Justina war deine Vorgängerin. Allerdings hat sie es hier nicht lange ausgehalten, was mich jedoch nicht verwundert. Antipa hat sie vor uns allen eine Hochstaplerin und Schwindlerin genannt, die nichts von Heilkunde und Medizin versteht."

„Warum?"

„Justina hat sich erlaubt, zu sagen, dass die Medizin, welche Antipa regelmäßig vorbeibringt, unserer Herrin mehr schaden als nützen würde."

„Und wie siehst du das?", fragt Morrigan, worauf Sofia zu ihrer Herrin sieht, ehe sie ein wenig ratlos mit ihren

Schultern zuckt. Obwohl Letizia wach ist, kann sie aufgrund ihres Gesundheitszustandes das Gespräch zwischen Morrigan und Sofia nicht mitverfolgen.

„Was denkst du, könnte die Köchin, wie hieß sie noch gleich, etwas Fleischbrühe mit einem verquirlten Ei für Frau Letizia zubereiten? Ich bin mir sicher, dass für die gnädige Frau vorerst eine etwas leichter zu verdauende und nicht so fette Kost besser wäre."

„Nora wird es freuen, wenn ich ihr sage, dass du dieselbe Kost für unsere Herrin vorgeschlagen hast wie sie."

„Und warum steht dann hier eine derart üppige Mahlzeit, die sogar einem gesunden Menschen zu schaffen machen würde?"

„Nora war derselben Meinung wie du und hat Antipa auch denselben Vorschlag unterbreitet wie du, was ihr allerdings eine gehörige Schelte eingebracht hat. Am liebsten hätte Nora an diesem Tag das Haus für immer verlassen."

„Gut, dann sag ihr, dass wir für Frau Letizia von nun an eine etwas leichtere Mahlzeit wünschen. Und nimm das hier mit, ich werde der gnädigen Frau derweilen ein frisches Nachthemd anziehen."

„Dem Himmel sei dank, dass er meine Gebete endlich erhört und eine Krankenschwester zu uns geschickt hat, die etwas davon versteht, wie eine kranke Frau zu pflegen ist und was ihr guttut", ertönt hinter Morrigan schon bald eine Stimme. Ein wenig erschrocken dreht sich daraufhin Morrigan um, um zu sehen, wer sich so an sie herangeschlichen hat. Es ist Nora mit einem Tablett in ihren Händen, auf dem ein Teller mit Suppe steht. Dankend nimmt ihr Morrigan im Anschluss daran das Tablett ab, um Letizia ein paar Löffel davon einzuflößen. Doch selbst das ist der Frau schon bald zu anstrengend. Enttäuscht sieht Nora Morrigan zu, wie diese das Tablett wieder zur Seite stellt.

„Nora, hast du in deiner Küche ein Warmhaltestövchen? Ich bin mir sicher, dass die gnädige Frau etwas später noch einmal von deiner Suppe essen möchte. Mehr als ein paar Löffel kann im Moment ihr Körper noch nicht verkraften."

„Wir haben Warmhalteplatten aus Stein oder mit Kerzen. Ich kann die Suppe aber auch in meiner Küche warmhalten."

„Ein Stövchen mit einer Kerze reicht vollkommen", antwortet Morrigan, worauf sich Nora sofort auf den Weg macht, um die gewünschten Utensilien zu holen.

„Abgesehen davon, dass Antipa die Schwester des Hausarztes ist, welche Stellung hat sie hier im Haus?", fragt Morrigan derweilen, worauf Sofia nur mit ihren Schultern zuckt.

„Du traust mir noch nicht. Stimmt's?", fügt daraufhin Morrigan hinzu.

„Antipa ist keine Medizinerin, behauptet aber, es mit ihrem Wissen aus der Heilkunde mit jedem Doktor aufnehmen zu können. Sie wird wütend sein, wenn sie von dem hier erfährt", gesteht Sofia und zeigt dabei auf den halbvollen Teller, um auch noch zu beichten, dass sie gestern aus Versehen die Medizin von Letizia Kaut verschüttet hat. Im Anschluss daran holt sie aus ihrer Schürzentasche ein kleines Fläschchen hervor, zeigt es Morrigan und fragt, ob sie nicht dieselbe Medizin bei sich haben würde. Mit Erstaunen stellt Morrigan daraufhin fest, dass diese Phiole jener gleicht, die sie bei der sterbenden Frau vor Kurzem gefunden hat.

„Ist das die Medizin, die der gnädigen Frau empfohlen wurde?", fragt Morrigan, worauf Sofia nur nickt und das leere Fläschchen auf den Nachttisch stellt.

„Wie viel hat die gnädige Frau von dieser Medizin verordnet bekommen?"

„Zehn Tropfen vor jeder Mahlzeit und vor dem Schlafen gehen noch einmal fünfzehn."

„Hat das Dr. Morgenstern verordnet? Mehr als vierzig Tropfen an einem Tag? Das ist doch viel zu viel. Am besten wird es sein, wenn wir diese Medizin für ein paar Tage komplett aussetzen. Ich bin mir sicher, dass die verordnete Medikation viel zu hoch war. Bist du dir überhaupt sicher, dass er so viel verordnet hat?", möchte Morrigan als Nächstes wissen und erweckt somit bei Sofia den

Eindruck, als ob sie eine ausgebildete Krankenschwester oder gar Ärztin wäre.

„Nein Antipa war das. Sie hat auch immer wieder ein neues Fläschchen Tropfen vorbeigebracht und darauf bestanden, dass die Medizin der gnädigen Frau auch verabreicht wird."

„Antipa? Ich habe mir gedacht, dass Dr. Morgenstern der behandelnde Arzt ist."

„Das stimmt schon, aber sie ist ja seine Schwester. Sie hat auch immer betont, dass sie nur ihren Bruder vertritt, weil dieser in seiner neu gegründeten Klinik nicht abkömmlich ist."

„Das erklärt aber noch immer nicht, was diese Frau hier zu sagen hat. Außerdem wie äußert sich Herr Kaut dazu? Ist er damit wirklich einverstanden, dass Antipa über die Medikation seiner Frau entscheidet?"

„Was die Pflegeanweisungen betrifft, da vertraut ihr der gnädige Herr voll und ganz. Natürlich weiß jeder hier im Haus, dass Antipa unserem Herrn schon seit Langem schöne Augen zu machen versucht. Wir wissen aber auch, dass er ihre Annäherungsversuche nicht ein einziges Mal erwidert hat. Unser gnädiger Herr ist ein anständiger Mann, der seine Frau über alles liebt. Vielleicht …", gesteht Sofia, vollendet aber ihren Satz nicht, weil die Tür aufgeht und Hendrik mit seinem Holzschwert in der Hand hereingestürmt kommt. Wie ein Wirbelwind saust der

Junge durch das Zimmer, stößt dabei eine Vase von einer Kommode, ehe ihn Morrigan zu fassen bekommt.

„Hendrik, deine Mama braucht jetzt viel Ruhe, um wieder gesund zu werden", erklärt Morrigan dem Jungen, der wie wild versucht, sich aus ihren Händen zu befreien.

„Ich will zu meiner Mama!", erschallt es daraufhin aus seinem Mund.

„Natürlich darfst du zu deiner Mama", sagt Morrigan mit leiser Stimme, ehe sie Hendrik langsam zum Rand des Bettes führt. Danach nimmt sie ihm sein Schwert aus der Hand und legt sie in die von Letizia. Es ist ein zartes Lächeln, das kurz darauf auf dem Gesicht der kraftlosen Frau zu sehen ist. Auf Sofias Gesicht hingegen zeichnet sich Verwunderung ab.

Gerade als die letzten Sonnenstrahlen durch das Fenster blinzeln, kommt Erol Banks zur Tür herein, bleibt aber nach einem weiteren Schritt stehen.

„Der gnädige Herr wünscht, jetzt seine Frau zu sehen. Fräulein Morrigan, würden Sie derweilen so lange im Floor warten", verkündet Erol mit steifer Haltung, worauf Morrigan das Buch, in dem sie gerade blätterte, zur Seite legt, um wie von ihr verlangt, den Raum zu verlassen.

„Nein nicht. Sie dürfen ruhig bleiben. Danke Erol, das wär für heute alles, Sie dürfen sich zurückziehen, ich komme allein zurecht", sagt Elias Kaut, ehe er sich an Morrigan wendet.

„Bitte setzen Sie sich wieder. Wir hatten leider noch nicht die Gelegenheit miteinander zu sprechen. Wie geht es meiner lieben Frau?", möchte Elias Kaut zuallererst von Morrigan wissen.

„Sie ist vor einer halben Stunde eingeschlafen", antwortet Morrigan, weil ihr im Moment nichts anderes einfällt.

„Gut, dann lassen wir sie schlafen. Erzählen Sie mir etwas über sich, wir hatten leider noch keine Möglichkeit uns bekannt zu machen. Wer ich bin, wird man Ihnen sicherlich schon verraten haben. Aber seien Sie unbesorgt, ich bin kein Despot, wenngleich man mir das nachsagt. Wie ich gehört habe, hat meine Frau dank Ihrer Fürsorge heute ein wenig Suppe zu sich genommen. Ich bin mir sicher, dass auch Dr. Morgenstern davon erfreut sein wird. Vielleicht besuche ich ihn in den nächsten Tagen wieder einmal. Aber das wird Sie bestimmt nicht interessieren. Also kommen wir zum geschäftlichen Teil. Ihre Aufgabe hier in meinem Haus ist einzig und alleine die Pflege meiner Frau, was aber nicht heißen soll, dass Ihnen der Kontakt mit allen, die im Haus leben, verboten ist. Mit meinem Sohn haben Sie bestimmt auch schon Bekanntschaft gemacht. Hendrik ist, wie Dr. Morgenstern zu sagen pflegt, leider ein Kind mit einem gehörigen Defizit an Aufmerksamkeit. So leid es mir tut, ich werde wohl nicht daran vorbeikommen, Hendrik in ein Heim zu geben. Aber auch das soll Sie nicht bekümmern. Jetzt möchte ich nur noch wissen, woher sie kommen und wo Sie zuvor gearbeitet haben. Bitte verstehen Sie das nicht falsch, aber ich bin als oberster Richter in einer Position, in der ich äußerste Vorsicht walten lassen muss."

„Ich bin erst vor ein paar Tagen mit meinem Verlobten Jonsen Seetal hier angekommen. Auf der Reise hierher sind mir leider all meine Papiere und Referenzschreiben abhandengekommen", lügt Morrigan, weil sie nicht damit gerechnet hat, jemals danach gefragt zu werden.

„Das ist kein Grund, um zu erröten oder sich zu schämen. Mir ist dasselbe vor ein paar Jahren auch schon passiert. Wichtig ist sowieso nur, dass meine Frau wieder gesund wird. Nun gut, dann wäre auch das geklärt. Erol hat Ihnen sicher schon gesagt, wie ich Sie entlohnen werde. Falls ich mit Ihrer Arbeit zufrieden bin, bekommen Sie ein monatliches Gehalt von 15 Selani, freie Kost und Logis sowie einen freien Tag in der Woche. Bis dahin bezahle ich Sie am Ende eines jeden Tages. Haben Sie noch irgendwelche Fragen?"

„Ich danke Ihnen für das Vertrauen, das Sie mir entgegenbringen, und verspreche Ihnen Sie nicht zu enttäuschen. Ich weiß es steht mir nicht im Geringsten zu, Ihre Entscheidungen zu hinterfragen. Ich möchte Sie nur bitten, Hendrik in kein Heim zu geben. Er ist Ihr Sohn."

„Dr. Morgenstern ist der Meinung, dass es das Beste

für Hendrik sein wird. Sie sind hier, um meine Frau zu pflegen und nicht um sich um das Wohl meines Sohnes zu kümmern. Um Hendrik wird sich in absehbarer Zukunft Dr. Morgenstern in seiner neu errichteten Einrichtung kümmern", belehrt Elias Kaut Morrigan ein wenig verärgert, ehe er sich seiner Frau zuwendet.

Morrigan hingegen sieht sich nach diesem Gespräch insgeheim schon auf der Suche nach einer anderen Arbeitsstätte.

„Bitte verzeihen Sie mir meinen vorlauten Mund. Es steht mir natürlich nicht zu, ihnen irgendwelche Ratschläge zu unterbreiten. Meine Aufgabe wird einzig und allein die Pflege Ihrer Frau sein, die ich mit besten Gewissen verrichten werde, falls Sie mir die Chance dafür geben."

„Natürlich. Eigentlich sollte ich derjenige sein, der sich zu entschuldigen hat. Sie haben nur Ihre Meinung kundgetan, was Ihr gutes Recht ist. Sie dürfen jetzt zu den anderen Bediensteten gehen, um mit ihnen gemeinsam Ihr Abendmahl einzunehmen. Ich bleibe derweilen hier bei meiner Frau."

Ohne ein weiteres Wort zu verlieren, wendet sich Morrigan daraufhin um, um den Raum zu verlassen. Auf der großen geschwungenen Treppe begegnet sie einer Frau, die sie noch nie gesehen hat. Und dennoch weiß sie, wer das ist. Antipa Morgenstern. Eine vornehm gekleidete

Frau mittleren Alters, die gleichermaßen schön wie arrogant wirkt und Morrigan nicht eines Blickes würdigt. Anders als die Begegnung auf der Treppe mit Antipa verläuft ihr erstes Zusammentreffen mit der restlichen Dienerschaft. Erol Banks als Butler stellt ihr der Reihe nach alle Dienstboten vor, mit denen Morrigan noch keinen Kontakt hatte. Er weist ihr ihren Platz zu, ehe auch er sich setzt und allen einen guten Appetit wünscht. Nach dem Essen gibt es für die zumeist weibliche Dienerschaft nur ein Thema. Jene junge Frau, die tot in einem Hinterhof aufgefunden wurde. Es kursieren bereits die abenteuerlichsten Geschichten, die zum Tod dieser Frau geführt haben sollen.

Im Krankenzimmer von Letizia Kaut stellt derweilen Antipa mit Genugtuung fest, dass das Fläschchen mit der Medizin auf dem Nachttisch vollkommen leer ist. Dass der kranken Frau die Medizin nicht verabreicht wurde, kommt ihr in jenem Moment nicht in den Sinn, weil sich Letizias Gesundheitszustand erneut verschlechtert zu haben scheint.

Bestimmung

Zwei Wochen später. Obwohl Morrigan nie eine Ausbildung darin erhalten hat, eine schwer erkrankte Frau zu pflegen, ihr die nötige Medikation zu verabreichen oder nur ihren Gesundheitszustand zu beurteilen, geht es Letizia Kaut erstaunlich besser. Ihr Fieber ist fast zur Gänze verschwunden, ihre Hustenanfälle haben sich gelegt. Aber auch sonst sieht man der Frau an, dass sie sich auf dem Weg der Besserung befindet. Dies alles trägt unter anderem dazu bei, dass schon nach kurzer Zeit jeder im Hause Kaut Morrigan jenen Respekt zollt, den sie in ihrem bisherigen Leben noch nie erfahren durfte. Aber nicht nur Letizia profitiert von Morrigans fürsorglicher Pflege, sondern auch Hendrik. Morrigan gelingt es sogar, den an Aufmerksamkeitsdefizit leidenden Sohn der Kauts derart zu beeinflussen, sodass dieser sichtlich ruhiger wird. Selbst Frau Beckstein, seine Lehrerin muss zugeben, dass Hendrik seit dem Morrigan sich um seine Mutter kümmert, wie ausgewechselt ist. Nur Antipa ist weder von der einen noch der anderen Entwicklung begeistert. Doch das versteht sie, genauso wie ihre Abneigung gegenüber Morrigan, gekonnt zu verbergen. Von ihrem Bestreben, einen

Platz im Hause von Elias Kaut und auch an dessen Seite zu erlangen, lässt sie sich durch diesen Rückschlag allerdings nicht abbringen.

„Jetzt wo sich Letizia auf dem Weg der Besserung befindet, müssen wir alles tun, um ihre Genesung zu unterstützen. Ich habe mich mit meinem Bruder beraten und wir sind gemeinsam zu dem Entschluss gekommen, dass es an der Zeit ist, Letizia ein neues Medikament zu verabreichen. Außerdem braucht sie jetzt mehr Ruhe als je zuvor. Dass Hendrik mit seinem ungestümen Gemüt nicht gerade dazu beiträgt, dürfte wohl jeder in diesem Haus verstehen", erklärt Antipa bei einem ihrer Besuche Sofia und Morrigan.

„Wäre es nicht vernünftiger, danach zu trachten, dass die gnädige Frau in absehbarer Zeit zum Teil auf ihre Medikamente verzichten sollte?", fragt Morrigan, die schon seit einiger Zeit den Verdacht hegt, dass Letizias Erkrankung auf eine falsche Medikation oder gar auf ein nicht geeignetes Medikament zurückzuführen ist.

„Sie sind weder in der Lage dies zu beurteilen, noch zu wissen, was für meine Freundin das Beste ist. Ich verstehe sowieso nicht, warum mein Bruder gerade Sie ausgewählt hat, um Letizia zu pflegen. Sobald es ihr wieder besser geht, werden wir sowieso auf ihre laienhafte Pflege verzichten", offenbart Antipa Morrigan. Um diese Frau aber nicht noch weiter zu verärgern, nimmt Morrigan das

Fläschchen an sich, das ihr Antipa mit einer genauen Anweisung der Verabreichung übergibt. Dass sie Letizia diese Medizin genauso wie die vorherige nicht geben wird, weiß sie schon jetzt und so ersetzt sie den Inhalt des Fläschchens, genauso wie sie es die letzten beiden Wochen getan hat, mit Wasser. Ohne ein weiteres Wort zu verlieren, wendet sich Antipa nach dieser Belehrung von Morrigan ab, um endlich mit Elias ein paar Worte wechseln zu können.

„Mein lieber Elias, wie geht es dir? Ich war soeben bei Letizia, um nach ihr zu sehen. Es tut mir so leid, dass ihre Erkrankung deiner Familie derart zusetzt. Ich wünschte, ich könnte mehr für dich und Letizia tun. Aber du weißt, dass du immer auf mich zählen kannst. Komme, was wolle", säuselt Antipa, als sie am Abend des nächsten Tages Elias einen Besuch abstattet. Wie immer gut gekleidet, verströmt sie einen Liebreiz, den eigentlich kein Mann von sich weisen würde, bekäme er dieselbe Gelegenheit wie Elias Kaut. Und dennoch wurden Antipa bisher die Freuden einer glücklichen Beziehung verwehrt. Schuld an all dem trägt sie jedoch alleine selbst. Unzählige Männer aus den besten Kreisen haben vergebens um ihre Gunst geworben. Antipa hat sie dennoch alle abgewiesen. Nur den jungen Elias Kaut hätte sie an sich herangelassen. Elias aber war schon immer unsterblich in Letizia verliebt.

„Danke für dein aufrichtiges Mitgefühl meine liebe Freundin. Was würde ich nur tun ohne dich und deinen Bruder. Er war es ja auch, der uns Morrigan empfohlen hat. Sie ist eine wahre Perle, die wir nicht mehr missen möchten. Obwohl sie noch gar nicht lange hier bei uns ist, hat sich Letizias Gesundheitszustand mehr als erhofft verbessert. Aber auch auf Hendrik scheint Morrigan einen positiven Einfluss auszuüben. Wie mir Frau Beckstein versichert hat, macht er erhebliche Fortschritte."

„Ich weiß mein lieber Elias und ich wünsche dir, dass irgendwann einmal all deine Sorgen von dir weichen mögen. Dennoch ist es meine Pflicht als deine und Letizias Freundin dich darauf hinzuweisen, ihr momentaner Weg der Besserung kann durchaus zu einem Trugschluss führen. Es tut mir so leid, aber wir müssen auf das Schlimmste gefasst sein", heuchelt Antipa, ehe sie gekonnt ein paar Tränen fließen lässt, vor Elias hintritt, um ihm mit einer innigen Umarmung Trost zu spenden. Mit der heuchlerischen Versprechung, dass sie jederzeit für ihn da wäre, verabschiedet sich schlussendlich Antipa, mit dem Entschluss gleich am nächsten Tag bei Rittmeister Mormont Jusfar vorstellig zu werden, um vielleicht etwas Belastendes über Morrigan zu erfahren.

„Frau Morgenstern, welch erfreulicher Anblick, Sie hier in meiner Amtskanzlei begrüßen zu dürfen. Bitte nehmen Sie doch Platz. Was kann ich als bescheidener

Beamter für Sie tun? Darf ich Ihnen etwas zu trinken anbieten?", säuselt Jusfar, hat er wie auch andere Männer schon längst ein Auge auf sie geworfen.

„Bestimmt haben Sie schon von dem Leid erfahren, welches der Familie unseres lieben Freundes Elias Kaut widerfahren ist. Eigentlich geziemt es sich nicht für eine Frau meines Standes, sich in Dinge anderer Menschen einzumischen. Dennoch möchte ich sie bitten, etwas über die neue Krankenschwester, der die Pflege von Letizia Kaut übertragen wurde, in Erfahrung zu bringen."

„Und woran im speziellen Denken Sie dabei?"

„Ich werde das Gefühl nicht los, dass diese Frau ein dunkles Geheimnis verbirgt. Irgendetwas stimmt mit ihr nicht. Ich werde mich für diesen kleinen Gefallen natürlich erkenntlich zeigen."

„Ich dachte mir, Ihr Bruder Dr. Morgenstern hat Elias Kaut diese Frau empfohlen. So zumindest hat er es mir erzählt, als ich ihn gestern vor einer Verhandlung, bei der ich leider aussagen musste, im Gericht getroffen habe."

„Sie haben gestern meinen Bruder bei Gericht angetroffen?"

„Nein nicht Ihren Bruder. Richter Elias Kaut. Diese neue Krankenschwester soll seiner Aussage nach ja richtige Wunder zu vollbringen in der Lage sein. Nichtsdestotrotz, wenn Sie es wünschen, kann ich mich natürlich über diese Frau informieren. Ich bräuchte nur noch ein paar

Informationen mehr", erklärt Rittmeister Mormont jener Frau, die er mehr als nur begehren würde und für die er sogar die Gesetze der Stadt zu seinen und auch Antipas Gunsten auslegen würde.

So verlässt sie nach etwas mehr als einer Stunde zufrieden das Gendarmeriegebäude in der Nebendorferstraße. Aber auch Mormont Jusfar ist in zweierlei Hinsicht zufrieden. Zum Ersten hat ihn Antipa bei ihrer Verabschiedung einen lieben Freund genannt und zum Zweiten, hat er doch einen entscheidenden Hinweis bekommen. Einen Hinweis der besagt, dass es sich bei Morrigan um jene Frau handeln könnte, nach der seine Abteilung erfolglos gefahndet hat, ehe die Gendarmerie vor einiger Zeit die Suche aufgeben musste. Dabei kommt es ihm in den Sinn, dass er eigentlich noch ein paar Steckbriefe von Morrigan, die ihm die Druckerei viel zu spät geliefert hat, in einer der Schubladen von seinem Schreibtisch haben müsste. Also beauftragt er einen jungen Gendarmerieanwärter, einige der Steckbriefe an den Litfaßsäulen und den Plakatwänden in der Stadt anzubringen.

Derweilen im Haus der Kauts.

„Fräulein Morrigan, der gnädige Herr wünscht, Sie in seinem Arbeitszimmer zu sprechen. Sofia wird derweilen bei der gnädigen Frau bleiben", unterrichtet Erol Banks, wie immer in korrekter Ansprache, Morrigan.

„Ah, Fräulein Morrigan. Kommen Sie nur herein. Zuallererst möchte ich Ihnen meinen innigsten Dank aussprechen. Ihre Pflege bewirkt bei meiner Frau wahre Wunder, wenngleich Antipa nicht so recht an Ihre Erfolge glauben will. Aber ich habe Sie nicht hergebeten, um Ihnen das zu sagen. Ich habe mich gestern am Abend mit meiner Frau unterhalten. Dabei hat sie den Wunsch an mich herangetragen, sich bei Ihnen mit einem Geschenk zu bedanken. Sie hat mir erzählt, dass Sie ihr blaues Kleid bewundert haben. Es war ein Geschenk von ihrer Mutter zu ihrer Verlobung mit mir. Sie möchte es ihnen überlassen. Letizia hat, als ich sie das erste Mal darin gesehen habe, wie eine wunderschöne Prinzessin ausgesehen, die ich schon damals um keinen Preis der Welt mehr hergeben wollte. Aus diesem Grund hat sie mich auch um meine Meinung gefragt. Lange Rede kurzer Sinn, Sie haben es verdient, diese Aufmerksamkeit von meiner Frau zu erhalten. Also scheuen Sie nicht davor zurück, wenn Ihnen meine Frau dieses Geschenk überlassen möchte. Außerdem möchte ich Ihnen ein dauerhaftes Dienstverhältnis anbieten. Ihre Aufgabe kennen Sie ja bereits", erklärt Elias Kaut Morrigan, ehe er ihr ein bereits aufgesetztes Schriftstück zur Unterschrift überreicht.

„Lesen Sie sich den Vertrag ruhig durch. Es hat keine Eile, ich muss jetzt nämlich zum Gericht. Heute Nachmittag stehen noch zwei Verhandlungen an. Außerdem möchte ich noch zu Dr. Morgenstern, um ihm meinen Dank auszusprechen", entschuldigt sich Elias Kaut, ehe er Morrigan höflich zur Tür begleitet, um auch selbst sein Arbeitszimmer zu verlassen.

„Mein lieber Elias, schön dich zu sehen. Komm nur herein. Wie geht es deiner Frau? Darf ich dir ein Glas Weinbrand anbieten? Du bleibst doch zum Abendessen?", möchte Dr. Morgenstern von Elias Kaut wissen, da dieser nach einem langen Tag am Gericht auch noch seinem Freund einen Besuch abzustatten beschlossen hat.

„Dein Vorschlag, die Pflege meiner Frau einer neuen Krankenschwester anzuvertrauen, war ein voller Erfolg. Letizia geht es von Tag zu Tag besser. Ich kann dir nicht genug danken, dass du uns Morrigan geschickt hast."

„Morrigan? Ich kenne keine Morrigan. Die Frau, die ich euch geschickt habe, heißt Frana Obosser. Allerdings habe ich von ihr schon seit geraumer Zeit nichts mehr gehört. Ich muss aber auch zugeben, dass mich das nicht beunruhigt hat, zumal ich angenommen habe, dass es durch ihre Pflege deiner lieben Frau besser geht. Ich habe Frana ausdrücklich angewiesen, im Falle, dass es Letizia schlechter gehen sollte, mich sofort darüber zu informieren. Warum aber Frana sich bei dir als Morrigan vorgestellt hat, kann ich mir nicht erklären. Aber wer kennt sich schon bei Frauen aus."

„Nichtsdestotrotz, Morrigan oder auch Frana, wie auch

immer diese begnadete Frau heißen mag, hat bei Letizia wahre Wunder vollbracht. Wir erwägen sogar, im Sommer eine Reise nach Faro zu unternehmen. Ja selbst Hendrik scheint diese Frau gutzutun. Er ist viel ruhiger, macht nicht mehr ins Bett und auch sein Lernerfolg ist erstaunlich gestiegen, hat mir seine Gouvernante Frau Beckstein versichert. Ja auch sie ist voll und ganz davon überzeugt, dass Morrigan auch auf Hendrik einen guten Einfluss auszuüben in der Lage ist", weiß Elias Kaut voller Freude zu berichten. Hinter der nur angelehnten Tür zu Dr. Morgensterns privatem Sprechzimmer verfolgt derweilen Antipa missbilligend das Gespräch, ehe sie die Tür aufschiebt, mit einem gekonnten Blick der Verwunderung stehen bleibt und sagt: „Oh Verzeihung, ich wusste nicht, dass du Besuch hast. Ich wollte dir nur Bescheid sagen, dass deine Frau sich zu Tisch begeben möchte."

„Nein komm nur herein Schwester. Elias und ich unterhalten uns nur über Letzias Verlauf ihrer Krankheit. Dem Anschein nach geht es ihr ja etwas besser. Na gut, wenn dem so ist, dann werden wir meine Frau nicht länger warten lassen", erklärt Dr. Morgenstern seiner Schwester, ehe er seinen Freund noch einmal bittet, zum Essen zu bleiben. Trotz dieser guten Neuigkeiten ist Dr. Morgenstern nicht davon überzeugt, dass sich bei dem Jungen durch Morrigans Einfluss eine dauerhafte Veränderung seines Verhaltens einzustellen beginnt. Ausdrücklich warnt er während des Essens Elias davor, die geplante Einweisung seines Sohnes in ein Heim aufzuschieben. Außerdem verspricht er, sich in ein paar Tagen selbst ein Bild von Letizias Genesung sowie Hendricks Verhalten zu machen. Neuigkeiten anderer Art weiß hingegen Antipa zu berichten, als sie von einem Besuch ihrerseits bei Rittmeister Mormont Jusfar zu erzählen beginnt.

Schmetterlinge

Aufgrund der erfreulichen Genesungsfortschritte von Letizia Kaut überlässt ihr Mann Morrigan immer mehr Aufgaben, die sie ihrerseits wiederum mit Begeisterung und viel Ehrgeiz erledigt. So auch den Weg zur Apotheke, wo sie mit freudiger Erwartung jedes Mal darauf hofft, Jonsen anzutreffen.

Wie schon vor zwei Tagen steht Morrigan auch an diesem späten Morgen mit klopfendem Herzen vor der Tür zur Apotheke. Ob sie heute wieder von Jonsen bedient wird, fragt sie sich, während sie ihr Kleid zurecht richtet, sich eine widerspenstige Haarlocke aus dem Gesicht streift, tief durchatmet und den Knauf der Tür in die Hand nimmt. Im selben Moment tut es ihr Jonsen auf der anderen Seite der Tür gleich, ohne zu ahnen, wer schon bald vor ihm stehen wird. Und dennoch hatte er das Gefühl, dass ihn heute eine freudige Überraschung erwarten wird. Und dem ist im nächsten Moment auch schon so. Jonsen fühlt sich geradezu angezogen von Morrigans Erscheinung, hat sie doch beschlossen, heute ihr von Letizia bekommenes Kleid das erste Mal auszuführen. Und wahrlich, Morrigan sieht darin aus, wie ein

himmlisches Wesen dessen Eleganz und Ausstrahlungs-
kraft mit nichts zu vergleichen ist. Im nächsten Augenblick, gerade als sich ihre Blicke treffen, schießt Morrigan
gleich einer Explosion das Blut in den Kopf. Ihr Herz rast,
ihre Hand zittert, ihre Beine schlottern, ehe sie etwas
sagen will. Mehr als „*Entschuldigung*" kommt allerdings
nicht über ihre Lippen. Aber auch Jonsen ergeht es nicht
anders, während Serlos Seetal schmunzelnd, aber auch
mit Bewunderung für Morrigans Erscheinungsbild hinter
dem Verkaufstisch das Geschehen mitverfolgt.

„Nicht Sie müssen mich um Verzeihung bitten, Fräulein Morrigan. Ich bin derjenige, der Ihnen im Wege steht.
Bitte kommen Sie herein. Wie geht es Frau Kaut? Hat ihr
meine Teemischung geholfen?"

„Jonsen, lass das gnädige Fräulein doch erst einmal
eintreten. Du überhäufst die junge Frau mit Fragen, ohne
sie zu Wort kommen zu lassen. Außerdem wolltest du
nicht die Markise herausfahren, damit die Sonne nicht auf
die ausgestellten Teesorten im Schaufenster scheint? Also
worauf wartest du noch?", tadelt Serlos Seetal seinen
Neffen, ehe er sich Morrigan zuwendet.

„Mein Neffe ist ein herzensguter Mensch, aber leider
auch verträumt. Sein Wissen über die Kunst der Arznei-
herstellung lässt sogar mich immer wieder erstaunen. Was
jedoch technische Sachen anbelangt ist er gelinde gesagt
ein wenig ungeschickt", beklagt sich Serlos Seetal, als er

durch das Schaufenster sieht, wie sich Jonsen damit abmüht die Markise auszufahren, was ihm jedoch nicht gelingen will. Dabei treffen sich die Blicke der beiden Männer, worauf Serlos seinem Neffen zu verstehen gibt, dass er wieder in die Apotheke kommen soll.

„Dieses verdammte Ding klemmt schon wieder. Wir müssen unbedingt einen Handwerker bestellen, der uns den Sonnenschutz repariert", rechtfertigt Jonsen sein erfolgloses Vorhaben.

„Bediene du das gnädige Fräulein und lass mich das machen. Einen Handwerker bestellen, kommt nicht infrage", schimpft daraufhin Serlos, ehe er selbst sein Glück versucht. Derweilen steht Jonsen hinter dem Verkaufstisch und sieht mit verliebten Augen Morrigan an, ohne sie zu fragen, womit er ihr helfen könne. Erst das Bimmeln der kleinen Glocke an der Eingangstür holt Jonsen wieder zurück in die Gegenwart. Herein kommt eine Frau, der man ihre Hochnäsigkeit schon von Weitem ansehen kann.

„Ist meine Bestellung endlich fertig? Ich habe nicht den ganzen Tag Zeit, um nur nutzlos hier herumzustehen", brüskiert sich die Frau, weil Jonsen noch immer Morrigan bedient.

„Natürlich Frau Morgenstern. Es ist alles vorbereitet, so wie Sie es bestellt haben. Nur Arsen-Salizium fehlt. Es ist wegen seiner höchst umstrittenen Wirksamkeit zurzeit leider, nur schwer zu bekommen, aber ich werde mich weiterhin darum bemühen, für Sie dieses Medikament zu besorgen", vertröstet Serlos Seetal, der sofort in den Verkaufsraum geeilt ist, weil er die arrogante und herablassende Wesensart von Norma Morgenstern nur allzu gut kennt.

„Ich glaube kaum, dass Sie die Effektivität dieses Medikamentes besser beurteilen können, als mein Mann", tadelt Norma ihr Gegenüber, ehe sie den überraschten Blick von Morrigan wahrnimmt.

„Starren Sie mich nicht so schamlos an", brüskiert sich Norma gegenüber Morrigan, ehe sie Serlos die Tüte aus der Hand reißt, um ohne ein weiteres Wort zu verlieren, die Apotheke zu verlassen.

„Diese jungen Dinger werden immer schamloser und dreister", beschwert sich Norma, als sie unweit der Apotheke zufällig ihre Schwägerin Antipa trifft. Ein wenig verwundert möchte diese wissen, was vorgefallen sei. Im selben Moment kommt Morrigan aus der Apotheke, ohne zu bemerken, dass sie von der anderen Straßenseite her beobachtet wird.

„Sei nur froh, dass du den unverschämten Blick dieser impertinenten Person nicht gesehen hast?", schimpft Norma und zeigt dabei auf Morrigan.

„Weißt du eigentlich, wer das ist?", möchte Antipa daraufhin wissen.

„Nein woher soll ich dieses Flittchen kennen? Ich verkehre nicht mit Frauen solcher Art."

„Das ist Morrigan. Jene Krankenschwester, die zurzeit Letizia pflegt …"

„… und sich so nebenbei ihrer Garderobe bemächtigt. Jetzt weiß ich auch, wo ich dieses Kleid schon einmal gesehen habe", unterbricht Norma erstaunt ihre Freundin, ehe sie ihr erzählt, dass sie Letizia immer schon um dieses blaue Kleid bewundert hat. Ihr blaues Kleid, das jetzt Morrigan trägt. Ein Umstand, den beide Frauen so nicht hinnehmen wollen. Und so steht ihr Entschluss fest, diese Frau muss für ihre Unverschämtheit büßen.

Schock

Einen Tag später fahren am frühen Morgen zwei Droschken vor Elias Kauts Haus vor. Es ist ein verregneter Tag, der den bevorstehenden Herbst mit seinem stürmischen Wetter ankündigt.

In der ersten Kutsche sitzen Dr. Morgenstern und Rittmeister Mormont Jusfar, der die Identität von Morrigan feststellen will, weil er vermutet in dieser Frau jene von ihm und seinen Männern gesuchte Person zu finden, nach der sie bisher erfolglos gesucht haben. Aus der zweiten Droschke, die mehr einem überdachten Leiterwagen gleicht, steigen vier Gendarmeriebeamte und deren Vorgesetzter, Bezirkswachtmeister Bartot Oppler. Sofort befiehlt er seinen Männern, alle Ausgänge des Hauses zu bewachen. Niemand wird es gestattet, das Anwesen zu verlassen, so seine unmissverständliche Anweisung, ehe er Mormont Jusfar nacheilt.

„Womit kann ich den Herrschaften zu so früher Morgenstunde dienen?", erkundigt sich Erol Banks, der Butler der Kauts, als Mormont Jusfar mit dem Türklopfer in Form eines Löwenkopfes ein zweites Mal an die Tür hämmern will.

„Banks wir sind nicht hier, um Richter Elias Kaut einen Anstandsbesuch abzustatten. Führen Sie uns einfach nur zu ihm", drängt sich Dr. Morgenstern verbal vor.

„Aber meine Herren, ich muss doch bitten! Der gnädige Herr befindet sich noch bei seinem Morgenessen."

„Zur Seite Banks ich finde den Weg selbst", wettert Dr. Morgenstern, ehe er dem Salon zustrebt.

„Was geht hier vor? Dr. Morgenstern, Rittmeister Jusfar, was ist passiert? Womit kann ich Ihnen dienen?", fragt Elias Kaut mit Verwunderung, als die Tür zum Salon aufgestoßen wird.

„Verzeihung gnädiger Herr, die Herren haben mir keine Zeit gegeben, um ihren Besuch anzukündigen", entschuldigt sich Elias Kauts Butler.

„Schon gut Banks, ich wollte mich sowieso an meine Arbeit machen. Meine Herren, wenn sie mir bitte in mein Arbeitszimmer folgen. Also womit kann ich ihnen behilflich sein?"

„Meine Abteilung wurde von einem Informanten unterrichtet, dass Sie eine gewisse Morrigan Zott in ihrem Haus beschäftigen. Diese Frau wird steckbrieflich gesucht. Ich muss Ihnen wohl nicht klarmachen, dass das unter bestimmten Umständen sogar für Sie als obersten Richter Folgen haben kann. Allerdings gehen wir davon aus, dass Sie darüber keine Kenntnisse hatten. Ich meine, dass Morrigan Zott steckbrieflich gesucht wird und nicht jene Krankenschwester ist, die von Dr. Morgenstern beauftragt wurde, um ihrer Frau medizinischen Beistand zu leisten."

„Ja wir beschäftigen eine Frau namens Morrigan. Sie pflegt mit Hingabe meine Frau. Allerdings kann ich mich nicht erinnern, dass ihr zweiter Name Zott wäre, obwohl dies bestimmt nichts zur Sache beiträgt. Nein ich bin mir sicher, dass es sich hierbei nur um einen Irrtum handeln kann."

„Das glaube ich kaum mein lieber Elias. Diese Frau ist ein Monster, das selbst nicht einmal davor zurückschreckt, einen Menschen auf kaltblütige Weise zu töten. Vor etwas mehr als einem halben Jahr hat diese Frau, erwiesenermaßen Dorothea Kelter, die sie aufgenommen und wie ihr eigenes Kind geliebt hat, ein Dämonenmesser in ihre Brust gestoßen. Leider ist sie uns damals entwischt. Ihr zweites Opfer war Justina Mang. Dr. Morgensterns Krankenschwester, die bis zu ihrem Untertauchen ihre Frau gepflegt hat. Sie wurde mit durchschnittener Kehle unweit ihres Zuhauses gefunden. Dem aber nicht genug, wurde der Frau ihr Unterleib geöffnet, um einige Organe daraus zu entnehmen. Außerdem gibt es Indizien, die darauf schließen lassen, dass Morrigan Zott noch für weiter drei bestialische Morde infrage kommt. Unter anderem Frana Obosser, deren Identität sie schamlos angenommen hat, um sich bei Ihnen einzuschleichen. Nicht auszudenken, welch schreckliches Szenario in nächster Zeit auf Ihr Haus zugekommen wäre. Um aber jeglichen Zweifel auszuschließen, gestatten Sie mir, einige Fragen an Morrigan Zott zu stellen."

„Natürlich, das steht Ihnen jederzeit frei", antwortet Elias Kaut, ehe er nach seinem Butler läutet und diesen beauftragt, Morrigan herzubitten.

„Wer sind Sie wirklich und woher haben Sie diese Schwesterntracht?", fragt Dr. Morgenstern, noch ehe sonst jemand zu Wort gekommen wäre. Er lässt aber auch Morrigan nicht zu Wort kommen, sondern greift nach dem Revers an ihrer Bluse, stülpt diesen um, um mit Genugtuung das eingestickte Monogramm *F.O.* zu lesen.

„Frana Obosser. Dachte ich es mir doch. Das, was Sie hier tragen, ist dieselbe Schwesterntracht, welche mein Personal in meiner Klinik zu tragen hat. Ich kann mich jedoch nicht erinnern, Sie jemals in meiner Klinik gesehen zu haben. Also frage ich Sie noch einmal, woher haben Sie diese Tracht?", heischt Dr. Morgenstern mit Genugtuung Morrigan an.

„Antworten Sie", mischt sich jetzt auch Mormont Jusfar ein. Weil ihnen aber Morrigan keine Antwort auf diese Fragen geben kann, versucht Elias Kaut die Sache zu klären. Jedoch ohne sichtbaren Erfolg, weil Morrigan sich schämt, zuzugeben, dass sie die Sachen einer Toten an sich genommen hat. Schnell erhärtet sich der Verdacht, gegen Morrigan, weil sie offensichtlich den Platz von Frana Obosser eingenommen hat.

„Morrigan Zott, im Namen der Administration der Stadt Mogustral verhafte ich Sie wegen des mehrfachen Mordes an Dorothea Kelter, Justina Mang und Frana Obosser. Bezirkswachtmeister Oppler nehmen Sie diese Frau in Gewahrsam", befiehlt Mormont Jusfar mit einem gewissen Maß an Zufriedenheit.

„Keine Sorge Fräulein Morrigan, ich werde mich selbst darum kümmern. Bestimmt wird sich diese Angelegenheit als Irrtum klären lassen", versichert ihr Elias Kaut. Im selben Moment, gerade als Bartot Oppler Morrigan Handschellen anlegen will, kommt Hendrik gefolgt von seiner Gouvernante hereingestürmt, um sich mit festem Griff an Morrigan zu klammern.

„Nein ihr dürft Morrigan nicht mitnehmen!", schreit Hendrik, als ihn sein Vater von Morrigan wegzerrt. Verzweifelt wehrt sich im weiteren Verlauf der Junge, ehe er wie wild um sich zu schlagen beginnt.

„Keine Sorge mein Junge, Morrigan wird schon bald wieder bei uns sein. Wir müssen nur etwas Geduld haben. Jetzt aber geh mit Frau Beckstein auf dein Zimmer. Wir beide sprechen am Abend darüber. Versprochen."

„Nein, nein sie dürfen Morrigan nicht mitnehmen", fleht, schreit Hendrik, währenddessen er von Elfriede Beckstein aus Elias Kauts Arbeitszimmer geführt wird.

„Mein lieber Elias, angesichts des Verhaltens deines Sohnes empfehle ich dir nochmals eindringlich, Hendrik in die Obhut unserer Anstalt zu geben. Nur dort kann deinem Sohn geholfen werden. Du siehst ja selbst, welchen Schaden diese impertinente Person bereits angerichtet hat. Wollen wir nur hoffen, dass es für eine Heilung nicht zu spät ist. Noch länger warten dürfen wir aber auf keinen Fall, um eine irreparable Verschlechterung von Hendriks Gemütszustand zu vermeiden", bedrängt Dr. Morgenstern seinen Freund. Währenddessen wartet Bezirkswachtmeister Oppler auf weitere Anweisungen von seinem Vorgesetzten.

„Oppler begleiten Sie und ihre Männer diese Frau ins Gendarmeriehauptgebäude. Ich gehe davon aus, dass die richterliche Anhörung morgen stattfinden wird. Ich habe noch ein paar Fragen an Richter Kaut", befiehlt Mormont Jusfar unmissverständlich, worauf sich Dr. Morgenstern mit dem Versprechen verabschiedet, morgen selbst nach Letizia zu schauen.

„Ich bin mir sicher, dass dies alles nur ein großer Irrtum sein kann. Nichtsdestotrotz, wie kann ich dir helfen?", möcht Elias Kaut, jetzt wo er mit Mormont Jusfar alleine ist, vom obersten Gendarmeriebeamten der Stadt wissen.

„Irrtum oder nicht, ich rate dir, in dieser für dich heiklen Angelegenheit, nichts zu unternehmen. Du hast einer steckbrieflich gesuchten Frau Unterschlupf gewährt. Ich muss dir wohl kaum erklären, was das bedeutet. Egal ob sie nun schuldig ist oder nicht", belehrt Mormont Jusfar seinen Freund.

„Drohst du mir etwa?"

„Nein das würde ich nie tun. Aber es ist meine Pflicht, dich darauf aufmerksam machen, dass ich noch heute Bürgermeister Hendersen darüber informieren werde. So leid es mit tut, das zu sagen, aber du steckst bis zum Hals in der Scheiße."

„Raus aus meinem Haus!", brüllt nach dieser Erklärung Elias Kaut, worauf sich wie abgemacht die Tür zu seinem Schreibzimmer öffnet.

„Verzeihung gnädiger Herr. Ihre Frau verlangt nach Ihnen. Sie möchte wissen, was mit Morrigan geschehen ist, weil Hendrik ihr von den Geschehnissen der vergangenen Stunde erzählt hat."

„Danke Banks. Ich bin mit Rittmeister Jusfar sowieso fertig. Geleiten Sie den Herrn bitte zur Tür."

Wie versprochen erscheint Dr. Morgenstern zeitig in der Früh des nächsten Tages, um sich nach Letizias Gesundheitszustand zu erkundigen. Nach seiner Visite und einer nicht gerade erbaulichen Befundung unterrichtet er Elias von seinem Untersuchungsergebnis.

„So leid es mir tut mein lieber Freund, deine Frau Letizia hat heute ziemlich hohes Fieber. Vielleicht war es nur die Aufregung des letzten Tages, was wir alle hoffen. Es wäre natürlich besser gewesen, wenn sie nichts davon erfahren hätte. Aber es ist nun einmal, wie es ist. Ich habe ihr vorhin ein Schlafmittel gegeben. Sie wird vermutlich den ganzen Tag und die darauffolgende Nacht schlafen, was dich aber nicht sorgen soll. Ich bin mir sicher, dass es ihr in ein paar Tagen wieder besser gehen wird, falls sie keine weiteren Nachrichten bekommt, die ihren schwachen Herzen erneut Schaden zufügen. Es wäre wohl besser gewesen, wenn Hendrik nichts von Morrigans Verhaftung mitbekommen hätte. Aber das tut jetzt nichts mehr zur Sache. Vielmehr möchte ich dich darauf hinweisen, es gibt für Hendrik nach wie vor keinen besseren Platz als das Haus der Erziehung, dessen Leitung ich übrigens letzte Woche übernehmen durfte. Glaub mir, nur dort und sonst nirgendwo kann deinem Sohn ein passendes Benehmen beigebracht werden. Allerdings ist, wie ich schon des Öfteren erwähnt habe, jeder Tag den wir zuwarten ein verlorener Tag. Außerdem soll ich dir von meiner Schwester ausrichten, dass sie nichts lieber täte, als die Pflege von Letizia zu übernehmen. Du weißt ja, dass Antipa unter anderem auch eine Ausbildung zur Krankenschwester genossen hat, obwohl ich befürchte, dass die laienhafte Pflege von dieser impertinenten Schwindlerin Morrigan bereits großen Schaden angerichtet haben könnte", beschwört Dr. Morgenstern sein

Gegenüber, worauf Elias Kaut verspricht, seine Zustimmung zu geben, damit Dr. Morgenstern Hendrik in seine Institution aufnehmen kann. Außerdem spricht er sich dafür aus, dass Antipa die Pflege seiner Frau weiterhin übernehmen darf.

Zur selben Stunde wird Morrigan einem von Bürgermeister Hendersen vorgeschlagenen Richter vorgeführt.

„Morrigan Zott, Ihnen wird zur Last gelegt, Dorothea Kelter auf bösartigste Weise ermordet zu haben. Außerdem besteht der dringende Verdacht gegen Sie, noch weitere Morde verübt zu haben. Unter anderem auch Frana Obosser, um deren Identität anzunehmen. Möchten Sie sich dazu äußern?"

„Ich habe weder Dorothea noch sonst wen ermordet. Bitte Herr Richter, das müssen sie mir glauben."

„Ich muss gar nichts. Weder Ihnen glauben, noch ein Urteil fällen. Meine Aufgabe besteht lediglich darin, zu befinden ob die Ihnen zur Last gelegten Anschuldigungen berechtigt sind oder nicht. Allerdings möchte ich Sie darauf hinweisen, dass ein Schuldeingeständnis Ihrerseits auf jeden Fall ein milderes Urteil bewirken würde. Also frage ich Sie noch einmal. Haben Sie auf irgendeine Weise etwas mit dem Ableben von Dorothea Kelter, Justina Mang oder Frana Obosser zu tun?"

Morrigan schüttelt auf diese Frage nur ihren Kopf, während sich ihr Blick beschämend zu Boden richtet.

„Na gut, ich werte ihr Kopfschütteln vorerst einmal als nein. Offensichtlich können oder wollen Sie nichts dazu beitragen, um die Umstände, die zum Tod dieser Frauen geführt haben, ins rechte Licht zu rücken. Aufgrund der fehlenden Kooperationsbereitschaft Ihrerseits sehe ich mich gezwungen, Sie in Verwahrungshaft zu behalten. Das Datum ihrer Verhandlung werden Sie im Laufe der nächsten Woche erfahren. Hiermit schließe ich die Beweisaufnahme. Wachtmeister bringen Sie Frau Zott in ihre Zelle."

„Dieses verdammte Miststück lügt, wenn sie nur den Mund aufmacht. Wenn es nach mir ginge, säße sie bereits in einem Zellenwagen, der sie auf dem schnellsten Weg nach Ubul bringt", schimpft Mormont Jusfar, weil er der Befragung beiwohnen durfte.

„Das zu beurteilen ist nicht meine Aufgabe. Außerdem ist Ubul ein Straflager, in dem ausschließlich männliche Straftäter verwahrt werden. Zudem möchte ich noch bemerken, dass mir die von Ihnen vorgelegte Beweislage äußerst *dünn* erscheint", bemerkt Richter Danil, ehe er demonstrativ die Akte schließt, seinen Talar auszieht und die Tür zu seiner Amtsstube öffnet.

„Ich wünsche Ihnen noch einen schönen Tag Herr Rittmeister."

Mit diesen Worten gibt Richter Danil Mormont Jusfar zu verstehen, dass für ihn diese Sache erledigt ist.

„So lasse ich mich nicht abspeisen. Diese Frau ist schuldig. Ich werde Beschwerde gegen Sie einleiten."

„Nur zu. Es ist Ihr gutes Recht Herr Rittmeister. Beeindrucken können Sie mich mit Ihrer Drohung allerdings nicht", antwortet Richter Danil gelassen.

Es sind endlos lange und trostlose Tage, die Morrigan in ihrer kleinen Zelle verbringen muss, bis sie Besuch bekommt. Es ist zu ihrem Erstaunen ihr ehemaliger Arbeitgeber Richter Elias Kaut.

„Morrigan, es tut mir aufrichtig leid, dass Sie in diese Situation geraten sind. Ich hoffe, man behandelt Sie hier gut. Leider kann ich im Moment nicht viel für Sie tun. Wir alle vermissen Sie, insbesondere Letizia und natürlich auch Hendrik. Es gibt aber auch eine gute Nachricht. Dank meiner Stellung konnte ich in Erfahrung bringen, dass Richter Danil den Vorsitz ihrer Verhandlung übernehmen wird. Ich werde mich selbstverständlich auch darum kümmern, dass Sie den nötigen Beistand erhalten. Um die Kosten müssen Sie sich keine Sorge machen", verspricht ihr Elias Kaut. Morrigan hingegen möchte nur wissen: „Wie geht es Ihrer Frau und Hendrik?"

„Leider nicht so gut. Der Gesundheitszustand meiner lieben Frau verschlechtert sich zusehends von Tag zu Tag. Antipa pflegt sie zwar mit Aufopferung, aber sie scheint nicht annähernd jene Gabe zu besitzen wie Sie. Dr. Morgenstern hat mir vor einigen Tagen zu verstehen gegeben, dass ich auf das Schlimmste gefasst sein muss."

Zu erwähnen, dass sie den Verdacht hegt, dass die von Antipa oder auch Dr. Morgenstern verabreichte Medikation die Schuld für den sich wieder verschlechternden Zustand seiner Frau sein könnte, getraut sich Morrigan allerdings nicht. Also wechselt sie das Thema, um noch einmal zu fragen, wie es Hendrik geht.

Doch auch auf diese Frage kann ihr Elias Kaut keine zufriedenstellende Antwort geben. Im Anschluss daran erzählt er Morrigan, dass auch er bei ihrer Verhandlung aussagen müssen wird.

„Es tut mir leid Richter Kaut, aber die Besuchszeit ist zu Ende. Anordnung von Direktor Sauermann", ertönt die Stimme eines Gefängniswärters, der wie bei allen Besuchen anwesend zu sein hat.

„Lassen Sie mich nur noch ein paar Worte an Frau Zott richten", antwortet Elias Kaut, ehe er sich erneut Morrigan zuwendet, um ihr Mut zuzusprechen.

In den darauffolgenden Wochen verschlechtert sich der Gesundheitszustand von Letizia erneut, obwohl Antipa die Pflege übernommen hat. Dr. Morgenstern scheut in weiterer Folge nicht einmal davor zurück, Morrigan dafür verantwortlich zu machen. Er und seine Schwester Antipa lassen kein gutes Haar an Morrigan. Sie geben ihr auch die Schuld an Hendriks Benehmen, der sich mehr und mehr abkapselt und niemand mehr an sich heranlässt.

Elias Kaut weiß sich keinen Rat mehr, worauf er Dr. Morgenstern erneut um seinen Rat bittet.

„Ich kann mir durchaus vorstellen, wie schwer dich das alles belastet. Letizias Krankheit, die Schmach als oberster Richter vor Gericht aussagen zu müssen und auch Hendriks Benehmen. Antipa gibt ihr Bestes, um deine Frau zu pflegen. Was deine Vorladung bei Gericht betrifft, glaub mir, in ein paar Monaten fragt niemand mehr danach. Nur Hendriks Gemütszustand wird sich nicht so schnell ändern, es sei denn, du gibst mir endlich die Erlaubnis, ihn in meiner Einrichtung einer neuen Therapie zu unterziehen. Glaub mir, es ist das Beste für deinen Sohn und auch für dich. Die emotionslosen Maßnahmen, die ich ihm verordnen werde, haben jeden noch so störrischen Geist zu brechen vermocht. Sobald wir erste Erfolge erzielt haben, können wir darüber sprechen, dass Hendrik einmal im Monat einen Tag nach Hause darf. Letztlich aber liegt die Entscheidung bei dir", offenbart Dr. Morgenstern seinem Freund, worauf dieser schweren Herzens veranlasst, dass für Hendrik alles Nötige für eine Einlieferung vorbereitet werden soll.

Schuldspruch

Auf Drängen von Rittmeister Mormont Jusfar, der es sich in den Kopf gesetzt hat, Morrigan für all die ungeklärten Verbrechen der letzten Monate büßen zu lassen, wurde die Verhandlung zum frühestmöglichen Zeitpunkt angesetzt. Dabei ist er sich sicher, dass ihm dieser inszenierte Prozess zu mehr Ruhm und Ansehen verhelfen wird. Aber auch, dass ihn Antipa für sein Bemühen danken wird.

Mit grimmigem Blick klopft Richter Danil mit seinem Holzhammer auf eine ebenfalls hölzerne Unterlage, um den Beginn der Verhandlung einzuleiten. Augenblicklich verstummt das Gemurmel aus den Reihen der Zuschauer.

„Wir haben uns hier und heute versammelt, um über Morrigan Zott, die für das Ableben von Dorothea Kelter, Justina Mang und Frana Obosser verantwortlich sein soll, Gericht zu halten."

Mit diesen Worten und einer erneuten Aufforderung um Ruhe eröffnet Richter Danil die Verhandlung, um sich im Anschluss daran direkt an Morrigan zu wenden.

„Die Beschuldigte möge sich erheben. Sie heißen Morrigan Zott, geboren in Mogustral und in selbiger Stadt auch wohnhaft?", fragt der Richter Morrigan, worauf sie mit einem leisen und schüchternen „Ja" antwortet.

„Ihnen wird zur Last gelegt, Dorothea Kelter, Justina Mang und Frana Obosser ermordet, sowie die Identität letztgenannter Person angenommen zu haben. Des Weiteren werden Ihnen noch andere Morde angelastet, für die es jedoch zum jetzigen Zeitpunkt noch keine ausreichende Beweislast gibt. Dennoch frage ich Sie, wie bekennen Sie sich zu diesen Anschuldigungen?"

„Nicht schuldig, Herr Richter. Ich habe nur …"

„Weitere Details werden wir im Verlauf dieser Verhandlung klären. Sie dürfen sich wieder setzen. Ich übergebe jetzt das Wort Rittmeister Mormont Jusfar als Vertreter der Anklage."

„Hohes Gericht, meine Herren Geschworenen. Leider gibt es immer wieder Individuen in unserer Gesellschaft, die aus eigennützigen Gründen weder davor zurückschrecken sich des Eigentums anderer zu bemächtigen, noch diesen körperlichen Schaden zuzufügen. Die schändlichste aller Taten ist jedoch jene, welche dem Opfer das Leben raubt. So geschehen am zwanzigsten Tag des fünften Monats dieses Jahres, als Dorothea Kelter dieses schreckliche Schicksal ereilte. Ohne den geringsten Funken an Mitgefühl hat diese Frau", Jusfar dreht sich nach diesen Worten blitzschnell um, um mit ausgestreckter Hand auf Morrigan zu zeigen, „auf bestialische Weise einem unschuldigen Mitglied aus unserer Gesellschaft das Leben genommen, um sich an dessen Vermögen zu vergehen. Doch das war nicht die einzige Tat, welche dieses Monster zu verüben in der Lage war. In der Zeit zwischen dem zehnten und dem zwölften Tag des neunten Monats hat diese Frau Justina Mang ermordet. In der Nacht zum Fünfzehnten musste eine unschuldige Krankenschwester auf ihrem Weg zur Arbeit ihr Leben lassen, nur weil die eben zuvor von mir genannte Person ihren abscheulichen Drang sich erneut zu bereichern freien Lauf ließ. Hohes Gericht, verehrte Geschworene, Sie werden sich bestimmt fragen, ob es für diese Anschuldigungen auch ausreichende Beweise gibt?", plädiert Mormont Jusfar demonstrativ, ehe er sich vor die Geschworenen hinstellt, seine Daumen in den Taschen seines Gilets verhakt, jeden Einzelnen ansieht und sagt, „ja, die gibt es! Diese Frau mit dem Namen Morrigan Zott wurde beobachtet, wie sie Dorothea Kelter erstochen hat, ehe sie mit blutverschmierter Schürze jenes Zimmer verlassen hat. Auch dafür gibt es einen Zeugen. Kurz darauf wurde Dorothea Kelter mit einem Messer in ihrer Brust von ihrem Mann Tommen Kelter aufgefunden. Im Fall der ermordeten Krankenschwester Frana Obosser wiegt die Beweislast nicht weniger schwer, da die Beschuldigte deren Habseligkeiten bei ihrer Verhaftung bei sich hatte, beziehungsweise getragen hat. Lediglich der Mord an Justina Mang konnte dieser

Frau bis zum heutigen Tag noch nicht einwandfrei nachgewiesen werden. Zählt man aber eins und eins zusammen, so ergibt sich ein Bild, welches nicht besser in das Szenario einer meuchelnden Mörderin passt, zumal nur sie einen Nutzen aus dem Tod von Justina Mang ziehen konnte. Dem zur Folge ist die Schuld dieser Frau eindeutig bewiesen! Warum ersparen wir uns also nicht die Kosten eines langen und nichts bringenden Prozesses."

„Einspruch Herr Richter! Der Vertreter der Anklage versucht, die Geschworenen zu beeinflussen, indem er jetzt schon sein Schlussplädoyer vorträgt. Es ist nicht bewiesen, dass meine Mandantin die ihr zur Last gelegten Morde auch begangen hat. Die Tatsache, dass meine Mandantin die Kleidung einer Verstorbenen getragen hat, mag für so manchen zwar abstoßend erscheinen, ist aber nicht strafbar", wendet Laurin Specht als Morrigans Anwalt ein.

„Was hat dieser Mann hier zu suchen, Herr Richter? Meines Wissens sind wir hier zusammengekommen, um die Schuldfrage dieser Frau zu beweisen, um sie ihrer gerechten Strafe zuzuführen", brüskiert sich Mormont Jusfar, worauf ein Raunen durch den Saal geht, weil es im Gesetzbuch der Stadt nicht vorgesehen ist, dass eine Beschuldigte oder ein Beschuldigter, Beistand von einem Dritten erfahren darf.

„Ruhe im Gericht oder ich lasse den Saal räumen!", schimpft Richter Danil, ehe er demonstrativ mit seinem Hammer seinen Unmut zutage bringt.

„Die Verhandlung wird für eine halbe Stunde unterbrochen. Rittmeister Jusfar, Herr Specht, zu mir in mein Amtszimmer."

„Herr Richter, ich protestiere auf das Äußerste! Dieser Mann ist nicht befugt, im Namen der Angeklagten zu sprechen! Warum unternehmen Sie nichts dagegen?", empört sich Mormont Jusfar, noch ehe Richter Danil sein Amtszimmer erreicht hat. Demonstrativ setzt sich kurz darauf Richter Danil hinter seinen Schreibtisch, worauf es ihm Mormont Jusfar auf einem der Stühle vor diesem gleichtut.

„Ich kann mich nicht erinnern, Ihnen erlaubt zu haben, sich zu setzen", tadelt Richter Danil sein Gegenüber, während Laurin Specht das Protokoll in einem Richterzimmer einzuhalten weiß und in einem angemessenen Abstand hinter der Tür stehen bleibt.

„Laut einem erst kürzlich verfassten kaiserlichen Erlass darf jede bei Gericht vorgeladene Person einen fachkundigen Beistand in der Form eines Anwaltes beiziehen, ob Ihnen das nun passt oder nicht. So viel zur Befugnis von Herrn Specht. "

„Was soll diese Scheiße? Diese Hure ist schuldig und nicht gesellschaftsfähig. Ich verstehe sowieso nicht, warum dieses Theater veranstaltet wird. Wir hier in Mogustral haben unsere eigene Rechtsordnung. Was geht uns der Kaiser im fernen Meretos an? Wenn es nach mir ginge, könnten wir der Stadt die Kosten für derartige Prozesse sparen."

„Es geht aber nicht nach Ihnen, Herr Rittmeister. Herr Laurin Specht ist befugt, im Namen seiner Mandantin zu sprechen, genauso, wie es Ihnen erlaubt ist, die Anklage im Namen des Volkes zu führen. Außerdem weise ich Sie darauf hin, während der restlichen Verhandlung ihre Ausdrucksform gegenüber meiner Person als Richter, gegenüber der Angeklagten, ihrem gesetzlichen Beistand in der Person von Herrn Specht und zu guter Letzt gegenüber den geladenen Zeugen zu zügeln. Andernfalls werde ich nicht einen Moment zögern, Sie aus meinem Gerichtssaal entfernen zu lassen", belehrt Richter Danil mit Schadenfreude Rittmeister Jusfar, weil die beiden immer wieder Meinungsverschiedenheiten hatten. Danach erlaubt er ihm, sich wieder in den Gerichtssaal zu begeben. Laurin Specht hingegen, bittet er, sich für einen Moment zu setzen.

„Mir ist zu Ohren gekommen, dass Sie beabsichtigen den obersten Richter der Stadt, als Zeuge zu befragen. Ich hoffe, Sie sind sich darüber im Klaren, was das für Folgen haben kann. Für die Angeklagte, für Sie und auch für das Gericht."

„Mit Verlaub Herr Richter, nicht ich bin an Richter Elias Kaut mit dieser Bitte herangetreten. Er war es, der sich an mich gewandt hat, zumal er davon überzeugt ist, dass Morrigan Zott nichts mit den Morden zu tun hat. Ob ich Richter Kaut in den Zeugenstand bitten werde, kann ich Ihnen zum jetzigen Zeitpunkt allerdings noch nicht sagen."

„Nun gut, wenn dem so ist, habe ich keine Einwände. Nichtsdestotrotz möchte ich darauf hinweisen, dass auch für Sie dasselbe gilt wie für Rittmeister Jusfar. Ich dulde keine verbalen Ausrutscher oder sonst dergleichen."

Die Anschuldigung, die Mormont Jusfar im weiteren Verlauf der Verhandlung als Vertreter der Anklage vorträgt, zeichnet von Morrigan ein Monster, das vor keiner noch so schrecklichen Tat zurückschreckt. Erwartungsgemäß versucht Laurin Specht, nach Mormonts Beschuldigungen, den Geschworenen ein anderes Bild von seiner Mandantin zu vermitteln, bis nach seiner Darstellung der Dinge Richter Danil die Verhandlung für diesen Tag schließt. Am nächsten Tag sollen die Zeugen befragt werden, so Richter Danils Anordnung, ehe er ohne ein weiteres Wort zu verlieren den Verhandlungssaal verlässt.

Ungewöhnlich viele neugierige Zuseher drängen sich an diesem Tag in den Gerichtssaal, wodurch ein nichtverständliches Gemurmel entsteht, das selbst nicht enden will, als Richter Danil den Saal betritt. Erst als er mit grimmiger Mine und unüberhörbar mit seinem Hammer die Aufmerksamkeit auf sich lenkt, kehrt langsam Ruhe ein.

„Hiermit erkläre ich den zweiten Tag der Verhandlung für eröffnet. Zuallererst möchte ich noch einmal darauf hinweisen, dass ich nicht die geringste Störung aus dem Publikum dulden werde. Rittmeister Jusfar, Sie dürfen jetzt dem Gericht ihre Beweise vortragen."

Es ist eine niederschmetternde Darstellung des Sachverhaltes mit, wie es Rittmeister Mormont Jusfar formuliert, handfesten Beweisen, die zum Tod von Dorothea Kelter geführt haben sollen, obwohl Morrigan mit ihrer wahrheitsgetreuen Aussage den Schilderungen von Rittmeister Jusfar widerspricht. Lediglich die Tatsache, dass sie die Tasche einer Toten an sich genommen hat, deckt sich mit Jusfars Schilderung. Laurin Spechts Gegenargumentation hört sich hingegen wie die Entschuldigung eines Kindes an, dem sowieso niemand Glauben schenken wird. Ein schadenfrohes Grinsen ziert daraufhin Mormont Jusfars Gesicht, glaubt er doch seine beste Karte noch im Ärmel zu haben. Sofia Melross, die mit ihrer Aussage Morrigan sosehr belasten wird, sodass dem Gericht keine andere Wahl bleibt, als die Höchststrafe festzulegen. Doch diesen Trumpf will er sich bis zuletzt aufbewahren.

Zur Überraschung aller Anwesenden richtet im Verlauf

der Verhandlung auch Richter Danil einige Fragen an Morrigan, ist er doch der Meinung, ihr Verteidiger hätte durchaus mehr entlastende Einwände vorbringen können. Weitere Schuldzuweisungen von seitens der Anklage hält Richter Danil jedoch nicht für zielbringend und so schließt er die Verhandlung, um in die seiner Ansicht nach wohlverdiente Mittagspause zu gehen.

Nach einer zweistündigen Unterbrechung soll die Befragung der Zeugen stattfinden.

„Rittmeister Mormont Jusfar Sie dürfen Ihren ersten Zeugen aufrufen. Wie lautet sein Name?"

„Danke Herr Richter. Als meine erste Zeugin bitte ich das Gericht, Sofia Melross aufzurufen."

„Gerichtsdiener bitten Sie die Zeugin Sofia Melross in den Gerichtssaal."

„Da sitzt dieses Monstrum! Ich habe selbst gesehen, wie Sie Dorothea Kelter erstochen hat", brüllt Sofia, noch ehe Richter Danil sie belehren konnte. Dabei zeigt sie unmissverständlich auf Morrigan, worauf ein Raunen durch den Gerichtssaal geht.

„Ruhe!", brüllt Richter Danil, ehe er Sofia mit einem bösen Blick straft.

„Aber ich habe es selbst gesehen, Herr Richter!"

„Ruhe! Sie werden schon noch Gelegenheit haben, Ihre Aussage zu machen. Zuvor aber muss ich Sie den Herren Geschorenen vorstellen und auch belehren, dass Sie hier die Wahrheit sagen müssen. Andernfalls machen Sie sich der Falschaussage schuldig, die weder ich als Richter, noch unser Strafgesetz dulden werden. Haben Sie das verstanden?"

„Jawohl Herr Richter, ich bin nicht schwerhörig. Außerdem wollte ich doch nur sagen …", antwortet Sofia, vollendet ihren Satz aber nicht, weil sie Richter Danil erneut mit einem mehr als nur ermahnenden Blick straft.

„Also setzen Sie sich zu aller erst in den Zeugenstand. Ihr voller Name lautet Sofia Lora Melross, geboren in Mogustral und wohnhaft in der Seidenstraße Nummer 11. Sie arbeiten als …"

„Geboren wurde ich in Orkalbur, das liegt weit im Norden. Außerdem sagen zu mir alle nur Sofia, Herr Richter."

„Junge Frau! Ich weiß, wo Orkalbur liegt. Dessen ungeachtet verbiete ich Ihnen ein letztes Mal, mich zu unterbrechen. Sie warten gefälligst, bis ich Ihnen erlaube, sich zu äußern. Andernfalls sehe ich mich gezwungen, ihnen eine Ordnungsstrafe von vierzig Selani aufzuerlegen", ermahnt Richter Danil die Zeugin erneut. Nach dem Prozedere der Identitätsüberprüfung übergibt er Rittmeister Mormont Jusfar als Vertreter der Anklage das Wort.

„Frau Melross. Ich weiß, dass es für Sie schwer sein muss den Tathergang noch einmal zu schildern. Dennoch muss ich Sie bitten uns möglichst genau zu erzählen, was

Sie an diesem schrecklichen Morgen am zwanzigsten Tag des fünften Monats dieses Jahres erleben mussten", sagt Rittmeister Jusfar als Erstes zu seiner Hauptzeugin.

„Ja natürlich ist es das. Wie würden Sie sich fühlen, wenn Sie so etwas Schreckliches mit ansehen müssten. Obwohl es mir immer noch schwerfällt, darüber zu sprechen, werde ich Ihnen den Tathergang wahrheitsgetreu schildern. Ich habe nämlich selbst mit ansehen müssen, wie dieses Monstrum die liebe Dorothea um ihr Leben gebracht hat. Dabei habe sogar ich um mein Leben zittern müssen. Das müssen Sie mir glauben."

„Natürlich glauben wir Ihnen. Nichtsdestotrotz müssen Sie den Geschworenen den Tathergang schildern. Was haben Sie also gesehen? Dennoch muss ich Sie bitten, uns trotz der Abscheulichkeit des Erlebten und der langen Zeitspanne die Geschehnisse von damals noch einmal zu schildern?"

„Natürlich. Also das war so. Ich habe gesehen wie dieses Miststück …", Sofia dreht sich dabei um, um mit ihrem Finger auf Morrigan zu zeigen, „immer wieder auf Dorothea eingestochen hat. Genauso war es Herr Richter, ich habe es mit meinen eigenen Augen gesehen. Das schwöre ich beim Leben meiner Mutter."

„Meine Herren Geschworenen, hohes Gericht. Gibt es einen eindeutigeren Beweis für die Schuld von Morrigan Zott, als die Aussage dieser jungen unbescholtenen

Frau?", möchte Rittmeister Mormont Jusfar nach ein paar weiteren belanglosen Fragen an seine Zeugin wissen.

„Herr Rittmeister, Ihr Plädoyer können Sie sich bis zum Schluss aufbewahren", ermahnt ihn Richter Danil im Anschluss daran, ehe er Laurin Specht erlaubt die Zeugin zu befragen. Etwas unbeholfen kramt dieser daraufhin einige Zettel aus seinen Unterlagen, ehe er vor die Zeugin hintritt, diese einen Moment lang ansieht und fragt: „Und Sie sind sich sicher, dass es so gewesen ist? Sie haben nichts vergessen, nichts ausgelassen und auch nichts hinzugefügt, was nicht der Wahrheit entspricht?"

„Nein verdammt noch einmal! Was soll das? Ich habe alles gesagt, was ich weiß und gesehen habe. Ich möchte jetzt mein Geld und nach Hause gehen", echauffiert sich Sofia Melross, sichtlich unwohl, ehe sie den Zeugenstand verlassen will.

„Sofort hinsetzen! Ich bestimme wer, wann und wohin gehen darf. Außerdem gibt es für eine Zeugenaussage kein Geld. Herr Anwalt, Ihre Zeugin und bitte geben Sie sich etwas mehr Mühe, um die Unschuld Ihre Mandantin darzulegen", ermahnt Richter Danil auch noch Morrigans Vertreter, worauf ein Raunen durch den Gerichtssaal geht.

„Ruhe!"

„Nun gut. Wie der Tathergang aus Ihrer Sicht vonstattengegangen ist, haben Sie uns ausführlich beschrieben. Es ist natürlich erfreulich zu hören, wie genau Sie sich an jede Kleinigkeit erinnern können. Ein Detail haben Sie uns aber noch nicht verraten. Womit wurde Dorothea Kelter erstochen. War es ein Jagdmesser, ein Küchenmesser oder sonst eine Stichwaffe? Ihrer Schilderung nach können Sie uns bestimmt erklären, wie die Mordwaffe ausgesehen hat."

„Nein, Küchenmesser war es ganz bestimmt keines. Dieses faule Miststück hat so etwas doch nicht angerührt. Dafür war sich dieses Ungeheuer immer zu schade."

„Frau Melross halten Sie sich mit ihren Beleidigungen zurück und beantworten Sie nur die Fragen", ermahnt sie Richter Danil.

„Es war ein Dolch. Genauer gesagt, es war ihr Dolch. Ich weiß das so genau, weil Sie ihn mir selbst gezeigt hat und zugleich mir auch damit gedroht hat, mich zu erstechen, sollte ich mich noch einmal bei Dorothea über sie beschweren."

„Können Sie uns die Mordwaffe oder besser gesagt den Dolch etwas genauer beschreiben? Wie hat er ausgesehen?"

„Einspruch Herr Richter! Das hat doch nichts damit zu tun, ob die Beschuldigte die ihr zur Last gelegte Tat begonnen hat. Es ist einwandfrei bewiesen, dass Dorothea Kelter erstochen wurde. Die Beschaffenheit der Stichwaffe hat nichts damit zu tun und ist somit nebensächlich", beschwert sich Rittmeister Mormont Jusfar, wohl wissend, dass in seinem Bericht nie die Rede von einem Dolch als Mordwaffe war.

„Abgelehnt, Herr Rittmeister. Die Zeugin hat die Frage zu beantworten", bestimmt Richter Danil.

„Warum? Wie ein Dolch aussieht, weiß doch jede Rotznase", antwortet Sofia frech, was zur Folge hat, dass ein nicht zu überhörendes Gemurmel aus den Rängen der Zuseher zu vernehmen ist.

„Ruhe!", ermahnt Richter Danil ein weiteres Mal, ehe er sich an Sofia wendet, um sie noch einmal aufzufordern, die Frage zu beantworten.

„Wie eben so ein Dolch aussieht. Vorne eine Klinge und hinten ein Heft. Das war's auch schon. Meine Güte ist das ein Theater", schnauzt Sofia frech zurück, worauf Richter Danil eine Ordnungsstrafe von zwanzig Selani über sie verhängt.

„Ich protestiere auf das Empfindlichste Herr Richter. Meine Zeugin ist nicht diejenige, über die hier und jetzt Gericht gehalten werden soll", wendet Rittmeister Mormont Jusfar empört ein. Anders als erwartet, ist in diesem Moment nicht das geringste Geräusch zu vernehmen. Richter Danils Gesichtsausdruck lässt allerdings erraten, dass er keine weiteren Entgleisungen gegen wen auch immer dulden wird. Endlos lange erscheint das darauffolgende Schweigen, ehe er Laurin Specht bittet, mit seiner Befragung fortzufahren.

„Können Sie uns sagen, wie oft meine Mandantin Morrigan Zott auf Dorothea Kelter eingestochen hat? War es einmal, zweimal oder wie in einem Rausch unzählige Male?"

„Was denken Sie sich. Ich war total geschockt. Ich habe doch nicht mitgezählt, aber mehr als ein paar Mal hat sie bestimmt auf Dorothea eingestochen."

„Sie sind sich also sicher, dass Dorothea Kelter mehrere Stichwunden beigefügt wurden."

„Sind Sie schwer von Begriff? Das habe ich Ihnen doch gesagt."

„Danke. Ich habe zunächst keine weiteren Fragen an Frau Melross," erklärt Laurin Specht, worauf Richter Danil der Zeugin erlaubt den Zeugenstand zu verlassen.

„Wen möchte die Anklage als nächsten Zeugen aufrufen", fragt Richter Danil im Anschluss daran.

„Euer Ehren, vorerst verzichten wir auf die Anhörung weiterer Zeugen, zumal durch die Aussage von Frau Melross die Schuld der Angeklagten bereits bewiesen wurde."

„Hat die Vereidigung noch irgendwelche Zeugen, die zur Entlastung der Angeklagten von nutzen wären?"

„Ja das haben wir, Euer Ehren. Ich möchte Rittmeister Mormont Jusfar in seiner Funktion als ermittelnder Gendarmeriebeamter in den Zeugenstand rufen", verkündet Laurin Specht, worauf selbst Richter Danil erstaunt ist. Ein weiteres Mal geht ein Raunen durch den

Gerichtssaal, das nur noch von Rittmeister Jusfars Protest übertönt wird.

„Ruhe verdammt noch einmal!", schimpft Richter Danil ohne sichtlichen Erfolg. Erst als er mit aller Kraft mit seinem Hammer seitlich gegen das Richterpult schlägt, was ein unüberhörbares Gedonner verursacht, ebbt der Lärm ab.

„Ich unterbreche die Befragung der Zeugen und schließe die Verhandlung für heute. Jusfar … Specht, wir sprechen uns in einer halben Stunde in meiner Kanzlei!"

„Das werden Sie noch bereuen! Ich werde dafür sorgen, dass Ihre Karriere nach diesem Prozess ein für alle Mal beendet ist!", schimpft Mormont Jusfar, als er auf dem Weg zu Richter Danils Amtszimmer auf seinen Kontrahenten Laurin Specht trifft.

„Ich hoffe, Sie haben einen guten Grund für Ihre Entscheidung! Andernfalls sehe ich mich gezwungen, ohne einen weiteren Tag zu vergeuden, morgen nach Beginn der Verhandlung die Geschworenen zur Beratung zu entlassen", erklärt Richter Danil etwas später Morrigans Verteidiger.

„Laut einem Beschluss aus dem Bürgerlichen Gesetzbuch darf sowohl die Vertretung der Anklage, sowie die der Vereidigung jeden Zeugen nennen, der nachweislich in den Fall mitinvolviert sein könnte. Meines Wissens hat Rittmeister Jusfar die Zeugin Melross selbst befragt.

Zudem war es die ihm unterstellte Behörde, welche zur Klärung der Umstände die zum Tod von Dorothea Kelter geführt haben, beauftragt wurde. Weil aber aus den mir überlassenen Unterlagen nur die Aussage einer einzigen Zeugin hervorgeht, möchte ich Rittmeister Jusfar in den Zeugenstand bitten, um eventuelle Unstimmigkeiten, die sich aus dem Bericht ergeben, abzuklären. Meine Vorgehensweise richtet sich weder gegen Rittmeister Jusfar noch gegen die ihm unterstellten Beamten und soll lediglich dazu beitragen, den Geschworenen ein vollständiges Bild zu vermitteln."

„Und wo sind Ihre Unterlagen?", möchte nach dieser Belehrung Mormont Jusfar wissen.

„Alle für diesen Prozess relevanten Unterlagen wurden meines Wissens dem Gericht wie auch Ihrer Kanzlei am selben Tag zugestellt, wo sie nach meinen Kenntnissen von Bezirkswachtmeister Bartot Oppler selbst in Empfang genommen wurden."

„Euer Ehren, dieser Prozess ist eine einzige Schande für unser Rechtssystem. Ich protestiere auf das Schärfste und appelliere an Ihre Vernunft dieser Farce so schnell als möglich ein Ende zu setzten. Diese Frau ist schuldig und nicht würdig in unserer Gesellschaft zu leben. Dem zur Folge halte ich eine lebenslängliche Unterbringung in eine Strafanstalt als die geringste Strafe, welche diese Mörderin verdient hat. Sollte die Verteidigung allerdings der

Ansicht sein diese Verspottung unseres Rechtssystems weiterzuführen, so sehe ich mich gezwungen, für die Beschuldigte die Todesstrafe zu fordern", droht Rittmeister Mormont Jusfar.

„Leider ändern sich die Zeiten und auch wir hier in Mogustral haben uns den neuen Gegebenheiten und Gesetzen zu fügen. Sollten die Geschworenen zu der Einsicht kommen, dass diese Frau schuldig ist, so wird sie ihre gerechte Strafe bekommen. Es liegt weder in meinem noch in Ihrem Ermessen die Angeklagte vorzuverurteilen", bemerkt Richter Danil gelassen.

„Scheiß drauf. Als Zeuge werde ich auf mein Recht bestehen, die Aussage zu verweigern", brüskiert sich Mormont Jusfar selbstsicher.

„Als Privatperson ist das Ihr gutes Recht. Nicht aber als Vertreter der Anklage und der Stadt. In diesem Fall sind Sie gezwungen, eine wahrheitsgetreue Aussage zu machen. Anderenfalls bestehe ich im Namen meiner Mandantin, den Paragrafen 93 Absatz sieben in Anwendung zu bringen", offenbart ihnen Laurin Specht.

„Und der wäre?", möchte daraufhin Richter Danil ein wenig verwundert wissen, weil selbst ihm dieser Teil der neuen Rechtssprechung noch nicht geläufig ist.

„Die Einstellung des Verfahrens gegen meine Mandantin wegen Verfahrensmängel und der Verletzung der Auskunftspflicht seitens der anklagenden Behörde."

„Wie mir scheint, haben Sie ihre Aufgabe vorzüglich gemeistert. Ich muss zu meiner Schande gestehen, dass selbst mir dieser Absatz nicht bekannt war", gesteht Richter Danil, nachdem er eines der Gesetzbücher zur Hand genommen hat, um darin den genannten Paragrafen nachzulesen.

„Möchten Sie dem etwas entgegen, Rittmeister Jusfar? Anderenfalls sehen wir uns morgen im Gerichtssaal wieder", offenbart Richter Danil gelassen.

Am Morgen nach dem zweiten Verhandlungstag ist auf den Titelblättern der Zeitungen groß zu lesen, *Richter ergreift Partei für die Angeklagte.* Dementsprechend mürrisch eröffnet Richter Danil mit mehr als einer Stunde Verspätung, ohne sich dafür zu rechtfertigen oder zu entschuldigen die Verhandlung.

„Hat die Vertretung der Angeklagten noch immer den Wunsch Rittmeister Mormont Jusfar in den Zeugenstand zu rufen?"

„Jawohl Euer Ehren, das haben wir."

„Nun gut. Rittmeister Jusfar darf ich Sie bitten, vorzutreten und Platz zu nehmen", befiehlt Richter Danil mit eiserner Miene, ehe er Laurin Specht erlaubt seine Fragen an den Zeugen zu richten.

„Rittmeister Mormont Jusfar, ich habe hier den von Ihrer Kanzlei mir zugestellten Bericht zum Todesfall von Dorothea Kelter. Dürfte ich Sie nun bitten, dem Gericht das Ergebnis Ihrer Ermittlungen auf Seite vier vorzulesen."

Sich durchaus bewusst, dass ein Protest seinerseits zu nichts führen würde, nimmt Mormont Jusfar jenen Bericht entgegen, den ihm Laurin Specht hinhält, und beginnt auch schon zu lesen.

„Das Opfer, Dorothea Kelter, wurde nach Alarmierung der örtlichen Behörden am zwanzigsten Tag des fünften Monats dieses Jahres von Bezirkswachtmeister Bartot Oppler in ihrem Haus Seidenstraße Nr. 12 leblos in einem Zimmer im ersten Stock vorgefunden. In ihrer Brust steckte noch immer ein dreiviertel Zoll langes Karambitmesser, das zweifelsohne zum Tod Erstgenannter geführt haben muss, da ansonsten keine weiteren Verletzungen an der Toten festgestellt werden konnten."

„Danke Herr Rittmeister. Dürfte ich Sie nun ersuchen, das Einvernahmeprotokoll der Angeklagten von Seite sieben vorzulesen?"

„Wir alle wissen, was dort steht. Also, was soll das?", empört sich Rittmeister Mormont Jusfar.

„Ich möchte nur, dass Sie dem Gericht und den Geschworenen den Inhalt Ihres Berichtes vortragen, weil meines Erachtens damit die Ungläubigkeit ihrer Kronzeugin erwiesen ist und somit die Unschuld der Angeklagten an den Tag legt", erklärt Morrigans Anwalt Laurin Specht, worauf Richter Danil genervt nur *Vorlesen* sagt.

Der Anweisung des Richters folgend bleibt Rittmeister Mormont Jusfar keine andere Wahl als auch noch diesen Teil des Berichtes vorzulesen. Obwohl die Reihen der Zuseher bis auf den letzten Platz gefüllt sind, ist von dort nicht das geringste Geräusch zu vernehmen, bis Laurin Specht sich für die Mithilfe bei Rittmeister Mormont Jusfar bedankt, ehe er mit seiner Verteidigung fortfährt.

„Hohes Gericht, meine Herren Geschworenen, wie Sie soeben selbst noch einmal erfahren haben, deckt sich Morrigan Zotts Aussage, die sie vor mehr als einem Monat bei der Gendarmerie machen musste, mit der, welche die Angeklagte hier im Zeugenstand unter Eid getätigt hat. Ihre Behauptungen stimmen auch mit der Erläuterung überein, die Dr. Lumen zur Todesursache von Dorothea Kelter verfasst hat. Die Aussage hingegen, welche wir von der Zeugin Sofia Melross bekommen haben, stimmt in keinem Punkt mit dem überein, was im Protokoll der Gendarmerie steht. Außerdem hat Richter Elias Kaut, wie sie selbst erfahren durften, der Angeklagten ein einwandfreies Leumundszeugnis gegeben. Ich frage Sie nun meine Herren Geschworenen, wem schenken sie mehr glauben. Der Aussage einer …"

„Einspruch Euer Ehren. Der Anwalt der Angeklagten versucht, die Geschworenen zu beeinflussen, indem er ihnen eine suggestive Frage stellt."

„Stattgegeben. Herr Specht ersparen Sie uns und den

Geschworenen derartige Fragen", maßregelt Richter Danil den Verteidiger der Angeklagten, ehe er Rittmeister Mormont Jusfar aus dem Zeugenstand entlässt, damit dieser seinen nächsten Zeugen nennen kann. So vergeht auch dieser Freitag vor Gericht, ohne dass Morrigans Schuld bewiesen werden konnte. Für den kommenden Montag rät Richter Danil den Vertreter der Anklage sowie den der Verteidigung, ihre Schlussplädoyers vorzubereiten.

Nicht anders als erwartet zeichnet zwei Tage später Rittmeister Mormont Jusfar ein Bild von Morrigan, das dem eines Monsters gleicht. Besonnener aber nicht weniger bemerkenswert für die Geschworenen hört sich hingegen Laurin Spechts Schlussrede an. Im Anschluss daran bittet Richter Danil die Jury sich in den Geschworenenraum zu begeben, um dort ihr Urteil zu fällen.

Es ist einer von diesen kalten und nassen Herbsttagen als Richter Danil seine obligatorische Frage an die Geschworenen stellt.

„Meine Herren sind Sie zu einem Urteil gekommen?"

„Jawohl Euer Ehren, wir sind in allen Punkten zu einem einstimmigen Urteil gekommen", antwortet der Sprecher der Geschworenen, noch bevor er eine Abschrift der Entscheidung an Richter Danil übergibt. Ohne jegliche Regung liest dieser sich das Urteil durch, ehe er den Sprecher bittet, Selbiges zu verkünden.

„Euer Ehren, hohes Gericht, wir die Geschworenen

befinden die Angeklagte Morrigan Zott im Fall Dorothea Kelter als unschuldig, weil die Aussage der Kronzeugin der Anklage in keinerlei Hinsicht glaubwürdig war. Zudem deckt sich die Aussage der Beschuldigten mit der von Dr. Lumen sowie dem Bericht der Ersteinvernahme.

Der Angeklagten konnte auch kein Verschulden, welches mit dem Verschwinden von Justina Mang zu tun hat, nachgewiesen werden, zumal nicht einmal deren Tod betätigt werden konnte. Aus diesem Grund sehen wir die Geschworenen, auch in diesem Anklagepunkt keinen ersichtlichen Grund die Angeklagte Morrigan Zott für schuldig zu sprechen.

Wer für das Ableben von Frana Obosser verantwortlich war, konnte ebenfalls von der Gendarmerie nicht bestätigt werden. Lediglich die Aneignung fremden Eigentums muss der Angeklagten zur Last gelegt werden. Der Identitätsdiebstahl ist ebenfalls verwerflich und auch nicht entschuldbar."

„Angesichts der Entscheidung der Geschworenen verurteile ich die Angeklagte Morrigan Zott zu einem zweimonatigen Freiheitsentzug in der Frauenstrafanstalt von Mogustral sowie zu einem Busgeld in der Höhe von einhundert Selani, welches zur Abdeckung der Gerichtskosten anfällt. Zuletzt möchte ich noch ein paar Worte an die Parteien der Anklage, sowie der Vereidigung richten", verkündet Richter Danil, ehe er die Verhandlung schließt.

Einsicht

Es ist ein kalter Abend, als Richter Elias Kaut einige Wochen nach Hendriks Einweisung voll Kummer um seine Familie vor dem Kamin seines Wohnzimmers seinen Gefühlen freien Lauf lässt. Tränen rinnen dem üblicherweise emotional starken Mann über seine Wangen, als sein Butler Erol Banks zur Tür hereinkommt, um zu fragen, ob er noch einen Wunsch habe.

„Banks, was habe ich nur falsch gemacht? Warum straft das Leben mich so sehr? Meine Frau wird von Tag zu Tag schwächer und mein Sohn …? Womöglich war es doch ein Fehler ihn in dieses Heim zu geben. Aber was sollte ich tun? Hätte ich eine andere Alternative, ich würde sie sofort ergreifen."

„Fräulein Morrigan wäre bestimmt in der Lage, Ihrer Frau zu neuen Lebensmut zu verhelfen. Außerdem könnten Sie Hendrik wieder aus dieser schrecklichen Erziehungsanstalt nach Hause holen. Sie sind sein Vater. Wie wir alle wissen, hat Fräulein Morrigan es nicht nur verstanden der gnädigen Frau zu neuen Kräften zu verhelfen, sondern auch Hendriks Leiden zu mindern."

„Morrigan? Nein Banks, das kommt auf keinen Fall

infrage. Diese Frau ist eine straffällige und rechtmäßig verurteilte Schwindlerin?"

„Verzeihen Sie mir bitte, wenn ich Ihnen in diesem Punkt widersprechen muss. Fräulein Morrigan war zu dieser Zeit eine verzweifelte junge Frau, deren Schuld lediglich darin bestanden hat, dass sie die Sachen einer Toten an sich genommen hat. Morrigan hat auch nie behauptet, Krankenschwester zu sein. Soviel mir bekannt ist, war sie auf der Suche nach Arbeit, als sie zu unserem Haus kam. Sie selbst haben gesagt, dass die Anschuldigungen, die ihr zur Last gelegt wurden, auf wackeligen Beinen gestanden haben. Morrigan hat es nicht verdient, auch nur einen Tag länger in einer dieser menschenunwürdigen Haftanstalten verbringen zu müssen."

„Und was soll ich zu Antipa sagen? Tut sie nicht schon das denkbar Möglichste, um meiner Frau zu helfen? Nein, ich werde keine verurteilte Frau in mein Haus holen."

„Auch nicht wenn die Frau zu unrecht verurteilt wurde? Morrigan war nicht lange bei uns, dennoch würde ich für sie meine Hand ins Feuer legen. Selbst in den Zeitungen wurde ihre Schuld angezweifelt. Hat nicht jeder das Recht auf eine zweite Chance?"

„Morrigan wurde zu einer rechtskräftigen Haftstrafe verurteilt. Es steht nicht in meiner Macht, sie zu begnadigen. Also wie stellen Sie sich das vor?"

„Bürgermeister Hendersen könnte das tun."

„Ein halbes Jahr vor der Wahl? Nein Mogustral strotzt geradezu von Gesindel. Was denken Sie sich, wie der Adel auf so eine Geste von ihm reagieren würde. Hendersen kämpft um jede Stimme. Nein einer Amnestie würde er nie zustimmen. Trotzdem danke ich Ihnen für Ihre aufrichtige Meinung. Sie können sich jetzt zur Ruhe begeben ich benötige Sie für heute nicht mehr."

Am nächsten Morgen beschließt Elias Kaut nach einer schlaflosen Nacht, dem Bürgermeister von Mogustral, Rorriger Hendersen, einen Besuch abzustatten. Entgegen Kauts Erwartung kann Hendersen dem Vorschlag einer Generalamnestie unter bestimmten Voraussetzungen etwas abgewinnen. Zum einen würde es die ohnehin überfüllten Strafanstalten der Stadt entlasten und zum anderen erhofft er sich einen Stimmengewinn bei den Angehörigen der Entlassenen. Um aber mit dieser Amnestie niemand zu verärgern, lautet sein Vorschlag, dass dieser Gnadenerlass nur Häftlingen gewährt werden soll, die mehr als zweidrittel ihrer Haft verbüßt haben, oder für die ein angesehenes Mitglied der Gesellschaft eine Bürgschaft übernimmt. Ausgeschlossen von der Amnestie sind jedoch Straftäter, die zu einer lebenslänglichen Haftstrafe verurteilt wurden.

Eine Woche später.

„Morrigan Zott! Der Direktor will dich sprechen! Zieh dir was über und benimm dich oder ich steck dich in

Einzelhaft du verkommenes Miststück!", brüllt ein Gefängniswärter, während er mit seinem Schlagstock demonstrativ gegen die Gitterstäbe ihrer Zelle hämmert.

„Morrigan Zott, wie mir scheint, meint es das Schicksal überaus gutmütig mit Ihnen. Bürgermeister Hendersen hat eine Amnestie erlassen. Ein hochrangiges und angesehenes Mitglied unserer Gesellschaft bürgt zudem für Sie. Nützen Sie diese einmalige Gelegenheit, um ein rechtschaffenes Mitglied unserer Gesellschaft zu werden. Sollte jedoch auch nur der geringste Anlass bestehen, dass Sie sich etwas zu Schulden kommen lassen, werde ich persönlich dafür Sorge tragen, dass Sie diese Mauern lebend nicht mehr verlassen werden. Wachtmeister Kessler wird Ihnen Ihre Habseligkeiten aushändigen und Sie bis vor die Mauern unserer Einrichtung begleiten. Dort warten Sie, bis Sie abgeholt werden. Haben Sie das verstanden?"

Es gießt in Strömen, als Wachtmeister Kessler in Begleitung von zwei weiteren Aufsehern die kleine Tür im großen Tor der äußeren Gefängnismauern aufschließt.

„Los raus mit dir, du dreckiges Miststück!", brüllt der Mann, ehe er Morrigan einen Stoß versetzt, sodass sie mit ihrem Fuß sich an dem schienbeinhohen Schweller der Tür verfängt und infolge dessen der Länge nach auf die nasse, matschige Straße fällt.

„Auf ein baldiges Wiedersehen Morrigan. Mein

Gummiknüppel hat noch eine offene Rechnung mit deiner Fotze, du verlaustes Miststück", lautet der Kommentar von Wachtmeister Kessler zu dieser Szene, begleitet von schadenfrohem Gelächter. Im selben Moment hält eine Droschke vor der kurzen Zufahrt, die von je vier Pappeln zu beiden Seiten gesäumt wird. Mehr als einen verächtlichen Blick schenkt Erol Banks den drei Wachbeamten nicht, ehe er Morrigan seine Hand reicht, um ihr beim Aufstehen behilflich zu sein. Danach hilft er Morrigan in die Droschke. Beschämend richtet sich ihr Blick zu Boden, ehe ein leises, aber ehrliches „Danke" ihren Mund verlässt. Behutsam legt Erol ihr eine Decke über ihre Schultern, da sie am ganzen Körper zu zittern beginnt.

„Sie zu fragen, wie es Ihnen ergangen ist, wäre wohl eine Farce. Nichtsdestotrotz darf ich Ihnen versichern, dass alle im Hause Kauts sich freuen, Sie wiederzusehen. Leider gibt es auch einige weniger erfreuliche Neuigkeiten, die ich Ihnen nicht vorenthalten möchte", erklärt Erol Banks Morrigan, geschockt von Ihrem Erscheinungsbild. Auf der weiteren Fahrt zum Haus von Elias Kaut erzählt er ihr auch, wer die Bürgschaft für sie übernommen hat. Er unterrichtet sie unter anderem auch von Letizias Allgemeinbefinden und dass, auf Drängen von Dr. Morgenstern, Hendrik in seine Heilanstalt eingewiesen wurde. Außerdem erklärt er ihr, dass seiner Meinung nach der Gesundheitszustand von Letizia durch Antipas

Pflege sich mehr und mehr von einer Genesung entfernt.

Es ist ein wahrlich herzlicher Empfang, der Morrigan bei ihrer Ankunft im Hause Kaut beschert wird. Selbst Richter Elias Kaut hat sich eingefunden, um Morrigan willkommen zu heißen und ihr ein paar tröstliche Worte zu spenden.

„Es tut mir aufrichtig leid, was Ihnen widerfahren ist. Trotzdem hoffe ich, dass Sie das Vertrauen in unser Rechtswesen nicht ganz verloren haben, zumal ich dessen oberster Vertreter bin. Lange Rede kurzer Sinn, wir alle freuen uns, Sie wieder in unserer Mitte begrüßen zu dürfen. Leider wartet auf mich noch ein Besuch bei unserem Bürgermeister. Aus diesem Grund muss ich mich schon wieder von Ihnen verabschieden. Erholen Sie sich ruhig ein, zwei Tage ehe Sie Ihre Arbeit wieder aufnehmen. Vorausgesetzt, Sie möchten das auch. Andernfalls steht es ihnen natürlich frei, mein Haus zu verlassen. Ich würde es Ihnen nicht verübeln, wenn Sie dieser Stadt lieber den Rücken kehren möchten. Jetzt aber entschuldigen Sie mich bitte. Banks begleiten sie Fräulein Morrigan auf ihr Zimmer."

Etwas überrascht stellt später Richter Kaut fest, dass nicht nur Bürgermeister Hendersen ihn erwartet, sondern auch Dr. Morgenstern. Nichtsdestotrotz ergreift Hendersen noch ehe, Elias Kaut die Tür hinter sich schließen kann, das Wort.

„Mein lieber Elias, es freut mich, dass du dir die Zeit nehmen konntest, meiner so kurzfristigen Einladung zu folgen. Dr. Morgenstern hat mich gebeten, dieses Treffen zu arrangieren. Bitte setz dich doch. Ein Glas Weinbrand?"

„Nein danke, ich habe heute noch eine Verhandlung. Also worum geht es?"

„Das mein lieber Freund wird dir Dr. Morgenstern selbst erklären."

„Meine Schwester hat mich wissen lassen, dass du beabsichtigst, dieser Verbrecherin Morrigan Zott erneut die Pflege von Letizia anzuvertrauen. Ich hoffe nur, dass du dir darüber im Klaren bist, was das für Folgen haben wird. Sie ist eine verurteilte Straftäterin. Ich und meine Schwester, wir sind mehr als nur enttäuscht von dir. Was hast du dir dabei nur gedacht, Antipa derart zu brüskieren?", möchte Dr. Morgenstern von Elias Kaut wissen, ohne zu verraten, von wem er erfahren hat, dass Elias die Bürgschaft für Morrigan übernommen hat und ihr auch in seinem Haus wieder eine Anstellung geben will.

„Ihre Schuld konnte nie bewiesen werden. Außerdem soll sie doch nur Antipa unterstützen. Deine Schwester kann sich nicht immer um Letizia kümmern. Meine Frau braucht Tag und Nacht Pflege."

„Ich weiß nicht, ob das eine gute Idee von dir ist, mein lieber Elias. Aber Antipa soll selber entscheiden, ob sie weiterhin gewillt ist, gemeinsam mit einer Verbrecherin die Pflege deiner Frau zu übernehmen. Ich jedenfalls werde ihr davon abraten, so leid es mir um deine Frau und unsere Freundschaft tut. In diesem Fall bist du zu weit gegangen", empört sich Dr. Morgenstern.

„Für Letizia würde ich alles tun und das weißt du auch. Also was sollen diese Drohungen?", wirft Elias Kaut entschlossen ein.

„So langsam kommt es mir vor, als ob dein gut gemeinter Rat an unseren Bürgermeister, eine Amnestie zu erlassen, nur dem einen Zweck gedient hat. Nämlich diese Frau auf legitime Weise in dein Haus zu holen. Ich kann und will nicht nachvollziehen, warum du dich zu diesem Schritt entschlossen hast. Ich könnte dir Dutzende gute Krankenschwestern empfehlen, die sich um die Pflege deiner Frau kümmern könnten. Aber lassen wir das, obwohl ich zugeben muss, dieser Frau kann ein Mann nur schwer widerstehen, wäre sie nicht eine rechtmäßig verurteile Straftäterin. Was die Amnestie betrifft, sie hat glücklicherweise Bürgermeister Hendersens Ansehen so kurz vor den Wahlen nicht im Geringsten geschadet. Ob das in Bezug auf deine Person ebenfalls zutrifft, wage ich zu bezweifeln."

„Ich habe Morrigan nur zu dem einen Zweck in mein Haus geholt, um Antipa bei der Pflege meiner Frau zu entlasten. Du weißt ganz genau, ich liebe Letizia und würde nie ihre Krankheit ausnützen, um ein Verhältnis mit einer anderen Frau zu beginnen", rechtfertigt sich Elias Kaut, enttäuscht von Dr. Morgensterns Behauptung.

„Nun gut, wenn dem so ist, wünsche ich dir und deiner Familie mit deiner Entscheidung nur das Beste. Meine Herren, wenn sie mich jetzt entschuldigen würden, ich muss noch ins Rathaus, um weitere Vorkehrungen für meine Wiederwahl zu treffen", erklärt ihnen Hendersen, um diese für ihn unangenehme Situation zu beenden.

„Unserer alten Freundschaft zuliebe bitte ich dich, dir das noch einmal zu überlegen", sagt Dr. Morgenstern, als die beiden vor Hendersens Haus auf ihre Droschken warten.

„Nein mein Entschluss steht fest. Ich werde Morrigan nicht vor die Tür setzen."

„Nun gut, wenn dem so ist, endet unsere Freundschaft hier und jetzt. Eines will ich dir noch mit auf den Weg geben. Wie dir bestimmt nicht entgangen sein wird, werde ich mich ebenfalls zur Wahl für das Bürgermeisteramt stellen, um den dubiosen Machenschaften von Hendersen ein für alle Mal ein Ende zu setzen. Ich werde aber auch dafür Sorge tragen, dass Fehlentscheidungen unseres Bürgermeisters rückgängig gemacht werden", offenbart Dr. Morgenstern seinem ehemaligen Freund, ehe er in seine soeben vorgefahrene Droschke steigt. Noch am selben Nachmittag erhält Elias Kaut einen weiteren

Besuch von Antipa, Dr. Morgensterns Schwester. Gefasst, dass auch sie ihm die Freundschaft kündigen will, empfängt er sie wie immer mit freundschaftlichem Respekt. Obwohl sich ihr Bruder mit Nachdruck gegen seine Vorgehensweise ausgesprochen hat, scheint Antipa mit der Entscheidung, Morrigan bei der Pflege von Letizia mit einzubeziehen, einverstanden zu sein. So kommt es, dass sie schon am nächsten Tag die Gelegenheit nützt, um mit Morrigan zu sprechen, um ihr ihren Standpunkt darzulegen.

„Ich habe mich entgegen der Meinung meines Bruders dafür entschieden, dass Sie mir bei der Pflege von Frau Kaut zur Hand gehen dürfen. Ich hoffe nur, es war keine falsche Entscheidung von mir. Wir müssen alles daransetzen, um Letizia auf den Weg der Besserung zu führen. Außerdem hat mir Rittmeister Jusfar versichert, sollte auch nur der geringste Anlass bestehen und Sie meine Anweisungen missachten, wird er Sie umgehend für die daraus entstehenden Folgen zur Verantwortung ziehen. Trotz alledem vertraue ich ihnen, also Enttäuschen Sie mich nur nicht", heuchelt Antipa, bei ihrem ersten Zusammentreffen seit Elias Kaut erneut Morrigan in seinem Haus aufgenommen hat. Obwohl Morrigan dem freundlichen Entgegenkommen von Antipa skeptisch gegenübersteht, lässt diese keine Gelegenheit aus, um ihr Vertrauen zu gewinnen. Antipa bietet ihr nach einigen

Tagen sogar an, sie, sofern sie alleine sind, duzen zu dürfen. Sie erzählt ihr auch immer öfter von Ereignissen aus ihrem Leben, die sich eigentlich nur Freundinnen anvertrauen würden.

„Stell dir vor, mein Hausmädchen hat gestern behauptet, dass sie in meiner Speisekammer eine Ratte gesehen haben will. Mir wird wohl nichts anderes übrig bleiben, als Rattengift auszulegen, obwohl ich mich mit dem Gedanken daran nicht wirklich anfreunden kann. Leider lässt mein Terminplan es nicht zu, dass ich heute noch zur Apotheke gehe. Wäre es zu vermessen, dich darum zu bitten, mir etwas davon mitzubringen, sobald du das nächste Mal in die Apotheke gehst. Außerdem benötigen wir unbedingt neues Arnikaöl, um Letizias Rücken damit einzureiben. Du weißt ja selbst, wie gut ihr diese Behandlung tut."

Ein wenig verunsichert von diesem Freundschaftsangebot lässt sich Morrigan dazu überreden, bei ihrem nächsten Besuch in der Apotheke für Antipa besagtes Rattengift zu besorgen.

Trotz der aufopfernden Pflege, die ihr vor allem Morrigan zukommen lässt, stirbt Letizia Kaut spät abends eine Woche nach jener Unterhaltung mit Letizia. Zu sehr hat bereits der kranken Frau die von Antipa verabreichte Substanz zugesetzt, sodass ihr Körper sich damit nicht mehr zurechtfinden konnte. Morrigan überkommt sofort

Panik, weil sie befürchtet, dass sie dafür verantwortlich gemacht werden könnte. Ohne zu überlegen, verlässt sie noch in derselben Nacht Hals über Kopf das Haus der Kauts.

„Wie geht es der gnädigen Frau? Außerdem wo ist Morrigan?", will Antipa am nächsten Morgen von Erol Banks wissen, als dieser ihr aus dem Mantel hilft, weil ansonsten Morrigan das tun musste. Es war Antipa selbst, die darauf bestand, dass Morrigan sie zu empfangen hatte, um zu berichten, wie es Letizia in der Nacht ergangen ist.

„Es tut mir leid, Ihnen sagen zu müssen, dass die gnädige Frau letzte Nacht verstorben ist. Morrigan hat wohl aus Angst, versagt zu haben, noch in der Nacht unser Haus verlassen."

„Was erzählen Sie da? Das glaube ich nicht! Sind Sie sich Ihrer Worte ganz sicher? Außerdem, wo ist Eilas?"

„Der gnädige Herr ist heute schon sehr früh aus dem Haus gegangen. In der Annahme, dass seine Frau noch schläft, hat er mich gebeten, ihr auszurichten, dass er heute etwas früher nach Hause kommen wird. Ich habe allerdings Francis umgehend, nachdem Sofia die gnädige Frau tot aufgefunden hat, losgeschickt, um Richter Kaut von diesem bedauerlichen Unglück zu verständigen."

„War Dr. Morgenstern schon hier?"

„Nein gnädige Frau."

„Worauf warten Sie dann noch? Schicken Sie sofort

jemand los, um meinem Bruder herzuholen. Wer sonst wohl soll den Totenschein ausstellen?", entgegnet Antipa, ehe sie dem Zimmer, in dem die Verstorbene liegt, entgegenstrebt. Insgeheim aber jubiliert ihr Inneres. Letizia ist nicht mehr am Leben und Morrigan auf der Flucht, was einem Schuldeingeständnis gleichkommt. Besser hätte sie es sich nicht auszumalen getraut. Jetzt muss sie nur noch einen Hinweis hinterlegen, der Morrigans Schuld beweisen soll. Und was würde sich besser eignen als das von Morrigan besorgte Rattengift. Zu diesem Zweck verstreut Antipa einige der blauen Körner vor dem Nachttisch der Verstobenen, ehe sie auch noch ein wenig davon am Boden in Morrigans Kammer verteilt. Den Rest der Verpackung versteckt sie in Morrigans Kommode.

„Letizia!", schallt es im nächsten Moment durch das ganze Haus. Es ist Richter Elias Kaut, der, unterrichtet vom Tod seiner Frau, die Treppe hinauf stürmt. Schon kurz darauf kniet er vor seiner verstorbenen Frau, nimmt ihre Hand in die seine und bittet sie um Verzeihung, weil er in ihrer letzten Stunde wie versprochen nicht bei ihr sein konnte.

„Es tut mir so leid mein lieber Elias. Ich teile innigst deinen Schmerz", heuchelt Antipa, als sie den gebrochenen Mann vor dem Totenbett seiner Frau knien sieht. Ihre Worte jedoch verhallen wie der Ruf des Kranichs im Sturm eines aufziehenden Gewitters.

Während in den nächsten Tagen und Wochen Antipa sich in ihrer Rolle als tröstende Freundin bestätigt sieht, muss Morrigan damit zurechtkommen erneut den Kampf ums nackte Überleben auszutragen. Wo soll sie jetzt nach einem Versteck suchen? Einen Unterschlupf finden, der ihr Schutz vor dem Regen, den eisigen Temperaturen und der Polizei bietet, die bestimmt schon nach ihr sucht, fragt sie sich? Wo soll sie hin mit nichts außer einem leichten Umhang und ein paar Münzen?

Kalt spiegelt sich das Licht der Gaslaternen in den Pfützen der Straße, als Morrigan wie schon so oft ziellos durch die Nacht eilt, ehe sie in einem alten Lagerschuppen einen Platz für diese Nacht findet. Tausend Gedanken schwirren ihr durch den Kopf, ehe sie die Müdigkeit übermannt und für ein paar Stunden den Schmerz der Hilflosigkeit vergessen lässt. Doch schon am Morgen des nächsten Tages stellt sich für sie erneut die Frage, wie sie den Tag überstehen soll. Noch aber ist es zu früh, um im Abfall der Stadt nach dem zu suchen, was sonst niemand mehr gebrauchen oder verzehren möchte. Durch die Ritzen des Schuppens pfeift der Wind und trägt die feuchte Luft des vergangenen Regens bis zu ihr, worauf sie sich bis in die hinterste Ecke zurückzieht. Der Geruch von Moder, Schimmel und wer weiß was sonst noch steigt ihr in die Nase, als sie den Unrat zur Seite schiebt. Dabei fällt ihr ein altes vergilbtes Flugblatt auf.

Bürgerinnen der Stadt!

Befreit Euch aus Eurer Abhängigkeit!
Wir geben Euch die einmalige Chance,
euer eigenes Geld zu verdienen!
In unseren modernen Fabriken bieten wir ein
Angenehmes Arbeitsklima bei bester Belohnung.
Meldet Euch, wir warten auf Euch!

Seidenspinnerei Sturzbach & Co

Sollte dieser Hinweis gar ein Wink des Schicksals sein, fragt sie sich, als sie mit klammen Händen das Blatt Papier zu glätten beginnt. Es wäre ein Anfang in einem anderen Teil der Stadt, dort wo niemand sie kennt. Zurück zu ihrer Hütte bei der alten Fischfabrik getraut sie sich sowieso nicht mehr, weil sie befürchtet, dass Mormont Jusfar dort bestimmt schon nach ihr hat suchen lassen. Im gleichen Zug wird dadurch bei den vielen Obdachlosen, die dort Schutz suchen, bekannt werden, dass sie von der Gendarmerie gesucht wird. Aus diesem Grund muss sie sich mehr denn je vor Denunzianten in acht nehmen, zumal sie unter jenen die dort verkehren, nicht gerade viele Freunde hat. Also macht sie sich auf den Weg zum anderen Ende der Stadt, um dort eine neue Existenz zu beginnen.

Ein wenig verunsichert steht Morrigan nach ihrer Entscheidung vor dem Gatter der Umzäunung, welche das Fabrikgelände der Seidenspinnerei Sturzbach umfasst. Mürrisch wird sie dabei von einem Mann beobachtet, der mit einer Kurbel das Gatter öffnet, um einem Fuhrwerk die Durchfahrt aus dem Firmengelände zu ermöglichen.

„Wohl neu hier?", ruft der Mann ihr zu, worauf Morrigan all ihren Mut zusammen nimmt und näherkommt.

„Ich bin auf der Suche nach Arbeit!", erklärt Morrigan dem Mann und zeigt das von ihr gefundene Flugblatt vor.

„Junge Frau da sind Sie hier genau richtig", erklärt ihr der Mann, ehe er sie zu einem Vorbau am Haupthaus der Fabrik führt, wo er sie einem weiteren Mann namens Senfter vorstellt.

„Sie sind also auf der Suche nach Arbeit. Haben Sie schon einmal in einer Baumwollspinnerei gearbeitet?", will Janis Semfter, jener Vorarbeiter, der für die Einstellung von Arbeitskräften in Samuel Sturzbachs Seidenspinnerei zuständig ist, von Morrigan wissen.

„Nein, meine letzte Arbeit war die Pflege einer kranken Frau, die leider verstorben ist", antwortet Morrigan wahrheitsgetreu. Doch das scheint den Mann nicht sonderlich zu interessieren.

„Ihre Schicht beginnt morgen um sieben Uhr und endet um sieben Uhr am Abend. Zu Mittag gibt es eine halbe Stunde Mittagspause. Wenn Sie damit einverstanden sind, gibt es am Freitag nach der Schicht vier Selani. Falls Sie auch noch in einem unserer Arbeiterlager einen Platz zum Schlafen suchen, verringert sich Ihr Lohn um einen halben Selani. Allerdings muss ich zugeben, dass unser Lager derzeit ein wenig überfüllt ist. Sie können aber auch bei der alten Lina fragen. Die hat bestimmt in ihrem Haus noch eine Kammer frei. Außerdem bekommen Sie bei ihr alles Nötige, was eine Frau so braucht", erklärt ihr der Mann, worauf Morrigan nur nickt.

„Gut, dann muss ich nur noch Ihren Namen wissen."

„Annalena Farber", antwortet Morrigan zögerlich und auch nicht wahrheitsgetreu.

„Besonders gesprächig sind Sie ja nicht. Aber was soll's, schließlich sind Sie hier, um zu arbeiten, und nicht zum Reden. Also morgen Punkt sieben Uhr vor dem Eingang zur Halle drei dort hinten. Besorgen Sie sich auch eine feste Leinenschürze und ein Kopftuch, damit sich ihr Haar nicht in einer der Maschinen verfängt."

„Und wo finde ich diese Lina, um dort nach einem Schlafplatz und einer Schürze zu fragen? Ich habe nichts, außer dem was ich bei mir trage."

„Gehen Sie einfach eine halbe Meile der Straße entlang, auf der Sie hierhergekommen sind. Am Ende dieser finden sie auf der rechten Seite einen alten Krämerladen. Fragen Sie dort nach Lina und sagen ihr, dass Janis Semfter Sie schickt. Alles andere ergibt sich dann von selbst. Meist sitzt die alte Lina dort auf einem Stuhl vor ihrem Geschäft und strickt. "

„Drei lumpige Selani. Das reicht gerade, um nicht zu verhungern. Aber welche Wahl hat sie schon?", fragt sich Morrigan, als sie in einiger Entfernung den von Senfter beschriebenen Laden sieht.

„Sind Sie Lina?"

„Das kommt ganz drauf an, was Sie bei mir kaufen wollen, junges Fräulein. Tabak, Schuhe, Kleider, Brot oder etwas Gemüse. Schinken und Wurst gibt es erst wieder morgen."

„Ein Mann mit dem Namen Senfter schickt mich. Ich darf ab morgen in der Fabrik arbeiten. Jetzt suche ich nur noch einem Platz zum Schlafen und soll mich deshalb an Sie wenden. Er hat mir auch gesagt, dass Sie vielleicht Schürzen zu verkaufen haben."

„So hat er das gesagt, dieser alte Schwerenöter? Hat er Ihnen auch gesagt, dass Sie den ersten Zins im Voraus bezahlen müssen? Einen Selani und du, ich darf doch du sagen, kannst dir ein Bett auf dem Dachboden aussuchen. Dort ist es im Sommer meist unerträglich heiß und im Winter erbärmlich kalt, aber immerhin ist es trocken. Die restliche Miete wird dir dann von deinem Lohn abgezogen. Passende Arbeitsbekleidung habe ich auch", erklärt ihr die Frau, ohne mit dem Stricken aufzuhören. Schweren Herzens holt Morrigan daraufhin ihren letzten Selani und ein paar Groschen aus ihrer Tasche und übergibt sie der Frau.

„Möchtst du bei mir außer einer Schürze auch noch etwas anderes kaufen? Ich habe auch Kekse und besonders süße Schokolade."

„Nein danke, ich …", antwortet Morrigan beschämend, ohne ihren Satz zu vollenden.

„Hast du heute schon was gegessen? Die Arbeit in der Fabrik kann ganz schön kräfteraubend sein", fragt die Frau, als sie Morrigan durch ihren Laden begleitet. Weil diese ihr aber keine Antwort auf ihre Frage gibt, wendet sich Lina um, nimmt ein Stück Brot und einen Tiegel Schmalz aus einem der Regale und hält es Morrigan hin.

„Wenn du schon morgen bei deiner ersten Schicht vor Hunger einen Schwächeanfall bekommst, entlässt dich Senfter, ohne dass du deinen ersten Tag zu Ende bringst."

„Ich kann das aber nicht bezahlen", gibt ihr Morrigan daraufhin beschämend zur Antwort.

„Ich schreibe es einfach an und du bezahlst, sobald du deinen Lohn erhältst. Einverstanden? Außerdem habe ich noch ein paar alte, aber saubere Sachen für dich. Mit deinem schicken Kleid kannst du nicht in die Fabrik gehen, um dort einen ganzen Tag lang zu arbeiten."

„Warum tun Sie das. Warum helfen Sie mir?"

„Ich mag zwar nur eine einfache alte Krämersfrau sein, die in ihrem ganzen Leben nie weiter als bis zum Rand der Stadt gekommen ist, aber ich erkenne, wenn wer ein guter Mensch ist. Also nimm die Sachen und fragt nicht nach dem Warum. Außerdem darfst du, du zu mir sagen. Ich bin keine so feine Dame. Dort hinten das ist die Küche. Dort darfst du deine Mahlzeiten zubereiten und auch einnehmen. Wir haben hier auch eine Waschküche, wo du dich und auch deine Wäsche waschen kannst. Außerdem wohnen hier bei mir auch noch drei andere Frauen, die auch in der Fabrik vom alten Sturzbach arbeiten. Du wirst dich bestimmt mit ihnen anfreunden."

Es ist eine kleine Kammer mit einem noch kleineren Fenster unter dem Dach, die jetzt Morrigan ihr neues Zuhause nennen darf.

„Pünktlich scheinen Sie ja zu sein. Jetzt hoffe ich nur noch, dass Sie der Arbeit auch gewachsen sind", so die Worte, mit denen Senfter am nächsten Morgen Morrigan empfängt, ehe er sie durch die Fabrikhalle führt, ihr dies und das erklärt und zu guter Letzt ihr nach dieser kurzen Einschulung ihren Arbeitsplatz zuteilt.

Es ist eine schweißtreibende Arbeit in der Fabrik. Die Gänge zwischen den Maschinen sind teilweise so eng, dass gerade einmal zwei Arbeiterinnen aneinander vorbeigehen können. Aber es ist nicht nur eng, sondern auch gefährlich, zumal die Riemen, welche die Maschinen antreiben, weder gesichert noch abgedeckt sind. Zudem herrscht in den Hallen ein erdrückendes Klima, weil über eine Belüftungsanlage ständig heiße und feuchte Luft in die Halle geblasen wird, weil sich dadurch Baumwolle besser verarbeiten lässt.

Morrigan arbeitet gerade einmal zwei Monate in der Fabrik, als das passiert, wovon sie einige Arbeiterinnen gewarnt haben. Unmittelbar neben ihr verfangen sich die Haare einer ebenfalls erst seit Kurzem eingestellten Frau an einer Transmissionswelle, worauf diese mit voller Wucht gegen die Maschine gezogen wird, ehe ihr ein großes Stück Haare samt Kopfhaut vom Kopf gerissen wird. Schwer verletzt und blutend liegt die Frau am Boden vor der Maschine. Dieser Arbeitsunfall ist jedoch kein Grund für Senfter die Arbeit einzustellen zu lassen. Im Gegenteil. Die Arbeiterinnen müssen dadurch nur noch eine weitere Maschine mehr bedienen, derweil der Frau in den Mittagsraum geholfen wird, wo sie ohnmächtig zusammenbricht.

„Farber! Sie haben bei ihrer Einstellung doch erzählt, dass Sie früher einmal eine Frau gepflegt haben. Also verbinden Sie dieses tollpatschige Weib, damit sie wieder an ihre Maschine kann. Und alle anderen gehen wieder an ihre Arbeit oder ich ziehe euch einen Teil eures Lohnes ab, verdammte Weiber", brüllt Janis Senfter, ehe er noch verspricht, nach einem Doktor zu schicken.

Es ist eine schreckliche Wunde, die Morrigan vorerst nur notdürftig versorgen kann, weil es ihr schlichtweg an

Verbandszeug fehlt. Benommen und mit schmerzverzerr-tem Gesicht sitzt Mara, jene Frau, der dieses Unglück widerfahren ist, auf einer Bank, weil ihre Ohnmacht nicht lange genug angehalten hat.

„Farber, wie sieht es aus? Geht es diesem tollpatschi-gen Weib wieder besser? Dann ab an eure Arbeit, ihr werdet nicht bezahlt, um hier herumzusitzen. Die Maschi-nen dürfen nicht stillstehen."

„Mara kann heute nicht mehr an einer dieser Maschi-nen stehen. Was wenn sie erneut ihr Bewusstsein ver-liert?", schimpft Morrigan.

„Nein lass nur sein Morrigan, es wird schon gehen", stöhnt Mara, ehe sie zur Tür möchte. Doch schon nach zwei, drei Schritten wird ihr schwarz vor ihren Augen, sodass sie erneut zu Boden fällt.

„Helfen Sie mir, wir müssen sie auf eine Bank legen. Außerdem, wo bleibt der Doktor, den sie uns versprochen haben? Sie haben doch nach einem geschickt?", möchte Morrigan wissen.

„Haben Sie eine Ahnung, was ein Doktor kostet? Das ziehe ich euch von eurem Lohn ab", schimpft Janis Senf-ter, ehe er zornig den Raum verlässt.

Eine halbe Stunde später.

„Was ist hier los?", möchte Samuel Sturzbach, der Besitzer der Fabrik, wissen, als er in Begleitung von einem Mann und Dr. Morgenstern aus seinem Büro am

Ende eines langen Ganges kommt. Es ist derselbe Gang, in dem sich auf der Fabrikhalle zugewandten Seite auch der Mittagsraum der Arbeiterinnen befindet, worauf Senfter von dem Arbeitsunfall berichtet.

„Und wie geht es der Frau jetzt?", möchte daraufhin Dr. Morgenstern wissen.

„Sie wird wohl heute nicht mehr an ihre Arbeit gehen können. Aber ich werde ihr den heutigen Tag von ihrem Lohn abziehen," rechtfertigt sich Senfter.

„Soll ich nach ihr sehen?", fragt Dr. Morgenstern.

„Nein Herr Doktor, ich denke, das ist nicht nötig", beschwichtigt Senfter, ehe er die Tür zum Mittagsraum öffnet.

„Morrigan Zott, was tun Sie hier? Diese Frau ist eine von der Gendarmerie gesuchte Mörderin! Haltet sie fest!", brüllt Dr. Morgenstern, als er einen Blick zu der Verletzten wirft und dabei Morrigan erblickt. Zwar ist sie genauso überrascht wie Dr. Morgenstern, jedoch realisiert sie die Situation schneller, als dass sie einer der Männer festhalten kann. Jetzt erweisen sich die engen Gänge zwischen den Maschinen für Morrigan als Vorteil und so gelingt es ihr, unter der Mithilfe ihrer Kolleginnen das Firmengelände zu verlassen, noch ehe Dr. Morgenstern, sein Begleiter oder Senfter den Ausgang der Fabrikhalle erreichen.

Zufall

Ziellos streift Morrigan wie schon so oft in den letzten Tagen durch die Straßen der Stadt, immer auf der Hut der Gendarmerie nicht in die Hände zu laufen. Dabei kommt sie an jener Schusterwerkstatt vorbei, in der sie schon einmal Zuflucht gefunden hat. Soll sie es wagen, erneut dort hineinzugehen? Noch zaudert sie, doch was hat sie schon zu verlieren, fragt sie sich im fahlen Licht der Abenddämmerung, ehe sie einen Blick zurück auf die menschenleere Straße wirft?

Der Geruch von frischem Leder weckt Erinnerungen, die gar nicht einmal so lange hinter ihr liegen, als sie die Tür der Schusterwerkstatt zuzieht. Nur eine Nacht lang ausruhen, ohne befürchten zu müssen, von Ratten aufgescheucht oder wie letzte Nacht, sich eines betrunkenen Mannes erwehren zu müssen ist alles, was sie sich in diesem Moment ersehnt. Während ihr diese Gedanken durch den Kopf gehen, setzt sie sich auf die schmale, aber keineswegs ungemütliche Bank, auf der sie schon einmal geschlafen hat. Sofort übermannt sie die Müdigkeit und so bemerkt sie nicht einmal mehr das Licht einer Laterne, getragen von Samuel Koffler, das durch das Fenster zum

Hof zu beobachten wäre und geradewegs auf die Werkstatt zuhält. Gebeugt auf einer Krücke gestützt schleift sich nichts ahnend jener junge Mann, der Morrigan schon einmal bei sich aufgenommen hat zur Werkstatt, um noch ein Paar Stiefeletten fertigzustellen. Erschrocken macht Samuel einen Schritt rückwärts, als er im schalen Licht seiner Laterne die Silhouette einer Person vor sich auf der Bank liegen sieht. Dass er dabei zu Fall kommt, ist nun wieder eine Folge seiner Verletzungen. Aber auch Morrigan schreckt auf, als sie die daraus entstehenden Geräusche vernimmt, jedoch realisiert sie schneller als der junge Mann, wer ihr Gegenüber sein könnte.

„Ich bin es nur, Morrigan. Vielleicht erinnerst du dich noch an mich? Du hast mir schon einmal für eine Nacht Unterschlupf gewährt, also hab ich mir gedacht …", stammelt Morrigan beschämend, ehe sie den noch immer am Boden Sitzenden wieder auf seine Beine hilft. Dass Samuel dabei vor Schmerz stöhnt, schreibt Morrigan zuerst dem Sturz zu.

„Bist du verletzt? Glaub mir, ich wollte dich nicht erschrecken. Hätte ich nur geahnt, welche Folgen mein unerlaubtes Eindringen mit sich bringt, ich wäre auf der Straße geblieben", entschuldigt sich Morrigan, ehe sie sein geschwollenes Auge und die aufgeschlagene Lippe bemerkt. Dass diese Verletzungen nicht von seinem Sturz herrühren, darüber ist sie sich sofort bewusst. Dass sich

Samuel auf eine Rauferei eingelassen haben könnte, glaubt sie jedoch nicht, obwohl sie diesen jungen Mann nicht näher kennt. Dass herumstreifende Banden ohne Grund ihre Aggressionen mit Angriffen auf friedliche Bürger loswerden, ist keine Seltenheit und für Morrigan die logische Erklärung für seine Verletzungen.

„Wer hat dir das angetan?"

„Niemand. Ich bin die Treppe, die in den Keller führt, hinuntergestürzt. Du hast ja gerade selbst miterlebt, wie unbeholfen ich manchmal bin."

„Deine Verletzungen rühren von keinem Sturz her. Das waren Fäuste oder Fußtritte. Aber du hast schon recht, wenn du sagst, es geht mich nichts an. Nichtsdestotrotz entschuldige ich mich noch einmal für mein unerlaubtes Eindringen", sagt Morrigan, ehe sie ihre Habseligkeiten zusammenrauft, um die Werkstatt zu verlassen.

„Wo gehst du hin?"

„Dort wo ich hingehöre. In die Gosse zum Abschaum der Stadt. Aber mach dir um mich keine Sorgen, ich finde schon irgendwo ein finsteres Loch, wo ich mich verkriechen kann."

„Und warum bleibst du nicht hier. Das Wetter wird in den nächsten Tagen bestimmt nicht besser. Es wird wohl Schnee geben. Im Kobel steht eine alte Britsche, die gar nicht einmal so unbequem ist. In der Truhe findest du ein paar Decken und auch einen warmen Umhang. Ich weiß nicht, wem er gehört. Er liegt schon lange dort, aber er ist sauber und so gut wie neu."

„Nein ich möchte nicht, dass du meinetwegen Schwierigkeiten bekommst. Die Gendarmerie sucht bereits in der ganzen Stadt nach mir", erklärt Morrigan, weil es ihr in den Sinn kommt, dass Samuels Verletzungen von Bartot Opplers Männer herrühren könnten. Es ist durchaus kein Geheimnis, dass die Gendarmerie mit solch drakonischen Methoden arbeitet, um an Informationen zu gelangen. Morrigan nimmt auch an, dass die Männer der Gendarmerie auch hier schon nach ihr gesucht haben. Mehr als einen traurigen Blick zu Samuel kann ihn Morrigan jedoch nicht zurückgeben, ehe sie die Werkstatt verlassen will.

„Das, was mir widerfahren ist, hat nichts mit dir zu tun. Bitte geh nicht, ich werde dir alles erklären", ruft ihr Samuel nach, worauf sich Morrigan noch einmal umwendet.

„Nach Ablauf der Absonderungszeit sind die Gläubiger meines Vaters hier erschienen, um ihr Geld einzutreiben. Eine Frist von drei Tagen haben sie mir gewährt, um die Schulden meines Vaters zu begleichen. Woher aber sollte ich in so kurzer Zeit so viel Geld herbekommen. Wie auch immer, nicht einmal die drei Tage haben sie mir gelassen. Also habe ich schweren Herzens beschlossen, hier alles zurückzulassen. Ja ich wollte fortgehen, all das hinter mir lassen. Ich habe mir eingeredet, mit dem wenig Ersparten, das ich habe, könnte ich mir in einer anderen Stadt ein neues Leben aufbauen. Ich war mir sicher, dass ich es bis nach Meretos schaffen würde", erzählt Samuel.

„Und warum bist du dann doch nicht gegangen?"

„Wie schon erwähnt, sie haben mir keine Zeit dafür gelassen. Vermutlich haben sie so etwas geahnt. Ich meine, dass ich verschwinden könnte. Noch in derselben Nacht wurde ich von ihren Schlägern geweckt und das nicht gerade sanft. Das wenige, mühsam Ersparte, das für meine Flucht vorgesehen war, ist jetzt auch weg."

„Alles? Nicht einen einzigen Groschen haben sie mir gelassen."

„War denn die Schuld deines Vaters so groß?", fragt Morrigan, ohne zu ahnen, dass Samuel mit seinem Ersparten, nur einen kleinen Teil der Schulden seines Vaters begleichen konnte.

„Ja und bis zu ihrem nächsten Besuch muss ich noch einmal mehr als das Doppelte zusammensparen. Sollte ich bis dahin nicht den Rest der Schulden begleichen können, werde ich nicht mehr mit ein paar gebrochenen Rippen davonkommen, haben sie gesagt. Aber ich werde das schon schaffen", beteuert Samuel, obwohl er selbst nicht so recht daran glauben will.

Mit Gedonner wird zwei Tage später am frühen Morgen die Tür zu Werkstatt, in dessen Kobel dahinter sich Morrigan noch immer versteckt hält, aufgestoßen. Samuel sitzt bereits vor seinem Schusteramboss, um gekonnt die Sohle eines zierlichen Damenschuhes zu erneuern.

„Samuel Koffler, schön dich wohlauf bei der Arbeit zu sehen. Wie mir scheint, hast du dich gut erholt. Kurze Rede langer Sinn, es ist wieder einmal an der Zeit einen Teil deiner Schulden zu bezahlen. Wie vereinbart beläuft sich deine Schuld mitsamt den Zinsen jetzt auf nunmehr dreihundert Selani, die du bestimmt schon lange zur Seite gelegt hast. Anderenfalls sehe ich mich gezwungen meinen Freund zu bitten, sich deiner ein wenig anzunehmen", verhöhnt einer der beiden Männer den vor Angst zitternden Schuster.

„Das ist alles, was ich habe. Mehr konnte ich in so kurzer Zeit nicht zusammenraufen. Aber ich werde meine Schuld schon begleichen. Das Geschäft läuft zurzeit nicht besonders gut. Bitte, ihr müsst mir nur etwas mehr Zeit geben", fleht Samuel, ehe er den beiden ein Säckel mit Münzen hinhält.

„Was soll das denn sein? Willst du uns verspotten, du verdammter Leistenflicker? Ein paar lächerliche Kupfermünzen reichen ansatzweise nicht einmal aus, um die anfallenden Zinsen zu begleichen", verhöhnt der Mann Samuel, ehe er verachtend das mühsam Ersparte in eine Ecke der Schusterwerkstatt schleudert. Wohl wissend, dass weitere Entschuldigungen oder gar Ausreden sein Gegenüber nur noch mehr verärgern könnte, kniet sich Samuel nieder, um die Münzen wieder einzusammeln. Er tut dies aber auch, um den Blick der beiden von der Tür zum Kobel fort zu lenken. Sein Handeln führt in weiterer Folge dazu, dass jener Mann, der bis jetzt nur bei der Eingangstür gestanden hat, plötzlich auf Samuel einzutreten beginnt. Auch der zweite Mann tut es dem Ersten gleich. Dabei schert es die beiden nicht im Geringsten, dass ihr Opfer nach mehreren heftigen Schlägen und Tritten gegen seinen Kopf das Bewusstsein verliert.

„Du verdammter Leistenflicker! Steh sofort auf, wenn ich mit dir rede!", brüllt einer der beiden erneut, ehe er ein weiteres Mal gegen den Kopf des am Boden liegenden tritt. Samuel verspürt davon allerdings nichts mehr.

„Los lass uns verschwinden von hier. Dieser Mistkerl ist es nicht wert, dass wir weiterhin unsere Zeit mit ihm vergeuden. Es nützt uns nicht, wenn wir ihn zu Tode prügeln. Unser Boss wird sowieso sauer sein, wenn er erfährt, dass er sein Geld nicht so schnell bekommen wird", sagt einer der beiden, ehe er sich nach dem Geldsäckel bückt, um diesen anschließend in seiner Manteltasche verschwinden zu lassen.

„Dann lass uns wenigsten diese verdammte Werkstatt durchsuchen. Wer weiß, vielleicht hat er irgendwo sein Geld versteckt", brüllt der Zweite, ehe er auch schon damit beginnt all die Schachteln mit Schusternägeln, Klammern und Nieten auf den Boden zu schütten. Geld oder sonstige Wertgegenstände findet er dabei allerdings keine.

„Los lass uns abhauen, bevor noch jemand kommt. Hier finden wir sowieso nichts mehr. Und du lass dir gesagt sein, wir sehen uns wieder und wehe du hast bis dahin nicht das Geld zusammengerauft", droht jener Mann, der Samuel die ersten Tritte versetzt hat. Samuel jedoch bekommt davon nichts mit. Längst haben ihn die schweren Verletzungen seiner Sinne beraubt. Morrigan hingegen konnte das Geschehen von ihrem Versteck durch ein Astloch in der Tür beobachten. Dabei konnte sie feststellen, dass sie einen der beiden Männer schon einmal begegnet ist. Erkannt hat sie diesen an seiner markanten Narbe, die sich von der Stirn über die linke Gesichtshälfte bis zum Kinn zieht. Er war jener Mann, der Dr. Morgenstern, als dieser in der Fabrik nach Mara Blasser sehen wollte, begleitet hat. Was aber hat Dr. Morgenstern mit diesen Schlägern zu tun, fragt sie sich. Doch das sind Fragen, die sie sich jetzt nicht beantworten möchte, zumal einer der beiden, bedrohlich nahe an die Tür kam, hinter der sie sich versteckt hielt. Lediglich die Vermutung, dass diese Tür ins Freie führt, hat den Mann davon abgehalten, sie zu öffnen. Doch das konnte Morrigan nicht wissen und so getraute sie sich, kaum zu atmen. Selbst jetzt noch, nachdem die Männer die Werkstatt verlassen haben, stellt sich bei ihr keine Erleichterung ein. Zu groß wiegt der Schreck sowie die Sorge, die beiden Männer könnten noch einmal zurückkommen. So dauert es mehr als eine viertel Stunde, ehe sie sich getraut nach Samuel zu sehen. Und wenn auch Morrigan schon viele Schlägereien mit ansehen musste, Samuels Anblick lässt sie erschaudern. Blut vermischt mit einer wässrigen Flüssigkeit sickert aus seiner Nase und auch aus dem rechten Ohr. Seine Augen sowie die rechte Gesichtshälfte sind bereits blutunterlaufen. Vorsichtig schiebt sie unter seinen Kopf ein Kissen, ehe sie versucht seine verkrampfte Haltung in eine für ihn bequemere Lage zu bringen. Kurz darauf versucht Samuel seine bereits geschwollenen Augen aufzuschlagen, was ihm jedoch nicht so recht gelingen will. Ihn zum Aufstehen zu bewegen, getraut sie sich nicht, weil sie befürchtet, dass dies seinen Körper nur schaden könnte. Es dauert auch nicht lange, bis Samuel erneut sein Bewusstsein verliert.

Am Morgen des nächsten Tages, die Sonne schickt ihre ersten Strahlen durch das Fenster der Werkstatt, erwacht Morrigan neben Samuel am Boden. Und wenn der Tag auch noch so freundlich begonnen hat, es wird für Morrigan erneut ein Tag ohne Glückseligkeit werden. Schon bei ihrem ersten Blick zu Samuel bemerkt sie, dass mit ihm etwas nicht stimmt.

„Samuel, bist du wach? Kannst du mich hören? Bitte Samuel gib mir ein Zeichen, dass du mich verstehen kannst", fleht Morrigan verzweifelt, seine Hand haltend. Doch schon im nächsten Augenblick muss sie feststellen, dass Samuel ihr keine Antwort mehr geben kann. Zu schwer waren seine Kopfverletzungen, sodass in der Nacht sein Lebenswille für immer versiegte. Was aber soll sie jetzt tun? Zur Gendarmerie kann sie nicht gehen. Man würde ihr, einer gesuchten Mörderin, sowieso nicht glauben. Also bleibt ihr keine andere Wahl, als erneut in den Straßen der Stadt unterzutauchen.

Es ist ein trotz des Sonnenscheins eiskalter Tag, an dem niemand ohne Grund auf der Straße zu sehen ist. Diejenigen, die trotzdem keine andere Wahl haben, hüllen sich in Umhänge mit Kapuzen, um der Kälte zu trotzen, zumal jetzt auch noch der für die Jahreszeit kalte Fallwind aufkommt. Es ist der *Boscheer,* wie dieser Wind bezeichnet wird, der dafür sorgt, dass vereinzelt selbst an der relativ warmen Küste für ein paar vereinzelte Tage eine dünne Schneedecke zu sehen ist.

So macht sich Morrigan erneut auf die Suche nach einer Bleibe oder einem trockenen Unterschlupf. Dabei kommt sie an der Steintorbrücke unweit des Hafens vorbei, dort wo ihr Ophelia schon einmal ein Zuhause gegeben hat. Noch zögert sie, als sie vor dem Eingangstor zur alten Fischfabrik steht.

„Na sieh einer an. Ophelias Liebling kommt uns besuchen. Sie wird bestimmt erfreut sein, dich zu sehen, zumal wir es dir zu verdanken haben, dass in letzter Zeit die Gendarmerie immer wieder hier herumschnüffelt. Ginge es nach mir, …"

„Halt dein verlogenes Maul Rommel. Du hast hier nichts zu sagen du verdammter Schwätzer", tadelt ihn ein Mann, den Morrigan noch nie gesehen hat. Danach wendet sich der Unbekannte an sie, legt ihr seine Hand auf die Schulter und sagt: „Du musst Morrigan sein. Stimmt's? Ophelia hat dich schon eher erwartet. Komm, ich begleite dich zu ihr. Um Rommel diesen alten Schwätzer musst du dich nicht sorgen, der scheut die Gendarmerie mehr als ein Vogel das Feuer. Hier bei uns bist du vorerst einmal sicher. Wir mögen nämlich auch keine Gendarmen und würden nie einen von uns an sie verraten. Aber das weißt du sicher selbst."

„Wo gehen wir hin?", fragt Morrigan verwundert, da der Mann sie zu einem Gebäude auf der gegenüberliegenden Straßenseite führt.

„Du wolltest doch zu Ophelia. Sie hat das Haus dort drüben gekauft. Einfach so. Keiner weiß, woher sie so viel Geld hatte und zu fragen getraut sich sowieso niemand. Aber das soll sie dir selbst erklären."

„Wird sie das? Warum sollte sie das tun?", möchte Morrigan nach dieser Erklärung wissen.

„Das kann ich dir nicht sagen, weil ich es schlicht und einfach nicht weiß. Niemand kann ihre Gedankengänge nachvollziehen oder gar vorhersagen. Nur so viel, Ophelia hat sich regelmäßig nach dir erkundigt. Wie mir scheint, liegt ihr viel an dir oder besser gesagt an deiner Erscheinung."

„Was soll das denn wieder heißen?", fragt Morrigan verwundert und erschrocken.

„Ophelia hat in letzter Zeit immer wieder Besuch von einem mehr oder weniger seltsamen Mann erhalten, der stets auf der Suche nach Tänzerinnen und Schaustellerinnen für sein Theater ist. Es wird gemunkelt, dass er ihr für jedes Mädchen, das sie ihm vermittelt, eine nicht zu unterschätzende Gebühr zu verrichten hat. Aber das weißt du nicht von mir", erzählt der Mann. Als sie ihn aber nach seinem Namen fragt und bei wem sich Ophelia nach ihr erkundigt hat, wird er plötzlich garstig, geradeso, als ob auch er ein Geheimnis zu verbergen hätte. Also lässt sie es dabei bleiben, dem Mann weitere Fragen zu stellen.

Es ist ein strenger Blick, den Ophelia dem Mann entgegenbringt, als er vor ihr erscheint. Erst als sie Morrigan erblickt, verbessert sich ihr Gemüt. Noch strenger, noch garstiger und auch böse ist der Blick, den ihm und Morrigan jene junge Frau zuwirft, die es sich neben Ophelia auf dem alten Kanapee gemütlich gemacht hat.

„Morrigan! Du hast lange nichts mehr von dir hören

lassen. Erzähl schon, wie ist es dir ergangen in der Welt der Reichen? Nein sag nichts und lass mich raten. Sie haben dich ausgenützt, und als du für sie uninteressant wurdest, haben sie dich wie eine heiße Kartoffel fallen lassen. Und jetzt stehst du wieder hier bei mir. Nur gut, dass ich ein so großes und gütiges Herz habe, oder wie siehst du das, Altar?", möchte Ophelia von jenem Mann, der Morrigan hierher geführt hat, wissen. Dass die beiden zurzeit nicht besonders gut aufeinander zu sprechen sind, konnte Morrigan allerdings nicht wissen und dennoch ahnt sie etwas dergleichen. Ophelias Mimik wiederum hat zur Folge, dass sich Altar Mort, so der Name des Mannes ohne ein weiteres Wort abwendet und den Raum verlässt.

„Hau nur ab, du verdammter Sturschädel!", ruft ihn Ophelia nach, ehe sie vor Morrigan hintritt und diese mit einer für sie eher ungewohnten Umarmung begrüßt. Dabei kommt es Morrigan vor, als ob diese Frau, deren Körper seit ihrem letzten Zusammentreffen noch massiger geworden zu sein scheint, sie mit ihrer Liebkosung erdrücken wollte.

„Ehrlich gesagt, ich habe mir nicht gedacht, dass ich dich noch einmal wiedersehen werde. Ich hätte schwören können, dass du bereits über alle Berge wärst. Nichtsdestotrotz bist du hier bei uns immer willkommen, auch wenn Mormont Jusfars Männer in der ganzen Stadt nach dir suchen. Auch hier bei uns waren sie schon. Aber keine

Sorge, ich habe ihnen gesagt, dass du womöglich die Stadt verlassen hast. Eines meiner Vögelchen hat mir verraten, dass du dich am Hafen in der Nähe der Arosa, Kapitän Trades Schiff, herumgetrieben hast. Dem Anschein nach hast du es aber doch vorgezogen hierzubleiben. Ob das die bessere Wahl war, kann ich dir nicht sagen mein Schätzchen. Ich weiß nicht, was schlimmer sein könnte, als in einem Gefängnis der Stadt zu landen. Da hört sich der Gedanke, von Trade an ein Hurenhaus in auf der anderen Seite der Welt verkauft zu werden geradezu wohlwollend an. Gut, durchgevögelt wirst du dort wie hier. Der Unterschied besteht lediglich darin, dass du in einem Gefängnis nicht länger als ein paar Monate überleben und auch keinen müden Selani für deine Liebesdienste bekommen würdest. Also Morrigan, nimm meinen guten Rat an und geh wo anders hin. Weit weg von hier, irgendwohin, wo man dich nicht kennt."

„Ja geh woanders hin", mischt sich die Frau neben Ophelia ein.

„Esther sei nicht so garstig zu unserem Gast", tadelt Ophelia daraufhin die Frau neben ihr, worauf deren Blick nur noch finsterer wird, glaubte sie doch bis jetzt der Liebling von Ophelia zu sein. Ja mehr noch. Esther spielt bereits jetzt schon mit dem Gedanken, irgendwann einmal in ferner Zukunft Ophelias Platz einnehmen zu können.

„Ich habe nichts, außer dem was ich bei mir trage. Wie

und womit soll ich mir also die Reise in ein fernes Land finanzieren?"

„Das mein liebes Kind, hättest du dir überlegen sollen, bevor du die Frau des zweitmächtigsten Mannes der Stadt vergiftet hast."

„Ich habe Letizia nicht vergiftet! Auch wenn mir niemand glauben will, ich war das nicht."

„Mormont Jusfars rechte Hand, Bartot Oppler, hat mir aber etwas anderes erzählt. Wenn man seinen Worten Glauben schenken darf, sollst du auch für den Tod einer jungen Krankenschwester Namens Maren Sattler und den Tod von Dorothea Kelter verantwortlich sein. Letztere habe ich sogar persönlich gekannt. Ehrlich gesagt Morrigan, das hätte ich dir nicht zugetraut. Drei kaltblütige Morde und noch immer auf freien Fuß. Alle Achtung. Aber lassen wir das. Erklär mir lieber, warum du gerade jetzt zu mir gekommen bist. Versteh mich bitte nicht falsch, aber dieser Rittmeister Jusfar von der Gendarmerie, sitzt mir schon länger im Nacken. Er sucht schon lange nach einem Grund, um mich und meine Schäfchen von hier zu vertreiben. Bürgermeister Hendersen hat sich dazu entschlossen das Gebiet östlich der Steintorbrücke der Eisenbahngesellschaft zu verkaufen, obwohl diese kein besonderes Interesse daran zeigt. Aber keine Sorge, ich werde mich schon zu wehren wissen. Ich lasse mir meinen Bezirk nicht streitig machen. Auch nicht von einem heuchlerischen Mann, der vorgibt, nur das Beste für seine Bürger zu tun. Aber das wird dich sowieso nicht interessieren. Also verrat mir, was willst du hier? Warum bist du zurückgekommen. Ich habe mehr als genug Sorgen, die mich tagtäglich herausfordern."

Angesichts dieser frostigen Worte getraut sich Morrigan nicht mehr ihren Wunsch zu äußern. Anstatt dessen zuckt sie nur beschämt mit ihren Schultern. Es ist ein strenger mit Mitleid vermischter Blick, den ihr daraufhin Ophelia entgegenbringt. Ein wenig enttäuscht von diesem Zusammentreffen wendet sich Morrigan infolgedessen von Ophelia ab, um dieses Haus, diesen Bezirk und vielleicht sogar diese Stadt zu verlassen.

„Morrigan!", schallt es daraufhin durch den Raum, worauf sie sich noch einmal umwendet.

„Komm wieder zurück und setz dich zu mir. Dann kannst du mir erzählen, was du jetzt vorhast?"

„Lass sie doch gehen. Wir kommen ohne sie besser zurecht. Wir brauchen keine Mörderin in unserem Haus."

„Esther, lass das. Wer in meinem Haus aus und eingeht, bestimme immer noch ich. Hast du das verstanden? Geh lieber in die Küche und bring uns Tee und etwas zum Essen, ich habe Hunger", tadelt Ophelia ihr Gegenüber, worauf Esther voller Zorn, den Raum verlässt.

„Na los, komm schon und setz dich zu mir mein Kind und lass uns darüber reden, wie wir dir weiterhelfen können. Die Zeiten ändern sich. Alles wird teurer. Mehl soll sogar schon mehr als doppelt so viel wie im letzten Jahr kosten. Zudem kommt noch die Sorge, was wird werden, wenn Hendersen sein Vorhaben umsetzen kann? Wo sollen wir dann hin? Aber so weit ist es noch lange nicht, obwohl ihm jedes Mittel recht ist, um uns die wir hier wohnen loszuwerden. Hierzulande ist es schon längst kein Geheimnis mehr, dass Bürgermeister Hendersen dieses Viertel ein Dorn im Auge ist. Was dich angeht, du darfst für ein paar Tage hier in meinem Haus wohnen. Es gibt noch ein Zimmer unter dem Dach."

„Danke", antwortet Morrigan, obwohl sie nicht so recht weiß, wie sie mit dem plötzlichen Sinneswandel von Ophelia umgehen soll.

„Nichtsdestotrotz wirst du dich in nächster Zeit um eine Arbeit umsehen müssen oder willst du dein Leben lang um jeden Bissen Brot betteln? Morrigan, es ist noch nicht zu spät für dich, ein neues Leben zu beginnen. Es ist nie zu spät, ein neues Leben zu beginnen."

„Wenn das nur so einfach wäre. Ich bin eine gesuchte Mörderin. Eigentlich dürfte ich nicht einmal dein Angebot annehmen. Es wäre wohl besser, wenn ich für immer ver-schwinden würde. Von hier, aus Mogustral und auch aus dem Leben."

„Glaub mir mein liebes Kind, das sagt sich leichter, als man denkt. Aber ich wüsste da vielleicht eine Lösung für dein Problem. Ich habe von einem Mann gehört, der neu in der Stadt ist und erst vor Kurzem in der Nähe des Hafens ein Haus ganz besonderer Art übernommen hat. Das alte Revuetheater, den *Seemannspalast*. Du wirst es bestimmt kennen. Es heißt jetzt das Leuchtfeuer. Mein Freund Kemal hat sich vorgenommen, eine Attraktion ganz besonderer Art daraus zu machen. Ein Varietétheater, im dem so manche außergewöhnliche Vorstellung zur Schau gebracht wird."

„Bin ich denn so ein Monster, dass man es der gaffenden Meute vor Augen halten muss? Morrigan die Mörderin, eingesperrt in einem Käfig, um die Menschheit vor diesem Monster in Schutz zu nehmen", kontert Morrigan verbittert, weil sie sich nicht vorstellen kann, was sie in diesem Haus verloren hätte. Sie ist zwar eine hübsche junge Frau, mehr aber nicht.

„Bist du schon einmal dort gewesen? Ich meine natürlich in dem Theater", möchte Ophelia im Hinblick auf ihren Vorschlag wissen. Morrigan schüttelt daraufhin nur ihren Kopf. Derweilen kommt Esther mit einem alten Tablett zurück in den Raum, um die darauf dampfende Teekanne mürrisch vor Ophelia abzustellen, ehe sie den Raum ohne ein Wort zu verlieren, auch schon wieder verlässt. Doch tut sie das wirklich? Nein hinter der nur angelehnten Tür versucht sie jedes Wort zu erhaschen, das Morrigan mit Ophelia wechselt.

„Kemal Patter der Besitzer und auch Direktor dieses Varietés hat mir erst unlängst von seinen Plänen erzählt. Er will nämlich in seinem Publikum nicht nur Kuriositäten präsentieren, sondern zu später Stunde auch eine Vorführung, in der nach seinen Angaben die schönsten Frauen diesseits und jenseits des Meeres zu bewundern sind. Nur leicht bekleidet sollen sie dort vor allen den Männern die Schönheit der Natur einer Frau vor Augen führen", erklärt Ophelia.

„Dann möchtest du mich also an ein Hurenhaus verweisen. Wie viel bezahlt dir denn dieser Patter oder wie auch immer er heißen mag?"

„Ich kenne Kemal nicht nur vom Hörensagen her. Er hat mir vor vielen Jahren selbst einmal aus der Patsche geholfen. Aber das tut jetzt nichts zur Sache. Morrigan ich will dir doch nur helfen. Helfen, ein neues Leben beginnen zu können."

„Als was? Als Hure? Nein, ich kenne dieses Leben nur allzu gut oder hast du schon vergessen, wo ich früher gelebt und womit ich meinen Unterhalt bestritten habe? In dieses Leben kehre ich auf keinen Fall wieder zurück. Eher stelle ich mich der Gendarmerie, als das ich mich noch einmal verkaufe."

„Warst du schon einmal in einem Varietétheater", möchte nun Ophelia wissen, worauf Morrigan diese Frage nur mit einem leichten Kopfschütteln beantwortet.

„Glaub mir, Kemal Patters Varieté ist kein Hurenhaus. In seinem Theater verkehrt die nobelste Schicht unserer Gesellschaft. Ich stelle dich morgen Abend Kemal vor. Zufälligerweise hat er mich und Esther zu einem geselligen Abend in sein Theater eingeladen. Allerdings solltest du dir derweilen einen anderen Namen einfallen lassen. Zu deinem Schutz, zu meinem Schutz und auch zu unser aller Schutz. Ich habe nämlich gehört, dass nach einer Morrigan Zott gesucht wird", erklärt ihr Ophelia, nicht unbegründet.

Magie

„Meine liebe Ophelia, es freut mich, dass du in Begleitung von zwei so charmanten Damen meiner Einladung gefolgt bist. Du wirst es bestimmt nicht bereuen, an diesem verregneten Abend hergekommen zu sein. Heute gibt es nämlich eine Vorstellung ganz besonderer Art. Mehr dazu möchte ich aber nicht verraten. Lasst euch einfach nur überraschen", säuselt jener Mann, den Ophelia als den Besitzer des Theaters kennt, währenddessen er die drei zu einem kleinen Tisch ganz vorne an der Bühne geleitet. Es ist eine Mischung aus tänzerischen und akrobatischen Darstellungen, die Morrigan für einen Moment ihre Sorgen vergessen lässt und vom Publikum mit Beifallsbekundungen belohnt wird. Zum Höhepunkt des Abends erscheint der Herr des Hauses selbst auf der Bühne, um mit Wohlgefallen die Attraktion der heutigen Vorstellung anzukündigen.

„Geschätztes Publikum, meine sehr verehrten Damen und Herren! Es ist mir eine ganz besondere Ehre, ihnen heute und hier den weltbekannten Magier Ernesto Silbermann vorstellen zu dürfen", posaunt Kemal Patter, ehe er zur Seite tritt, um mit Beifall einen eher unscheinbaren

Mann mit Frack und Zylinderhut zu begrüßen. Eine tiefe Verbeugung lässt im nächsten Moment den Hut von seinem Kopf gleiten, um diesen nur eine Handbreit vor dem Boden zu ergreifen. Dabei präsentiert er seinem Publikum den scheinbar leeren Hut. Ein etwas verhaltener Applaus, sowie ein erstes Murren aus dem Zuschauerraum zaubert ein verschmitztes Lächeln auf sein Gesicht, um schon gleich darauf eine weiße Taube aus dem Zylinder hervorzuzaubern. Auch dieser Trick scheint das Publikum nicht sonderlich zu begeistern. Als er jedoch danach eine Katze aus dem Zylinder holt, erntet er erste Beifallsbekundungen. Dem nicht genug scheint sein Zylinderhut ein Fundus an Gegenständen zu beinhalten, die nie und nimmer dort hineinpassen können, bis er zum Schluss einen beachtlichen Blumenstrauß daraus hervorzaubert, um die letzten Skeptiker von seinen unerklärlichen Fähigkeiten zu überzeugen. Im Anschluss daran erklärt er dem Publikum, dass dieses Gebinde nicht nur ein Blumenstrauß aus roten Rosen wäre, sondern seinem neuen Besitzer ungeahnte Möglichkeiten eröffnen würde.

Ein Ausdruck des Erstaunens, ein paar Missfallenskundgebungen sowie ein dezenter Applaus, gefolgt von der Aufforderung, den Strauß ins Publikum zu werfen, würdigt der Zauberkünstler mit einem verächtlichen Lächeln. Danach dreht er sich um, um das Objekt der Begierde über seine Schulter einem neuen Besitzer zu übergeben. Ob nun gewollt oder doch höhere Macht mag dahingestellt bleiben, weil der Blumenstrauß direkt auf Morrigans Schoß landet.

„Wem mag heute wohl das Schicksal hold gewesen sein?", fragt der Magier, noch immer dem Publikum seinen Rücken zugewandt, ehe er sich umdreht, um suchend sein Augenpaar durch den Zuseherraum gleiten zu lassen, bis sich sein Blick an Morrigan heftet.

„Ah, sieh einer an. Eine junge, äußerst entzückende Dame darf sich über mein Geschenk erfreuen. Verraten Sie mir auch Ihren Namen oder darf ich Sie Prinzessin nennen?", fragt der Mann, sich vor Morrigan verbeugend, worauf es im Saal still wird.

„Annalena Farber", antwortet Morrigan ein wenig verlegen, weil sie im Moment ihren wahren Namen nicht preisgeben will.

„Geschätztes Publikum, meine Damen und Herren, bitte einen Applaus für die schönste Frau diesseits und jenseits des Miislats, Annalena Farber", postuliert der Magier, ehe er Morrigan dazu veranlasst sich dem Publikum zu zeigen. Zu ihrem Schrecken bittet er sie auch noch, ihm bei seinem nächsten Zaubertrick zu assistieren. Im Anschluss daran begleitet er sie wie ein Kavalier zurück zu ihrem Tisch, wo derweilen jener Mann neben Ophelia platzgenommen hat, der ihnen bei ihrem Eintreffen den Platz zugewiesen hat.

Höflich, gleich eines noblen Herrn, steht Kemal im nächsten Moment hinter Morrigan, um ihr den Stuhl zurechtzurücken, was sie mit einem verhaltenen „Danke" anerkennt.

„Ophelia hat mir schon so manches über Sie erzählt. Natürlich nur Gutes, das versteht sich doch von selbst. Alles andere wäre unter ihrer Würde. Was sie mir aber verschwiegen hat, ist Ihr bezauberndes Lächeln. Haben Sie sich schon einmal überlegt, in einer Vorstellung aufzutreten? Ich habe Sie vorhin beobachtet, als Sie unserem Zauberkünstler assistiert haben. Ihre grazilen Bewegungen und Ihr charmantes Lächeln haben das Publikum sofort begeistert. Eines meiner Mädchen wird in Kürze nicht mehr auftreten können und deshalb bin ich schon seit einiger Zeit auf der Suche nach Ersatz für sie. Ich weiß, das mag jetzt ziemlich überraschend für Sie klingen und ich erwarte mir auch nicht sofort eine Antwort. Überlegen Sie es sich einfach ein paar Tage und sagen mir dann Bescheid. Jetzt aber möchte ich Sie nicht länger belästigen. Genießen Sie einfach nur den Abend", säuselt Kemal Patter, ehe er sich auch schon abwendet.

Das Gefühl der Eifersucht aber auch die Hoffnung, Morrigan schon bald loszuwerden, bestärkt Esters Vorhaben schon in absehbarer Zeit Ophelias Platz einnehmen zu können. Morrigan würde ihr dabei allerdings im Wege stehen oder gar ihren Plan vereiteln. Also ermuntert sie

Morrigan mit schmeichelhaften Worten, sich diese Gelegenheit nicht entgehen zu lassen.

Zwar kann Morrigan dem Gedanken, in schönen Kleidern auf der Bühne zu tanzen einiges abgewinnen, dennoch weiß sie nicht, ob sie sich das auch wirklich zutrauen würde.

Chance

Es ist einer von jenen Tagen, der den Beginn des Sommers ankündigt, als Morrigan mit pochendem Herzen vor dem Eingang des Varietétheaters steht. Noch hadert sie mit dem Gedanken, wieder kehrtzumachen, als aus einer Seitentür ein Mann auf sie zukommt.

„Kemal Patter, der Inhaber dieses Theaters, erwartet Sie bereits", sagt der Mann, ehe er aus seinem Ärmel völlig unerwartet einen kleinen Seidenblumenstrauß hervorzaubert, um diesen Morrigan zu übergeben. Es ist jener Mann, den Morrigan schon einmal bei seinen Zauberkunststücken assistieren durfte.

„Ein kleines Willkommensgeschenk für die zukünftige Attraktion des Leuchtfeuers."

„Woher haben Sie gewusst, dass ich kommen werde?"

„Ich bin nicht nur der beste Zauberer, sondern auch noch Gedankenleser. Ja ich kann Ihre Ängste, Ihre Sorgen und auch Ihre Wünsche erkennen, wenngleich Ängste und Sorgen völlig unberechtigt sind."

„Dann wissen Sie bestimmt auch von meinen Verfehlungen und warum ich diese Chance nicht ergreifen kann. Ich bin eine …"

„Eine sehr schöne Frau, die jetzt in dieses Haus gehen wird", unterbricht sie der Mann, ehe er ihr versichert, dass das, was er in ihren Gedanken gelesen haben mag, bei ihm völlig sicher ist.

„Ah, welch erfreulicher Zufall Sie hier zu sehen. Ehrlich gesagt, ich habe nicht damit gerechnet, dass ich Sie hier bei mir so schnell willkommen heißen darf. Erlauben Sie mir, Sie zu bitten, mir in mein Arbeitszimmer zu folgen?"

Ein wenig verwirrt von der ungewöhnlichen Redensart, mit der Kemal Patter Morrigan empfangen hat, folgt sie ihm in einen Raum, der einem Märchen entsprungen hätte sein können. Seltsame, jedoch kunstvoll gearbeitete Gerätschaften, Schränke mit verglasten Türen, hinter denen sich unzählige Bücher aneinanderreihen, sowie Bilder die zumeist den weiblichen Körper mit all seinen Vorzügen darstellen, runden dieses Ambiente stilvoll ab.

„Mir wurde berichtet, dass Sie gedenken Ihr altes Dasein hinter sich zu lassen, um ein neues Kapitel in Ihrem Leben aufzuschlagen. Nun ja wie gesagt, ich könnte Ihnen dabei durchaus behilflich sein."

„Ich möchte nur so viel Geld ersparen, um in einer anderen Stadt weit weg von hier ein neues Leben zu beginnen."

„Dann sind Sie bei uns genau richtig. Ich habe Sie und die anwesenden Menschen im Saal beobachtet, als Sie

Ernesto assistiert haben. Dabei ist mir aufgefallen, dass Sie ein Talent haben, das Publikum zu faszinieren. Welche Talente, die wir fördern könnten, besitzen Sie sonst noch? Tanzen, Singen oder sonstige akrobatische Kunststücke? Womit haben Sie Ihren bisherigen Unterhalt verdient?"

„Ich kann nähen, putzen und auch kochen. Zuletzt habe ich in einer Baumwollspinnerei gearbeitet. Ich habe auch eine Zeit lang eine kranke Frau gepflegt. In einer Schenke in der Nähe des Hafens, dort wo ich großgezogen wurde, musste ich als …", gesteht Morrigan, will aber ihren Satz nicht vollenden, weil zur selben Zeit eine Frau den Raum betritt.

„Also Annalena, Sie erlauben mir doch, Sie mit ihrem Vornamen ansprechen? Darf ich Ihnen jetzt Naomi Brest vorstellen? Sie ist die Leiterin unserer Tanzgruppe, die Sie wie mir bei Ihrem Besuch aufgefallen ist, mit wohlwollendem Applaus beschenkt haben."

„Ein schönes Gesicht mit ebenmäßigen Zügen und dazu auch noch eine makellose Figur. Ja ich könnte mir durchaus vorstellen, Sie in meiner Tanzgruppe aufzunehmen, vorausgesetzt Sie besitzen ein wenig Talent und Rhythmusgefühl", stellt Naomi zufrieden fest, ehe sie Morrigan an der Hand nimmt, um sie in die Mitte des Raumes zu führen. Dort hebt sie ihren Arm in die Höhe, damit sich Morrigan darunter einmal im Kreis drehen kann. Ein zustimmendes Nicken von Naomi soll Kemal signalisieren, dass sie damit einverstanden wäre, Morrigan in ihre Truppe aufzunehmen.

„Bitte setzen Sie sich wieder. Wie viel verdienen Sie zurzeit als … Putzfrau?", möchte nun Kemal wissen.

„Nichts. Ich habe keine Arbeit seit … seit die Gendarmerie nach mir sucht. Aber das wissen Sie bestimmt schon von Ophelia", gesteht Morrigan.

„Ich habe unlängst davon gehört, dass eine weibliche Person namens Morrigan Zott oder so ähnlich von der Gendarmerie gesucht wird. Aber von einer Frau mit dem wohlklingenden Namen Annalena Farber ist mir nichts bekannt. Nichtsdestotrotz schätze ich Ihre Ehrlichkeit. Nun gut, wenn Sie damit einverstanden sind, bezahle ich Ihnen am Ende einer jeden Woche viereinhalb Selani. Das ist zwar einen halben Selani weniger als die anderen Mädchen bekommen, aber mehr als nichts. In ein paar Monaten dürfen Sie mich um eine Gagenerhöhung fragen."

„Danke", antwortet Morrigan verlegen, ehe sie auch schon von Naomi Brest in *Besitz* genommen wird. Anfänglich wollte Morrigan nichts davon wissen in einer Tanzgruppe auf der Bühne zu stehen, doch ihre Situation zwingt sie förmlich dazu, diese Arbeit anzunehmen, wenngleich sie zugeben muss, dass ihr diese Art sich zu bewegen Spaß macht. In Angela, einer nicht mehr ganz so jungen Frau, die schon seit einigen Jahren mit der Tanzgruppe auftritt, findet Morrigan schon bald eine Freundin, die ihr so manchen guten Ratschlag geben kann. Unter anderem, dass sie sich auf ihren Nachhauseweg nach der Vorführung vorsehen muss. Sie rät ihr sogar, sich ein Springmesser oder dergleichen in die Tasche zu stecken, was Morrigan jedoch strikt ablehnt.

Es ist eine regnerische Nacht, als Morrigan wie jeden Abend nach der Vorstellung auf ihrem Weg zu ihrer kleinen Wohnung ist. Kalt spiegelt sich das Licht der wenigen Gaslaternen auf den nassen Pflastersteinen. Es scheint geradeso, als ob der raue Wind, der vom Hafen her weht, alles Leben aus den Straßen weggeblasen hätte. Nicht einer Menschenseele ist sie begegnet, seit sie das Theater durch den Hinterausgang verlassen hat. Dennoch dünkt es ihr, als ob sie nicht alleine wäre. Das klirrende Poltern eines Kochtopfes oder sonst etwas dergleichen aus einem Hinterhof, gefolgt vom Fauchen einer Katze, die im nächsten Moment auch schon wieder in der Dunkelheit verschwindet, lässt Morrigans Herz bis zum Hals klopfen. Immer schneller werden ihre Schritte, um möglichst bald den Schutz ihres Zuhauses zu erreichen. Dabei sieht sie sich immer wieder um, um nur ja keine böse Überraschung erleben zu müssen.

„Ganz alleine zu so später Stunde noch auf dem Weg? Ich habe mir schon gedacht, dass ihr Nutten heute Nacht mich um mein Vergnügen bringen wollt. Dabei habe ich mir fest vorgenommen, heute meinen Schwanz in eine

Möse zu stecken. Stimmt's mein Freund. Aber ich habe ja Glück, dass du noch nicht Feierabend gemacht hast", pöbelt sie ein betrunkener Mann an, der plötzlich schwankend vor ihr steht und ihr auch den Weg versperrt, indem er sie unsanft am Arm festhält.

„Loslassen, ich bin keine Dirne!", schimpft Morrigan, ehe sie den Mann an sein Schienbein tritt. Dabei geschieht es, dass er sein Gleichgewicht verliert und rücklings zu Boden geht. Weil er aber seinen Griff um ihren Arm nicht lockert, reißt er Morrigan mit. Erst als der Mann versucht aufzustehen, lässt er sie los, was ihr die Gelegenheit gibt, sich in Windeseile davonzumachen.

Am nächsten Morgen, als sie ihren Arm betrachtet, bemerkt sie, dass der Mann so fest zugedrückt haben muss, sodass jetzt drei blaue Flecken ihren Oberarm zieren. Ein Andenken an letzte Nacht. Betroffenheit und Entsetzten machen sich breit, als am Abend in der Umkleidegarderobe des Theaters die anderen Frauen aus der Tanzgruppe Morrigans Arm betrachten, hätte dasselbe doch jeder von ihnen widerfahren können.

„Nein ich will kein solches Mordinstrument mit mir herumtragen. Was soll ich also damit?", fragt Morrigan, als ihr Angela nach der Vorstellung ein Springmesser in die Hand drückt.

„Glaub mir, es ist nur zu deiner Sicherheit. Du sollst damit ja auch niemand umbringen. Aber ein Stich in den

Oberarm oder ein Schnitt durch die Hand verschafft dir genügend Zeit, um davonzukommen. Was wenn der Nächste der dich belästigt, nicht betrunken ist. Den wirst du mit einem Tritt gegen sein Bein nicht loswerden. Bitte nimm das Messer und steck es in deine Manteltasche."

Trott

Trotz ihres Erfolges ist Morrigan eine von jenen Frauen, welche um zu überleben eine zweite Arbeit verrichten müssen, weil ihre Gage nicht einmal dafür reicht, um die Miete für ihre kleine Hinterhofwohnung zu bezahlen. Diese teilt sie sich mit einer Frau aus einem ihr bekannten Metier. Britta Baumann ist eine junge Frau, deren Broterwerb nicht neu in der Stadt ist. Neu hingegen ist die Art und Weise, um ihr Einkommen zu bestreiten. Britta ist eine Straßendirne, die sich nicht den Regeln eines Frauenwirtes unterwerfen will.

Zu Dutzenden stehen diese Frauen von Anbeginn der Nacht in den Gassen des südlichen Teils der Stadt, um dort auf Männer zu warten, die für Geld sich den Körper einer Frau kaufen möchten. Und sei es auch nur für eine halbe Stunde, es ist ein ertragreiches Geschäft, aber auch eine grausame Realität, in der keine Woche vergeht, ohne dass eine dieser Frauen verprügelt wird oder gar einem Gewaltverbrechen zum Opfer fällt. Aber auch sonst scheint die Kriminalität zu einem noch nie da gewesenen Ausmaß heranzuwachsen. Weil sich aber die Auswüchse der Brutalität bislang nur im südlichen Teil von Mogustral zeigen, sieht die Stadtverwaltung vorerst keinen Handlungszwang, dieser Abnormalität entgegenzuwirken. Lediglich die Brücken, welche allesamt über den Miislat führen, werden strenger als je zuvor kontrolliert.

Trotz all dieser Gefahren versucht Britta immer wieder die Art wie sie ihr Geld verdient Morrigan schmackhaft zu machen. Sie erklärt ihr, wie sie jeden Mann um sein Erspartes bringen kann, worauf sie bei Matrosen achten muss und wie sie sich eines respektlosen Freiers widersetzen kann. Aber auch wie sie sich verhalten soll, sollten all ihre Bemühungen den Mann loszuwerden umsonst sein. Einige dieser Ratschläge sind für Morrigan neu. Andere wiederum nicht.

„Angriff ist die beste Vereidigung. Lass ihn glauben, du wärst mit seinem Auftreten einverstanden und zeig niemals Angst", rät ihr Britta zu guter Letzt.

Trotz all dieser durchaus gut gemeinten Ratschläge bleibt Morrigan sich und ihrem Vorsatz treu, sich nie mehr wieder an einen Mann zu verkaufen. So steht sie von früh morgens bis zu ihren täglichen Proben vor der Tanzaufführung in der Küche einer großen Schenke, welche zumeist Hafenarbeiter verköstigt. Nichtsdestotrotz hat sie sich geschworen diesen zusätzlichen Brotverdienst nur so lange nachzugehen, bis sie so viel Erspartes hat, um diese Stadt für immer verlassen zu können. Doch es sollte diesmal anders kommen, als Morrigan es sich gedacht hat.

„Hey du da! Warte einen Moment!", stänkert ein Mann Morrigan auf ihrem Nachhauseweg an, weil er gerade im Begriff war sich mit einer Dirne zu verabreden. Weil aber Morrigan nicht stehen bleibt, ändert der Mann sein Vorhaben, lässt von der Dirne ab, um auch schon dieser geheimnisvollen Frau nachzueilen. Schon glaubt sie, nachdem sie in eine Nebenstraße abgebogen ist, in Sicherheit zu sein, da steht der Mann plötzlich wieder vor ihr.

„Warum so furchtsam? Ich tue dir schon nichts. Ich möchte doch nur ein bisschen Spaß haben. Das verstehst du doch, was ich damit meine? Ich bezahle dich auch dafür. Du bist genau die Art von Frau, nach der ich schon lange gesucht habe. All die anderen Huren sind so hässlich, dass sich sogar ein blinder Maulwurf vor ihnen grauen würde. Du aber scheinst eine wahre Schönheit zu sein. Also wie wäre es mit uns?", säuselt der Mann, dessen Gesicht vom Licht einer Gaslaterne angestrahlt wird. Sofort erkennt Morrigan den Mann an seiner markanten Narbe, die sich von der Stirn über die linke Gesichtshälfte bis zum Kinn zieht. Es ist jener Mann, der Samuel in seiner Schusterwerkstatt derart verprügelt hat, sodass dieser an seinen Verletzungen gestorben ist.

Was also soll sie jetzt tun, fragt sie sich? Wegrennen? Vermutlich würde er sie nach ein paar Schritten schon wieder eingeholt haben. Um Hilfe schreien? Hier auf dieser menschenleeren Straße wird ihr bestimmt niemand helfen. Also, was soll sie tun, fragt sie sich, ehe ihr einer der Ratschläge einfällt, die sie erst kürzlich von Britta erhalten hat.

„Zeig ihnen nie, dass du Angst vor ihnen hast", hört sie Britta in ihrem Kopf sagen, geradeso, als ob sie neben ihr stehen würde.

„Was ist mit dir? Hat dir mein männliches Erscheinungsbild die Sprache verschlagen oder bist du taub", schimpft der Mann ein wenig verwundert, weil er sich eine etwas andere Reaktion von seinem Gegenüber erwartet hat. Damals, als Morrigan noch in Tommens Hurenhaus ihr Zuhause hatte, wäre es ihr nicht schwergefallen, diesem Mann mit ein paar frechen Sprüchen konter zu geben. Jetzt aber wo sie ihr altes Leben hinter sich gelassen hat, will sie nicht mehr in dieses Milieu zurückkehren. Es ist ihr durchaus klar, dass sie mit der Bitte, in Ruhe gelassen zu werden, keinen Erfolg haben wird. Also erinnert sich Morrigan mit schaudern an jene Zeit zurück, wo sie in Tommens Schenke Nacht für Nacht seine Gäste bei Laune halten musste.

„Du willst Spaß haben? Fünfzehn Selani und ich nehme dir alle Sorgen von deinen Schultern", säuselt Morrigan zu ihrem eigenen Erstaunen, um den Mann nicht weiter zu verärgern.

„Wer sagt denn, dass ich Sorgen mit mir herumtrage? Ich will bei einer Frau liegen, ein wenig Spaß haben und mir kein dummes Gelaber anhören müssen", schimpft der Mann genervt.

„Umso besser. Männer mit einem freien Kopf die wissen, was sie wollen, sind zweifelsohne die besseren Liebhaber."

„Wer aber garantiert mir, dass du meinen Wünschen gerecht wirst? Wie vielen Freiern hast du das heute schon gesagt? Drei … vier oder noch mehr? Außerdem wer garantiert mir, dass du keine Krankheit mit dir herumschleppst?"

„Wenn ich dir sage, dass du der Erste wärst, wirst du bestimmt sagen, dass ich kein gutes Freudenmädchen sein kann. Wenn ich dir aber sage, dass du heute schon der Fünfte wärst, wirst du sagen, dass ich nicht mehr frisch sein kann. Aber glaube mir, ich bin weder krank, noch unrein und schon gar kein Freudenmädchen, das ihre Arbeit nicht versteht. Das darfst du mir ruhig glauben, ich bin ein ehrliches Mädchen, das ihr Handwerk versteht."

„Mädchen bist du bestimmt keines mehr", verspottet sie der Mann.

„Finde es heraus. Mein Zimmer liegt gleich dort hinten. Für fünfzehn Selani bekommst du geboten, was dir noch keine andere Frau gegeben hat."

„Na gut. Ich will aber auch etwas zu trinken. Weinbrand oder Rum, aber keinen Fusel."

Ohne dem Mann eine Antwort zu geben, hackt sich

Morrigan mit einem Lächeln bei ihm ein und führt ihn in einen Hinterhof, der jedoch nicht zu ihrem Zimmer führt.

„Ich habe dich hier noch nie gesehen. Woher kommst du und wie heißt du"?, möchte der Mann wissen, ehe er Morrigan zu küssen versucht.

„Nein mein Freund, küssen ist nicht drin."

„Du verdammte Schlampe, ich will dich jetzt küssen!"

„Nicht ohne vorher zu bezahlen", flüstert Morrigan dem Mann ins Ohr, ehe sie ihn sanft von sich wegschiebt, worauf dieser bereitwillig seinen Geldbeutel hervorholt, um Morrigan ihren Schandlohn, drei Goldmünzen im Wert von fünfzehn Selani, auszuhändigen. Infolgedessen nähert sich Morrigan wieder dem Mann, ehe sie mit einem vielversprechenden und zugleich auch geheimnisvollen Lächeln ansieht, währenddessen sie die Münzen in einem kleinen Geldbeutel verschwinden lässt.

„Bist du jetzt zufrieden du verdammte Schlampe?", faucht sie der Mann ungeduldig an.

„So ist nun mal das Leben mein Freund. Jeder muss irgendwann einmal bezahlen. Der eine für einen Kuss, der andere für einen Laib Brot und wieder ein anderer für seine Taten, mögen diese auch noch so verborgen in der Vergangenheit liegen", seufzt Morrigan gelangweilt.

„Hör auf mit deinem Geschwafel, ich will dich jetzt küssen! Wofür habe ich dich denn bezahlt?", schimpft der Mann erneut, ehe er blitzschnell nach Morrigan tappt, um sie an sich zu reißen. Weil sie sich aber sträubt, schlägt er ihr mit voller Wucht ins Gesicht, sodass sie torkelnd an der Hausmauer zu Boden geht. Dem nicht genug versetzt ihr der Mann einen Fußtritt, der sie oberhalb ihres Beckens trifft.

„Du verdammtes Luder, steh auf, ich will von dir haben, wofür ich dich bezahlt habe, oder ich vögle dich hier mitten auf der Straße", brüllt der Mann, ehe er sie mit einer Hand hoch zerrt, währenddessen seine andere Hand sich um ihren Hals legt. Schon glaubt sie, zu ersticken, so fest drückt der Mann zu. Aus Verzweiflung hier ihr Ende zu finden, sucht sie in ihrer Manteltasche nach dem Springmesser, um den Mann mit einem Schnitt zu verletzten, sodass dieser von ihr ablässt. Unbedacht schießt dabei ihre Hand dem Hals ihres Gegenübers entgegen. Ihre Hand, in der sie ihr kleines Springmesser hält. Noch weiß sie nicht, ob sie mit ihrer Verzweiflungstat Erfolg gehabt haben könnte. Doch plötzlich stößt sie der Mann von sich, ehe er ein paar Schritte zurück torkelt. Ungläubig treffen sich ihre Blicke währenddessen er versucht die blutende Verletzung mit seinen Händen zu verschließen, was ihm aber nicht gelingt. In einem Schwall pumpt sein Herz Blut aus der Wunde. Blut sickert zwischen seinen Fingern hindurch, währenddessen klirrend Morrigans Messer neben ihm auf den harten Pflastersteinen aufschlägt. Schon schwinden ihm seine Kräfte, ehe er mit zitternden Knien

zu Boden geht. Die Frage, nach dem Grund dieser Atta-
cke, endet mit einem Röcheln, weil der Stich in seinen
Hals auch seine Luftröhre verletzt hat. So bleibt ihn nur
ein flehender Blick nach Hilfe, die ihn aber niemand
gewähren wird, ehe sein erschlaffender Körper zur Seite
kippt.

„Das ist die gerechte Strafe für die Qualen, die Samuel
Koffler euretwegen erleiden musste", schimpft Morrigan
zu ihrer eigenen Verwunderung.

Mit den Worten: „Wie ich dir schon gesagt habe, ich
bin ein ehrliches Mädchen, das ihr Versprechen immer
hält", wendet sie sich ab, um den leblosen Körper des
Mannes seinem Schicksal zu überlassen. Trotz der
Schwere dieser Tat verspürt Morrigan im Moment keine
Reue, aber auch keine Erleichterung. Lediglich die
Gewissheit, ihr gegenüber Samuel Koffler gegebenes Versprechen nun doch eingelöst zu haben, lässt in ihr eine
seltsame Regung aufkommen, welche sie so nicht kannte.
Lange soll dieses Gefühl der Abgebrühtheit bei ihr allerdings nicht anhalten.

„Was habe ich nur getan?", fragt sie sich nach einer
Nacht voller Albträume, als sie am nächsten Morgen
erwacht. Selbst die Erkenntnis, dass sie sich nur vereidigt
hat, um nicht noch Schlimmeres erfahren zu müssen, min-
dert ihre Schuldgefühle nicht im Geringsten, weil sie es
war, die den Mann ihr Messer in den Hals gestochen hat.

Zeitgleich als Morrigan erwacht, wird nur wenige Häuserblocks weit entfernt der Tote von einer zufällig vorbeikommenden Gendarmeriepatrouille entdeckt. Wäre dem nicht so, so würde sein Leichnam wohl eher in einer Latrinengrube verschwinden, zumal niemand südlich des Miislats die Anwesenheit der Obrigkeit der Stadt haben möchte. Dass niemand etwas gehört hat oder gesehen haben will, ist für Bartot Oppler, dem die Klärung dieser Bluttat übertragen wurde, schon von Anbeginn seiner Ermittlung klar. Dennoch lässt er von seinen Männern jede Mietpartei befragen, die durch den Hinterhof zu ihren Wohnungen gelangen. Jedoch ohne Erfolg. Dennoch veranlasst er, dass die Leiche zwecks der Totenbeschau sofort in die neu errichtete medizinische und juridische Fakultät, welche seit einem halben Jahr Dr. Morgenstern ebenfalls leitet, gebracht wird. Dort soll die Todesursache durch Ärzte sowie die Identität des Verstorbenen durch die Gendarmerie ermittelt werden, obwohl Bartot Oppler und Dr. Morgenstern den Mann sofort als einen ihrer Helfer erkannt haben. Doch das stört sie nicht im Geringsten, wissen beide doch, dass Riko, so der Name des Mannes, nur ein Helfershelfer war. Also kein Grund für die beiden nicht ihrer Arbeit nachzugehen.

Eine Obduktion war ein an und für sich alltäglicher Vorgang mit festgeschriebenen Abläufen, der eigentlich in weniger als einer Stunde abgeschlossen werden konnte.

Seit aber Dr. Morgenstern diese Verfahrensweise in seiner Klinik durchführt, dauert eine Leichenbeschau mehr als einen ganzen Tag. Akribisch genau öffnet er die Körper der vor ihm liegenden Leichen, um jedes Organ in seinen Händen zu halten. Es ist ein erbauliches Gefühl, welches ihn dabei überkommt. In seiner Fantasie träumt er sogar davon, wie es wäre einen noch lebenden Menschen vor sich liegen zu haben. Er träumt davon, das noch schlagende Herz zu berühren, die sich mit Luft füllenden Lungen zu untersuchen, ehe er seinem Opfer den Schädel öffnet. Nicht zuletzt, weil er der Überzeugung ist, dass sich die Gehirnmasse eines lebenden Menschen wesentlich von der eines Toten unterscheidet.

Zum Schluss wird das, was von der Leiche übrig ist, sollten keine Angehörigen ausgeforscht werden können, zwei Tage in einem eigens errichteten Eiskeller aufbewahrt. Bestimmte Leichenteile, Organe und Gliedmaßen werden von Dr. Morgenstern zum Zweck der Forschung in Alkohol konserviert. Der Rest dieser verstümmelten Leichen lässt Dr. Morgenstern meist von seinen Schergen entsorgen. Auf diese Weise betreibt er schon bald eine schaurige Sammlung, an dessen Abnormität er sich nicht genug ergötzen kann. Aber auch das Sezieren von Tieren bereitet ihm jedes Mal Freude sowie ein Gefühl der Erregung.

Fügung

Etwas mehr als ein Jahr ist nun vergangen, seit Letizia Kaut nach schwerer Krankheit ihrem Leiden erlegen ist. Elias hat dieser Schicksalsschlag schwer getroffen. Selbst seine engsten Freunde wollte er nicht mehr treffen. Nur seine Arbeit als oberster Richter der Stadt hat er beflissen und mit größter Sorgfalt verrichtet. Von früh morgens bis spät in der Nacht widmet er sich den Akten, die sich trotz seiner Bemühungen immer mehr auf seinem Sekretär stapeln. Die anfänglichen Besuche bei seinem Sohn werden auch immer weniger, weil Hendrik ihn jedes Mal anfleht, ihn wieder mit nach Hause zu nehmen. Es schmerzt Elias sehr, dass er den Wunsch seines Sohnes nicht nachkommen kann. Es ist Dr. Morgenstern, der ihn immer wieder davon abrät, Hendriks Verlangen nachzugeben. So auch an jenem Tag, als er wieder einmal mit schmerzendem Herzen sich von seinem Sohn verabschiedet. Beobachtet wird er dabei von Antipa, welche stets vormittags im Labor ihres Bruders seine Forschungsergebnisse fein säuberlich in einem Buch vermerkt. Weil aber Dr. Morgenstern nach seinen eigenen Angaben ein Durchbruch in seinen Forschungen gelungen ist, hat er seine

Schwester gebeten, ausnahmsweise noch am selben Tag eine Niederschrift seiner Erkenntnisse zu erstellen. So zieht sich ihre Arbeit bis in den späten Nachmittag hinein. War Antipa anfänglich nicht gerade begeistert von der Bitte ihres Bruders, so sieht sie an diesem Tag die Anwesenheit von Elias geradezu als Wink des Schicksals. Schon zu Lebzeiten von Letizia hatte Antipa ein Auge auf Elias geworfen. Jetzt aber wo sein Trauerjahr vorbei ist, will sie nicht mehr länger warten, um ihr Vorhaben, Elias Kaut als ihren Mann zu gewinnen, in die Tat umzusetzen. Also kommt ihr der Besuch von Elias bei seinem Sohn mehr als nur gelegen.

Geradeso als wäre es Zufall, eilt Antipa mit einem Tablett voll mit geputzten Reagenzgläsern die Treppe hinunter, um wie sollte es anders sein, Elias direkt in die Hände zu laufen. Klirrend fallen einige der Gläser auf den Boden und gehen dabei zu Bruch, ehe sie sich vor Schreck die Hand auf ihre Brust legt.

„Oh Verzeihung!", stammelt Elias, war er doch wie so oft im Gedanken bei seiner verstorbenen Frau.

„Nein ich muss mich entschuldigen. Wäre ich nicht so unbeholfen gewesen und blindlings die Treppe herunter gelaufen, so hätte ich Sie nicht übersehen. Nicht auszudenken, wenn in diesen Gläsern giftige oder gefährliche Substanzen gewesen wären. Aber keine Sorge, sie waren zum Glück alle leer und nur dazu bestimmt, um im Keller verstaut zu werden", entschuldigt sich Antipa, während Elias bereits damit begonnen hat, die Scherben vom Boden aufzusammeln. Dass er sich dabei einen kleinen Schnitt an der Hand zuzieht, stört ihn nicht. Antipa hingegen sieht dies als einmalige Gelegenheit, ihn in ihr Arbeitszimmer zu bitten, um die kleine Wunde zu versorgen. Im selben Moment kommt auch Dr. Morgenstern die Treppe herunter, ehe er verwundert fragt, was denn geschehen sei.

„Es war meine Schuld. Ich habe unachtsamerweise einige Gläser fallen lassen, als ich wie so oft viel zu schnell die Treppe hinunterging. Dabei hätte ich fast auch noch unseren lieben Freund Elias überrannt, was ich überaus bedauere. Elias war mir natürlich sofort dabei behilflich, die Scherben aufzusammeln. Leider hat er sich dabei die Hand verletzt, was mir unendlich leidtut", gesteht Antipa.

„Ach nicht der Rede wert. Das ist doch nur ein kleiner Schnitt. Der verheilt, noch ehe ich zu Hause bin", entgegnet Elias gelassen.

„Nichtsdestotrotz, jede noch so kleine Wunde muss versorgt werden. Lass mich einmal sehen. Scheint wirklich nicht besonders tief zu sein. Ach, ehe ich es noch vergesse. Meine Frau, ich und natürlich auch Antipa, wir würden uns freuen, dich heute Abend als unseren Gast begrüßen zu dürfen. Meine Frau hat sich in den Kopf gesetzt, einen Liederabend für die Familie und unseren engsten Freunden zu organisieren. Eine junge noch nicht sonderlich bekannte aber umso talentiertere Sängerin, so wurde es mir berichtet, gibt uns eine Kostprobe aus ihrem Repertoire. Du würdest mir damit einen großen Gefallen erweisen. Du weißt ja selber, wie langweilig die Konversation auf solchen Abenden sein kann, zumal ich wohl der einzige männliche Zuhörer sein werde."

„Nein ich weiß nicht so recht", entschuldigt sich Elias.

„Doch du musst kommen, damit ich mich bei dir nochmals für meine Ungeschicktheit entschuldigen kann", säuselt Antipa.

„Also gut, dann ist es abgemacht. Heute Abend um acht Uhr bei uns zu Hause", beschließt Dr. Morgenstern, ehe er sich von Elias mit einem kräftigen Händedruck und der Begründung, dass seine Patienten auf ihn warten, verabschiedet. Mit einem freundschaftlichen Kuss auf die Wange verabschiedet sich auch Antipa, nachdem sie seine Hand versorgen durfte, wenngleich für Elias diese Art von Zuneigung völlig überraschend gekommen war.

Obwohl sich Elias auf solchen Abenden noch nie sonderlich wohlgefühlt hat, erscheint ihn dieser Abend als erfreuliche Abwechslung. Zu lange hat er sich nach dem Tod seiner Frau vom öffentlichen Leben zurückgezogen, nur mehr seine Arbeit gesehen.

In weiterer Folge entwickelt sich zwischen Elias und

Antipa eine Art innere Zuneigung. Um aber sein Herz zur Gänze zu gewinnen, verspricht ihm Antipa sich fortan noch mehr um Hendriks Heilbehandlung zu kümmern, damit dieser eines Tages wie versprochen wieder zurück zu seiner Familie darf.

Es ist ein kalter und stürmischer Nachmittag, als Morrigan eines ihrer Versprechen, ihn auch im neuen Jahr zu besuchen, bei Hendrik einlöst.

„Morrigan!", schallt es durch den Raum, als Hendrik sieht, wer ihn besuchen kommt.

„Pssst! Nicht so laut mein junger Freund. Du schreckst sonst noch das ganze Krankenhaus auf", ermahnt ihn Morrigan liebevoll, ehe sie ihn in ihre Arme nimmt. Tränen kollern dem Jungen über seine Wangen, ehe er sich diese mit dem Ärmel seines Krankenhaushemdes abwischt und tief durch die Nase einatmet.

„Schau her, ich habe dir etwas mitgebracht, damit du ein wenig Abwechslung bekommst", sagt Morrigan, ehe sie unter ihrem Umhang ein kleines Bilderbuch hervorholt. Ein Büchlein, das von tapferen Rittern, Hexen und von anderen Helden und Bösewichten erzählt, um die Fantasie eines Jungen oder auch eines Mädchens zu beflügeln. Morrigan hat es vor langer Zeit, als sie auf der Suche nach etwas Essbarem war, unter dem Müll der Stadt gefunden.

„Danke", sprudelt es unverhohlen aus dem Jungen

hervor, ehe er Morrigan nochmals umarmt, um sie, wie er ihr ins Ohr flüstert, nie mehr loszulassen.

„Es ist strengsten Verboten sich auf das Bett unserer Patienten zu setzen!", schimpft die soeben hereingekommene Krankenschwester.

„Verzeihung, das habe ich nicht gewusst", entschuldigt sich Morrigan, um sich im Anschluss daran neben Hendriks Bett einen Stuhl zurechtzurücken.

„Warum liegst du eigentlich noch immer im Bett?"

„Ich darf erst aufstehen, wenn ich zu Dr. Morgenstern muss. Der fragt dann immer so komische Sachen und sieht mich dabei böse an. Morrigan ich möchte nach Hause. Ich verspreche auch, dass ich nie mehr meinen Unterricht verpassen und ganz artig sein werde."

Schwer lasten diese Worte auf Morrigan, weiß sie doch, dass es nicht in ihrer Macht steht, Hendriks Situation zu verändern. Also versucht sie ihr Gespräch, auf ein anderes Thema zu bringen.

„Erzähl mal, was hast du gestern zum Essen bekommen?"

„Eine Fischsuppe mit Brot und einen Keks, weil ich die Suppe brav aufgegessen habe. Antipa hat gesagt, dass ich immer alles aufessen muss, damit ich wieder gesund werde. Aber die Suppe hat nicht so gut geschmeckt, wie wenn Nora sie gekocht hätte."

„Antipa? Hat sie dich auch besucht?"

„Ja, aber ich mag sie nicht. Sie sagt immer so komische Dinge."

„Sie meint es bestimmt nicht Böse. Sie hat dir doch einen Keks gebracht oder nicht?"

„Ja, aber sie hat auch gesagt, dass sie schon bald in unser Haus einziehen wird. Dann wird sich so manches ändern, hat sie gemeint. Aber vielleicht darf ich dann nach Hause und du kannst auch wieder bei uns wohnen."

„Hendrik, deine Therapie fängt in einer halben Stunde an. Du musst dich noch waschen und anziehen und vergiss nicht, deine Haare zu kämmen. Wenn Sie jetzt bitte gehen würden. Wir sind hier kein Kindergarten, in dem man nach eigenem Gutdünken ein und aus gehen kann", tadelt die soeben hereingekommene Krankenschwester Morrigan. Mit dem Versprechen, ihn bald schon wieder zu besuchen, sei es nun hier in der Klinik oder bei sich zu Hause verabschiedet sich Morrigan mit einem schlechten Gewissen, weiß sie doch, dass sie ihr letzteres Versprechen niemals wird einlösen können.

Aber nicht nur Morrigan konnte von Hendrik erfahren, dass Antipa ihn besucht hat. Auch Antipa konnte von Morrigans Besuchen erfahren, jedoch nicht von Hendrik. Es war jene Krankenschwester, die ihr davon erzählte, obwohl diese weder Morrigans Namen noch deren verwandtschaftlichen Status kannte. Sie berichtete nur, dass eine ihr unbekannte Frau, Hendrik schon des Öfteren besucht hat. Also beschließt Antipa, Hendrik erneut zu besuchen, um das Geheimnis dieser mysteriösen Frau zu lüften. Obwohl sie schon einen Verdacht hatte, bestätigt sich ihre Vermutung. Es dauerte auch nicht lange, bis Hendrik aus Unerfahrenheit zu erzählen begonnen hat, wer diese Frau war. Unter dem Vorwand, dass Morrigan sie geschickt habe, um ihn wieder einmal zu besuchen, gelingt es ihr ein vertrauliches Verhältnis zu Hendrik aufzubauen. Bereitwillig erzählt er, dass Morrigan versprochen hat, ihn auch diese Woche zu besuchen. Mag es Zufall oder Schicksal sein, gerade als Antipa es sich auf der Sitzbank ihrer Droschke gemütlich machen will, sieht sie, wie eine vermummte Frauengestalt sich dem Eingang der Klinik nähert. Es ist nur eine Ahnung, ein Wunschdenken, dass es sich dabei um Morrigan handeln könnte. Also bittet sie den Fahrer der Droschke, für ein stattliches Trinkgeld, hier noch eine Weile zu warten. Es vergehen mehr als zwei Stunden, bis ihr Warten, nach einem weiteren Silberselani für den ungeduldigen Droschkenfahrer, belohnt wird. Antipa ist sich vollkommen sicher, dass diese Frau Morrigan ist, zumal sich diese die Kapuze ihres Umhanges erst vor der Klinik überstülpt. In weiterer Folge ist es nur noch eine Frage der Zeit sowie eine kurze Droschkenfahrt, bis sie beobachten kann, wie Morrigan im Hinterhof eines Mietshauses verschwindet. Mehr noch, Antipa kann sogar beobachten, wie Morrigan die Tür zu einer Kellerwohnung aufschließt, ehe sie dahinter verschwindet. Dass diese Wohnung nicht Morrigans Bleibe ist, sondern nur die Werkstatt einer Schneiderin, welche für Kemal Patters Schausteller und seinen Tänzerinnen die Kleider anfertigt, kommt Antipa nicht in den Sinn. Dem Schild über der Tür mit der Aufschrift *Alamys Schneiderei* schenkt sie keine Bedeutung. Dass Morrigan von Alamyy gebeten wurde, nach ihrem Besuch bei Hendrik in ihrer Werkstatt vorbeizuschauen, um ein fertiges Kostüm mitzubringen, erklärt, warum Morrigan einen Schlüssel hatte, um die Tür aufzuschließen.

„Jetzt muss ich nur noch der Gendarmerie den entscheidenden Hinweis geben und das Problem Morrigan löst sich von selbst", denkt sich Antipa sichtlich zufrieden. Die Gelegenheit dazu sollte sich schon am nächsten Abend bieten, als Norma Morgenstern einen ihrer Liederabende veranstaltet. Geladen zu diesem erlesenen Vergnügen ist unter anderem auch Rittmeister Mormont Jusfar. Geschickt lenkt Antipa, nach einer mehr oder weniger imposanten Darbietung einer nicht unbegabten Sängerin, das Thema auf die Sicherheit der Straßen nördlich des Miislats. Dass Norma damit nicht den immer mehr zunehmenden Droschken und Fuhrwerksverkehr meint, muss sie nicht eigens betonen. Um aber nicht als Denunziantin dazustehen, vermeidet sie es vorerst noch den Namen Morrigan Zott sowie deren vermeintliche Wohnadresse preiszugeben. Im Gegensatz zu Antipas Zurückhaltung äußert sich die Gastgeberin dieses Abends mit Unmut zu diesem Thema. Norma kommt es gelegen, dass diese Problematik schon bald das vorherrschende Gesprächsthema ist. Am Arm ihres Mannes eingehakt, verfolgt Norma Morgenstern mit Interesse die Erklärung von Rittmeister Jusfar, alles nur Mögliche zu tun, um die Damen der gehobenen Gesellschaft bei ihren täglichen Besorgungen der Stadt zu schützen. Als aber ihr Mann sagt, dass dieses Problem seiner Meinung nach doch nur hochgespielt werde, erzählt sie von einem sich erst kürzlich ereigneten Vorfall.

„Deine Gutgläubigkeit in allen Ehren, mein lieber Mann. Doch wie du weißt, ist es mir erst vor Kurzen nicht anders ergangen."

„Aber Norma, das war doch nur ein armer Schlucker, der dich um eine milde Gabe angebettelt hat", beschwichtigt Elian Morgenstern mit einem eher mitleidlosen Lächeln seine Frau.

„Dieser Abschaum der Gesellschaft hat mich am Arm festgehalten und mir dabei einen Knopf von meinem Mantel gerissen. Nur gut, dass ich mich in die Apotheke von Serlos Seetal habe flüchten können. Mir wird jetzt noch bange, wenn ich daran denke, was geschehen hätte können, hätte dieser Mann ein Messer oder sonst eine Waffe bei sich gehabt. Nein es ist geradezu empörend, wie dieses Gesindel sich jetzt auch schon in den Straßen nördlich der Misslat breitmacht", echauffiert sich Norma Morgenstern.

„Bedauerlicherweise kommt es immer wieder vor, dass sich das eine oder andere Individuum an den Kontrollposten bei den Brücken vorbeischwindeln kann. Leider fehlen mir die Männer, um präsenter auf den Straßen unserer Stadt aufzutreten. In meiner Schreibstube häufen sich geradezu die Aktenberge. Nichtsdestotrotz wäre uns geholfen, wenn sie uns eine Personenbeschreibung von dem Mann geben könnten", meint wiederum Rittmeister Jusfar zu dem Vorfall.

„Siehst du jetzt endlich ein, dass ich mich nicht mehr sicher fühle, wenn ich das Haus verlasse?"

„Ich kann aber nicht jeden Schritt hinter dir sein, mein Schatz", entschuldigt sich daraufhin Dr. Morgenstern bei seiner Frau.

„Dann lass Altar Mort mich auf meinen Besorgungen begleiten", schlägt Norma daraufhin vor.

Altar Mort ist eine mehr oder weniger zwielichtige Gestalt, die an die Stelle von Killian, Dr. Morgensterns ehemaligen Leibwächter, getreten ist, weil dieser aus unerklärlichen Gründen seinen Dienst quittiert hat. Zudem war Altar Mort vor nicht allzu langer Zeit Ophelias Liebhaber. Doch die beiden hatten sich zerstritten, worauf er aus ihrem Leben verschwunden ist. Er ist aber auch ein

Mann, der mit seinem stattlichen Erscheinungsbild die Fantasien der noblen Damen beflügelt und somit ihr Herz höher schlagen lässt. Auch Norma Morgenstern ergeht es nicht anders, nur eben, dass sie in letzter Zeit fast tagtäglich diesen Mann sieht, mit ihm zusammentrifft, wobei sie keine Gelegenheit auslässt, wenigstens ein paar schmeichelnde Worte mit ihm zu wechseln.

„Ich bezahle Altar nicht dafür, um dir deine Einkaufspakete hinterherzutragen. Nein mein Schatz, dieser Mann ist unabkömmlich für mich."

„So viel ist dir also mein Wohlergehen wert. Bitte überleg es dir noch einmal. Wer könnte mich besser beschützen als Altar. Du selbst hast gesagt, dass dieser Mann dein vollstes Vertrauen genießt", schmollt Norma.

„Leider muss ich zugeben, dass es für Frauen der gehobenen Gesellschaft immer gefährlicher wird, sich ohne männliche Begleitung auf den Straßen der Stadt zu bewegen. Ja es sind schreckliche Zeiten, die wohl die eine oder andere Maßnahme erfordern wird. Zu deinem Leidwesen muss ich dir auch noch sagen, dass der Wunsch deiner Frau mehr als nur gerechtfertigt ist", mischt sich Mormont Jusfar ein, worauf Dr. Morgenstern letztlich einwilligt, dass Altar, währenddessen er in seiner Klinik arbeitet, seine Frau auf ihren Besorgungen begleiten darf. Sichtlich zufrieden mit der Entscheidung ihres Mannes widmet sich Norma schon bald einem anderen Thema, das, wie sollte es anders sein, nicht mehr als gesellschaftlichen Tratsch, sowie die neueste Mode zum Thema hat. Eine gute Gelegenheit für Dr. Morgenstern sich mit seinen männlichen Gästen in das Herrenzimmer zurückzuziehen, um dort in aller Ruhe ein Glas Portwein und eine dicke Zigarre zu genießen. Für Antipa verläuft der Abend letztlich nicht so ganz nach ihren Vorstellungen, weil es ihr nicht gelingt, Rittmeister Mormont Jusfar alleine zu sprechen. Also muss sie ihr Vorhaben, Morrigans Aufenthaltsort zu verraten, auf einen späteren Zeitpunkt verschieben. So vergehen zwei Wochen, bis sie sich dazu entschließt, Rittmeister Mormont Jusfar in seiner Schreibstube einen Besuch abzustatten.

„Womit kann ich Ihnen helfen?", fragt der Gendarmeriebeamte missmutig hinter seinem Anmeldepult, ehe er ein großes Taschentuch hervorholt, um sich erst einmal kräftig zu schnäuzen. Im Anschluss daran nimmt er das Tuch, um damit auch noch seine Nickelbrille zu reinigen.

„Ich möchte zu Rittmeister Mormont Jusfar."

„Das kann jeder sagen. Außerdem befindet sich unser Chef nicht im Haus und wird heute hier auch bestimmt nicht mehr erscheinen."

„Gut, dann möchte ich eben eine Anzeige machen. Ich habe erfahren, dass die Gendarmerie nach einer Frau namens Morrigan Zott sucht", erklärt Antipa dem Mann, ehe sie ihm einen Steckbrief von einer Litfaßsäule mit

Morrigans Bild hinlegt. Mit großen Lettern steht dort neben einem Bild, das nur im entferntesten Morrigan gleicht, dass für jeden Hinweis der zur Ergreifung dieser Frau führt, eine stattliche Prämie ausbezahlt wird.

„Soso, Sie möchten also eine Anzeige machen? Also worum handelt es sich?", fragt der Mann, währenddessen er unter dem Anmeldepult ein Stück Papier hervorholt.

„Das habe ich Ihnen doch schon gesagt!", kontert Antipa genervt.

Lehrerhaft und streng sieht der Mann daraufhin über seine Nickelbrille hinweg die Frau vor ihm an.

„Diese Frau ist jene, nach der die Gendarmerie schon lange sucht. Sie wohnt in der Miislatgasse Nummer 27. Ich habe selbst gesehen, wie sie dort ihre Wohnung aufgeschlossen hat", erklärt Antipa dem Mann erneut, worauf sich dieser den Steckbrief etwas genauer ansieht.

„Dieser Steckbrief ist mehr als zwei Jahre alt. Hierfür gibt es bestimmt keine Belohnung mehr. Ihr Bemühen und meine vergeudete Zeit waren umsonst, gute Frau."

„Ich will keine Belohnung! Ich will nur, dass Sie Rittmeister Mormont berichten, dass diese Frau in der Miislatgasse Nummer 27 wohnt. Haben Sie das verstanden oder muss ich es Ihnen aufschreiben?"

„Warum haben Sie das nicht gleich gesagt? Dann hätte ich es mir ersparen können, ein Anzeigeformular anzufertigen", fragt der Mann missmutig, ehe er das leere Blatt

Papier vor ihm zusammenknüllt, um es sogleich in einen Abfalleimer zu befördern. Den Steckbrief behält er für sich mit dem Versprechen, diesen Rittmeister Mormont Jusfar mitsamt der eben erhaltenen Information zukommen zu lassen. Lange hält sein Versprechen jedoch nicht. So verschwindet dieser ohnehin falsche Hinweis, wie auch die vielen anderen, die tagtäglich zu Dutzenden verschiedenen Delikten eingehen, im Ablagearchiv der Gendarmerie.

Anders als Antipa fühlt sich Norma zurzeit glücklich und erfüllt von ihrer Beziehung zu Altar Mort. Um aber seine Zuneigung zu erkaufen, überhäuft sie ihn mit Geschenken. Dieser anfänglich nicht sonderlich begeistert von Normas Aufmerksamkeiten, merkt schon bald, dass diese Frau für ihn eine Milchkuh sein könnte, die er nur zu melken braucht. So entwickelt sich in kurzer Zeit ein Verhältnis zwischen den beiden, zumal auch Altar Mort vom Erscheinungsbild dieser Frau immer mehr angetan ist, obwohl sie um viele Jahre älter ist. Dass Altar Mort ein dunkles Geheimnis mit sich herumträgt, versteht er gekonnt zu verbergen. Genauso wie die Morde die er weiterhin im Auftrag von Dr. Morgenstern verübt.

Norma hingegen hätte nie gedacht, dass sie nochmals jemanden finden würde, der sie so sehr versteht und begehrt. Sie erinnert sich mit Freude an den Tag, an dem sie Altar Mort zum ersten Mal begleiten durfte. Sie ist auch der vollen Überzeugung, dass dieser Mann dieselben Gefühle für sie hegt, wie sie für ihn. Für Norma ist es eindeutig Liebe. Die große Liebe zu einem Mann, mit dem sie noch viele unzählige Stunden verbringen möchte. In ihrem Innersten träumt sie sogar davon, mit Altar ein neues Leben zu beginnen, wäre da nicht diese eine Hürde. Elian Morgenstern, ihr Mann. So reift in ihr der Gedanke, wie es wohl wäre, wenn ihrem Mann ein Unfall oder sonst ein schreckliches Ereignis widerfahren würde.

Botschaft

Am Ende der Schallmanngasse, dort wo diese schmale Straße den Hafen erreicht patrouillieren zwei junge noch unerfahrene Gendarmen, als sie bei einem der Verladekräne an einem der Ankerplätze eine größere Menschenansammlung ausmachen können. Hätten die beiden etwas mehr an Erfahrung, so würden sie diesen kleinen Tumult wohl ignorieren, zumal die Gendarmerie hier am Hafen sowieso nicht gern gesehen wird.

„Was ist hier geschehen?", möchte sofort einer der beiden wissen, als sie die Menschenmenge auseinander drängen, um sich selbst ein Bild von dem zu machen, was eine derartige Ansammlung hervorruft.

„Das ist heute schon der zweite Kadaver, den die See ausspuckt", so die nüchterne Erklärung, die ein schon älterer Mann von sich gibt, ehe er seinen Kautabak vor die Füße der Gendarmen platziert. Eigentlich wäre diese Handlung Grund genug, um den Mann dafür abführen zu lassen. Der Anblick der Leiche jedoch schockiert die beiden derart, sodass sie diese Respektlosigkeit nicht so richtig wahrnehmen. So kommt es, dass sich diese kleine Versammlung auch schon wieder aufzulösen beginnt, zumal niemand mit den Hütern des Gesetztes etwas zu tun haben möchte.

In den darauf folgenden Monaten werden immer wieder Opfer gefunden, die auf dieselbe Weise ermordet und verstümmelt wurden. Ein Stich ins Herz oder ein Schnitt durch den Hals als Todesursache. Dem aber nicht genug, wurden vielen von ihnen die Organe entnommen oder ihre Körper auf andersartige Weise geschändet. Selbst im nördlichen Teil der Stadt, dort wo die Präsenz der Gendarmerie allgegenwärtig ist, scheint das Monster von Mogustral seit einigen Wochen sein Unwesen zu treiben. Mormont Jusfar noch immer besessen von seiner Überzeugung, dass einzig und allein Morrigan dafür verantwortlich sein kann, setzt alles daran sie endlich zu fassen. Doch diese scheint erneut wie vom Erdboden verschluckt zu sein und so muss auch er sein Bestreben vorerst aufgeben.

Für Morrigan, alias Annalena Farber, so ihr neuer Name, scheint sich das Blatt endgültig zum Besseren gewandt zu haben. Sie ist nach wenigen Monaten ein umjubelter Star, der vor allen das männliche Publikum, zum Ärgernis vieler Frauen, in seinen Bann zu ziehen versteht. Sie genießt diesen Ruhm, ohne jedoch nicht zu vergessen, welcher Ruf ihr von Rittmeister Jusfar gegeben wurde. Dass sie noch nicht erkannt wurde, liegt daran, dass sie ihr Aussehen ändern konnte. Sie trägt jetzt ihr

Haar etwas kürzer. Zudem hat sie von Naomi Brest, der Choreografin ihrer Tanzgruppe erfahren, dass es erst seit Kurzem eine Substanz geben soll, die jedes Haar heller als die Sonne erstrahlen lässt. So muss jedes der Mädchen aus der Tanzgruppe ihre Haare färben, was Morrigan nur zugutekommt. Außerdem trägt die aufwendige Bühnenschminke ihr Eigenes dazu bei, dass jedes der Mädchen dem anderen gleicht, geradeso als wären sie ein und demselben Mutterleib entsprungen. Trotz all dieser Änderungen getraut sich Morrigan noch immer nicht auf die andere Seite des Miislats. Wie gerne würde sie wieder einmal durch die Tür zur Apotheke gehen, um nur einen Blick mit Jonsen zu teilen oder ein paar Worte mit ihm zu wechseln.

„Ob er auch so oft an mich denkt? Würde er mein jetziges Leben auch gutheißen?", fragt sie sich, wohl wissend, dass sie sich Abend für Abend, leicht bekleidet den begehrlichen Blicken zahlreicher Männer aussetzt. Also bleibt ihr nur der tröstliche Gedanke, dass es für sie und für Jonsen wohl besser sein wird, wenn sie sich nicht mehr wiedersehen. Zurück bleiben nur noch ihre Erinnerungen an eine Liebe, die eigentlich nie stattgefunden hat.

Mit einem weißen Lacken bedeckt liegt wie schon so oft ein Leichnam auf dem Seziertisch, als Dr. Morgenstern voll Vorfreude das Lacken zurückschlägt. Was er aber diesmal sieht, gleicht wie ein Schlag sein Gesicht. Nicht etwa weil die Leiche noch nicht vom Blut gesäubert wurde. Nein es ist der Blick in ein Gesicht, das er nur allzu gut kennt, war doch dieser Mann mit dem Namen Kilian einer der getreuesten Gefolgsleute von ihm und Bürgermeister Hendersen. Kilian war einer von ihren persönlichen Helfern, die ihnen so nebenbei manch schmutzige Arbeit abgenommen haben. Unter anderem auch, dass immer wieder neue Leichen auf seinem Seziertisch landeten oder wie im Fall von Samuel Koffler, so manch uneinsichtiger Zeitgenosse eingeschüchtert wurde. Aber auch das Entsorgen sezierter Körper fiel in seinen Aufgabenbereich. Und jetzt liegt dieser mit durchtrennter Halsschlagader und ausgestochenen Augen vor ihm. Lange hält der Schock bei Dr. Morgenstern jedoch nicht an und so beginnt er mit Begeisterung, zuallererst den Mann zu entkleiden. Aufgrund der noch vorhandenen Körpertemperatur und der noch nicht vollständig ausgeprägten Leichenstarre vermutet er, dass Kilian noch nicht länger als drei oder vier Stunden tot sein kann. Die Tatsache, dass dieser Körper vor ihm noch warm ist, steigert sein Verlangen diesen Körper zu öffnen. Was wird er entdecken? Irgendwelche Anzeichen von noch nicht zur Gänze verloschenem Leben oder sonst irgendein noch unbekanntes Geheimnis? Es sind Fragen, die jeglicher Logik entbehren und dennoch stellt er sie sich bei jeder Obduktion. Und er wird auch etwas entdecken, das er bei einem Toten noch nie gesehen hat. Es ist aber keine Abnormität der Natur oder dergleichen, sondern ein Zettel im Mund des Toten. Ein Zettel mit einer Botschaft, die zweifelsohne an ihn gerichtet ist.

„Das große Spiel hat begonnen und ist noch längst nicht vorbei! Nur eure Stunden sind gezählt."

Ergänzt wird diese Botschaft mit drei Symbolen, dem Schlangenstab als Merkmal der Heilkunde und dem Heroldsstab als Merkmal der Verwaltung sowie einem brennenden Schwert, welches dem Abzeichen der Gendarmerie Mogustrals nachempfunden wurde. Den Schluss, den Dr. Morgenstern daraus zieht, ist jener, dass jemand Bürgermeister Hendersen, seine Anhängerschaft und ihn für die Unruhen sowie den vielen Toten südlich des Miislats verantwortlich machen will. Aufgebracht von dieser Botschaft strebt Dr. Morgenstern schon kurz darauf dem Ausgang seines Institutes entgegen, um sofort Mormont Jusfar aufzusuchen.

„Elian mein lieber Freund, was verschafft mir an einem so herrlichen Tag die Ehre deines Besuches? Sind dir etwa gar die Leichen ausgegangen?", scherzt Rittmeister Mormont Jusfar, als sein Freund völlig unerwartet vor ihm steht.

„Mormont wir müssen reden. Du musst etwas für mich herausfinden. Kilian ist ermordet worden. Ich habe ihn heute Morgen auf meinem Seziertisch vorgefunden. Laut den Begleitpapieren hast du ihn in mein Institut bringen lassen."

„Kilian, dein Schatten war das? Ich habe lediglich meine Zustimmung gegeben, dass jener Mann, der heute Morgen von einem Wachposten der Dreierbrücke tot aufgefunden wurde, dir zur Verfügung gestellt wird. Dass er einer von deinen Angestellten ist, war mir nicht bekannt, zumal ich seinen Leichnam nicht gesehen habe", bemerkt Mormont Jusfar verwundert, ehe er die Berichte von letzter Nacht noch einmal durchblättert.

„Hier steht, dass in der Nähe der Uferpromenade der Dreierbrücke eine männliche Leiche mit durchschnittener Kehle und ausgestochenen Augen gefunden wurde. Mehr aber nicht. Es gibt aber keine Spuren eines Kampfes und auch keinen Hinweis auf einen Täter. Wie es aussieht, wirst du dir wohl oder übel einen neuen Leibwächter suchen müssen. Aber mach dir nur keine Sorge, ich werde Bartot Oppler anweisen, in diesem Fall genauere Untersuchungen durchzuführen. Vermutlich ist dieser Mann aber nur das Opfer eines Raubüberfalls geworden. Wie mir Oppler berichtet hat, soll er nicht einen einzigen Selani bei sich gehabt haben."

„Nein das glaube ich nicht. Das war kein Raubüberfall", wendet Dr. Morgenstern ein.

„Was dann? Eine Botschaft? Das würden die ausgestochenen Augen erklären. Aber an wem soll sie gerichtet sein? Trotz der Abscheulichkeit dieses Verbrechens sehe ich keinen Grund, warum wir uns Sorgen machen sollten, solange sich diese Morde auf die Südseite des Miislats beschränken. Verbrechen dieser Art geschehen in letzter Zeit fast tagtäglich. Was denkst du, woher die vielen namenlosen Leichen kommen, die auf deinem Seziertisch landen?"

„Hier diesen Zettel habe ich in seinem Mund gefunden", sagt Dr. Morgenstern und überreicht Mormont Jusfar mit zitternder Hand den Zettel mit der Botschaft.

„Das Spiel hat begonnen und ist noch längst nicht vorbei! Nur eure Stunden sind gezählt", liest Mormont mit Verwunderung.

„Etwas makaber, da muss ich dir recht geben. Aber wie ich schon erwähnt habe, besteht zurzeit kein Grund zur Besorgnis. Vermutlich war dieser Mord nur eine Auseinandersetzung zwischen zwei rivalisierenden Banden oder Hafenarbeitern."

„Kilian war kein Bandenmitglied und auch kein Hafenarbeiter. Nein mein lieber Freund, das ist eine Botschaft, gerichtet an alle jene, die sich einen bescheidenen Wohlstand erarbeiten konnten. Und jetzt sollen wir dafür bezahlen. Was aber geht es mich an, wenn dieser Pöbel sich aufbegehrt?", schimpft Dr. Morgenstern, ehe er die Botschaft wieder an sich nimmt.

„Nun mach dir nur keine Sorgen. Ich werde Bartot

Oppler anweisen, etwas genauer in diesem Fall nachzuforschen. Er hat mir erst kürzlich von einem neuen Informanten erzählt, der versprochen haben soll, ihn sofort zu Bescheid geben, sobald es Hinweise auf das Monster von Mogustral geben soll", beschwichtigt Rittmeister Jusfar, ehe er Dr. Morgenstern dazu einlädt, ihn bei einem Besuch bei Bürgermeister Hendersen zu begleiten.

Schon seit dem frühen Morgen regnet es in Strömen. Menschenleer ist die Uferstraße nahe der Dreierbrücke, als am Nachmittag desselben Tages Bartot Oppler mit zwei Polizisten aus einer Droschke steigt. Allerdings hat er zu dieser Zeit auch nicht mehr erwartet. In dieser Straße gibt es auf der nicht dem Fluss zugewandten Seite nur Mietshäuser, die vorwiegend von schlecht bezahlten Hafenarbeitern, Tagelöhnern, Fabrikarbeiterinnen und Dirnen bewohnt werden. Aber auch Morrigans kleine Wohnung befindet sich in dieser Straße. Erst nach Einbruch der Dämmerung kommt etwas Leben in diesen Stadtteil. Es sind jedoch zumeist Frauen, die hier ihre Liebesdienste für ein paar läppische Selani anbieten, um für sich oder ihren Kindern für den nächsten Tag etwas Essbares kaufen zu können. Bartot Oppler weiß das. Trotzdem möchte er sich den Tatort etwas genauer ansehen. Dass er und seine Männer dabei beobachtet werden, ist ihm durchaus klar. Dass er aber gleich einen Volltreffer landen wird, hat er nicht einmal in seinen kühnsten Träumen gewagt, sich vorzustellen. Es ist eine Frau, die zu seiner Überraschung nicht sofort aus der Tür verschwindet, als sein Blick dorthin schweift. Aus seiner langjährigen Erfahrung weiß er, dass ihm diese Frau womöglich etwas sagen möchte. Dass es sich dabei um eine Denunzierung handeln könnte, ahnt er bereits, als er auf die Frau zugeht. Er glaubt aber auch zu wissen, dass seine Ermittlung von mehreren Bewohnern dieses Hauses hinter verschlossenen Fenstern mitverfolgt wird. Unter anderem auch von David, den Morrigan vor einiger Zeit einen großen Gefallen getan hat, als sie ihm einen Arbeitsplatz auf einem Fischerboot vermitteln konnte. Es war das Boot jenes Fischers, bei dem sie immer die Miesmuscheln für Dorothea besorgen musste. David ist auch einer von den wenigen, der Morrigans Vergangenheit kennt, weiß wo sie wohnt und vor allem, unter welchen Namen sie ihr neues Leben zu meistern versucht. Weil aber Davids Zimmerwohnung direkt neben der von Sofia liegt, kann er durch eine nicht benutzte und stets verriegelte Tür mit anhören, was diese Frau der Gendarmerie erzählt. Dabei muss er sich nicht einmal sonderlich anstrengen, weil Sofia aufgrund ihres schlechten Gehörs sehr laut spricht.

„Morrigan bist du zu Hause? Morrigan! Mach auf, ich bin es, David", flüstert eine Stimme gerade laut genug, dass diese hinter der Tür noch vernommen werden kann.

„David? Was ist passiert? Du bist ja klitschnass. Los, komm rein sonst holst du dir noch den Tod", sagt Morrigan, als sie den unerwarteten Gast in ihre kleine Wohnung lässt. Noch immer außer Atem erzählt ihr David von seiner Beobachtung, und dass die dicke Sofia der Gendarmerie erzählt hat, dass sie gesehen haben will, wie eine Frau letzte Nacht einem Mann auf offener Straße hinterrücks erstochen hat.

„Und was hat das mit mir zu tun? Ich habe weder mit diesem Mord noch mit dem, der mir zur Last gelegt wird, etwas zu tun."

„Es wird aber trotzdem besser sein, wenn du für ein paar Tage untertauchst. Ich weiß zwar nicht, ob die fette Sofia den Bullen auch deine Adresse verraten hat, deinen richtigen Namen hat sie jedoch erwähnt. Das habe ich eindeutig gehört. Vermutlich hat sie ihn auf einer der Litfaßsäulen gelesen. Ich werde auch weiterhin meine Ohren für dich offen halten. Sollte sich etwas ergeben, lasse ich es dich wissen. Ansonsten treffen wir uns in der nächsten Woche zur Mittagszeit auf dem Fischmarkt."

„Danke David, du bist ein Schatz. Pass derweilen auf dich auf und gönn dir heute ein warmes Essen", sagt Morrigan, ehe sie dem jungen Mann einen halben Selani in die Hände drückt.

Etwa eine Woche später in der Morrigan keinen Fuß vor ihre Tür gesetzt hat, wagt sie es, wieder einmal den

Fischmarkt zu besuchen, zumal ihre Vorräte zur Neige gehen.

„Die Bullen suchen in der ganzen Stadt nach dir", flüstert David, als er plötzlich hinter Morrigan steht, währenddessen sie sich an einem Stand ein paar Miesmuscheln gönnen will.

„David, hast du mich erschreckt. Wie geht es dir?"

„Um mich musst du dir kein Kopfzerbrechen machen. Ich komme schon zurecht. Schau her, was mir Anderson gegeben hat. Drei Selani. Er hat gesagt, dass er noch nie einen so tüchtigen Helfer wie mich gehabt hat."

„Schön, das freut mich für dich. Gibt es sonst irgendwelche Neuigkeiten?"

„Du wirst bezichtigt, einen angesehenen Mann kaltblütig ermordet zu haben. Auf deinen Kopf ist eine stattliche Prämie ausgesetzt. Ich weiß nur noch nicht, wer dir das anhängen will, aber keine Sorge, das finde ich schon noch heraus", berichtet David, ehe er sich auch schon wieder von ihr abwendet. Nicht zuletzt, weil er am Ende der Straße eine Patrouille der Gendarmerie ausmachen kann. Auch Morrigan sieht diese Abordnung, worauf auch sie sich umwendet, um in der Menschenmenge unterzutauchen.

Monster

„Die neuesten Nachrichten! Die neuesten Nachrichten! Grauenhaft verstümmelte Leiche am Ufer des Misslat gefunden! Das Monster von Mogustral hat erneut zugeschlagen! Die neuesten Nachrichten! Die Bestie von Mogustral versetzt die Stadt ein weiteres Mal in Angst und Schrecken! Hat Bürgermeister Hendersen versagt? Die neuesten Nachrichten!", ruft ein junger Zeitungsverkäufer, um so viele als nur möglich von den noch druckfrischen Exemplaren der Mogustralpost an den Mann zu bringen. Entsetzt geben sich die noblen Damen des am nördlichen Ufer des Miislats liegenden Stadtteils, während ihre Männer ihnen versichern, dass es keinen Grund zur Besorgnis gebe, zumal die Präsenz der Gendarmerie um mehr als ein Drittel erhöht wurde. Anders als im nördlichen Teil der Stadt scheint sich auf der gegenüberliegenden Seite des Miislats niemand den Kopf über solche Schlagzeilen zu zerbrechen. Dort zählt für viele nach wie vor noch immer, wie überlebe ich diesen noch jungen Tag. Raufereien, Diebstahl, ja sogar Mord zählen seit einiger Zeit hier zum Alltagsbild, ohne dass jemand diesem Missstand auf den Grund gehen würde.

Bürgermeister Rorriger Hendersen schäumt vor Wut, als er den Artikel in der Zeitung liest, zumal ihm eine Mitschuld, an der im nördlichen Teil von Mogustral immer größer werdenden Gewaltbereitschaft angelastet wird. Aufgrund dessen zitiert er Rittmeister Mormont Jusfar noch in derselben Stunde zu sich.

„Diese Schmutzkampagne gegen mich muss ein Ende haben, koste es, was es wolle. Ich will, dass deine Männer Tag und Nacht auf den Straßen patrouillieren. Findet dieses Monster, um diesem Missstand ein für alle Mal ein Ende zu setzen", verlangt Hendersen.

„Wenn das nur so einfach wäre. Meine Männer weigern sich, alleine den südlichen Teil der Stadt zu betreten. Und das mit gutem Recht. Dort herrscht nur noch Anarchie. Ich kann lediglich die Wachen an den Brücken verstärken", rechtfertigt sich der Chef der Gendarmerie.

„Umso eher müssen wir dieses Monster fassen! Koste es, was es wolle. Ich werde eine stattliche Prämie aussetzen! 300 Selani für denjenigen, der mir den Kopf dieses Monsters bringt", brüllt Hendersen voller Zorn, ehe er Mormont die Zeitung entgegenschleudert.

„Ich bezweifle zwar, dass die Ergreifung einer einzelnen Person die Lösung unseres Problems sein wird, aber ich werde mich darum kümmern. Ich verspreche dir, in weniger als einer Woche haben wir einen oder eine Schuldige. Eine derart hohe Belohnung wird meine Männer bestimmt noch wachsamer die Straßen beobachten lassen", verkündet Mormont zur Zufriedenheit von Hendersen. An den überall anzutreffenden Litfaßsäulen prangert daraufhin schon am nächsten Tag das Bild einer Frau, auf deren Ergreifung wie von Bürgermeister Hendersen angekündigt, eine ansehnliche Belohnung ausgesetzt wurde. So ist in großen Lettern unter Morrigans Bild zu lesen.

Für die Ergreifung von Morrigan Zott, auch genannt, das Monster von Mogustral wird von unserem Bürgermeister eine Prämie von 300 Selani ausbezahlt. Jeder Bürger unserer Stadt wird daher aufgerufen, wachsam zu bleiben.

Jetzt ist es nur noch eine Frage der Zeit, bis jemand der Gendarmerie den entscheidenden Hinweis geben wird, wo die dort abgebildete Frau zu finden ist. Dass diese Maßnahme nur ein Vorwand ist und den Umstand der Gewaltbereitschaft nicht im Geringsten ändern wird, ist allen klar, die mit Argwohn den Machenschaften von Bürgermeister Hendersen gegenüberstehen. Nichtsdestotrotz zeigt diese Kampagne schon am selben Tag seine Wirkung, zumal sich Dutzende Denunzianten bei der Gendarmerie melden. So auch eine Tänzerin aus Naomi Brests Tanzgruppe, der auch Morrigan angehört. Wäre nicht zufällig Mormont Jusfar und Bezirkswachtmeister Bartot

Oppler anwesend, als diese Frau Morrigan verrät, so würde dieser Hinweis denselben Weg nehmen wie all die Denunziationen, die nur den einen Zweck dienen, um an die versprochene Belohnung zu kommen.

„Ich will diese Frau sofort in meiner Schreibstube haben", flüstert Mormont Jusfar seinen Untergebenen Oppler zu, worauf dieser die Frau ohne Begründung am Arm packt, um sie in Mormont Jusfars Schreibstube zu führen.

„Hey, was soll das? Lassen Sie mich sofort los! Sie tun mir weh!", empört sich die Frau.

„Danke Bezirksmachtmeister Oppler, Sie können sich wieder Ihrer Arbeit widmen", heuchelt Mormont, ehe er der Frau ein nichtssagendes Lächeln schenkt, während sich Oppler an einem Sekretär hinter Mormonts Schreib-tisch einige Akten durchsieht.

„Sie dürfen es meinen Männern nicht übelnehmen, wenn sie nicht immer das Feingefühl eines Ehrenmannes an den Tag legen. Es kommt aber auch nicht jeden Tag eine vornehme Dame wie Sie zu uns. Bitte setzten Sie sich doch. Darf ich Sie zu allererst nach Ihrem Namen fragen und wo Sie wohnen?"

„Naomi Brests. Ich wohne mit einer Freundin unten am Hafen in der Färberstraße. Aber was hat das mit meiner Aussage zu tun?"

„Natürlich nichts. Das ist nur fürs Protokoll. Sie

kennen also diese Frau?", fragt Mormont Jusfar und zeigt dabei denselben Steckbrief her, der vor ihm auf seinem Sekretär liegt und auch überall in der Stadt zu sehen ist.

„Natürlich kenne ich diese Schlampe. Sie nennt sich jetzt Annalena Farber."

„Und woher kennen Sie sie, wenn ich das fragen darf?"

„Dieses hinterhältige Miststück hat mir meinen Solo-auftritt in unserer Tanzgruppe gestohlen. Dabei hat sie nicht annähernd so viel Talent wie ich."

„So hat sie das nicht?"

„Nein!"

„Und wo war das, wo sie Sie bestohlen hat?"

„Mann, in welcher Welt leben Sie denn? Haben Sie noch nie etwas von Kemal Patters Varietétheater gehört? Wir tanzen dort jeden Abend. Ich könnte schwören, dass ich Sie dort schon einmal gesehen habe. Aber ich kann mich auch irren."

„Und Sie sind sich sicher, dass diese Frau, die von uns Gesuchte ist?", möchte Mormont nun als Nächstes wissen und zeigt dabei noch einmal auf den Steckbrief.

„Das habe ich vorhin doch schon alles diesem Mann dort draußen gesagt. Bekomme ich jetzt mein Geld? Ich habe nicht den ganzen Tag Zeit, um mir hier den Arsch platt zu sitzen", beschwert sich Naomi.

„Sollten sich im Laufe unserer Ermittlungen Ihre Angaben als wahrheitsgetreu erweisen und wir die gesuchte Person aufgrund Ihrer Aussagen ergreifen, dann werden Sie die Ihnen zustehende Belohnung bestimmt erhalten. Hilfreich für uns wäre natürlich, wenn Sie uns auch die Wohnungsadresse der von uns Gesuchten sagen könnten, um die Richtigkeit Ihrer Angaben zu überprüfen."

„Sie haust in einer Hinterhofwohnung in der Schallmanngasse. Gegenüber von der Seemannsheuer. Das ist eine grauenhafte Schenke, in der sich schon so mancher Matrose eine üble Krankheit eingefangen hat. Wenn Sie verstehen, was ich meine. Die Huren dort stinken bis zum Himmel. Ich als ehrbare Frau kann Ihnen nur raten, machen Sie immer einen großen Bogen um diese Spelunke. Dort verkehrt nur der Abschaum dieser Stadt, anders als bei uns. Wir sind ein feines Haus. Das dürfen Sie mir ruhig glauben."

„Schon gut, das interessiert uns im Moment allerdings nicht", unterbricht sie Mormont Jusfar, ehe er Bartot Oppler ein zustimmendes Nicken erteilt, um diesen Hinweis nachzugehen, um, sollte er sich als richtig erweisen, Morrigan aufzuspüren und hierherzubringen.

Obwohl die Straße an diesem späten Vormittag fast menschenleer ist, wagt es Morrigan, das Haus zu verlassen. Nur schnell zum Fischmarkt möchte sie, um ihre spärliche Vorratskammer ein wenig aufzufüllen. Ein Fehler, den sie schon beim Verlassen ihrer Wohnung bitter bereuen muss. Ein halbes Dutzend Gendarmen, angeführt von Bartot Oppler säumen bereits zu beiden Seiten des Hauses, in dem Morrigan ihre Wohnung hat, den Bürgersteig. Die Frage, „Sind Sie Morrigan Zott?", erübrigt sich eigentlich, weil Bartot Oppler sie trotz ihres veränderten Aussehens sofort erkennt. Davonzulaufen oder sich wieder in ihre Wohnung zu begeben, um sich dort zu verschanzen, würde wohl nichts bringen und so nickt sie nur mit ihrem Kopf.

„Morrigan Zott Sie sind festgenommen! Wachtmeister führen Sie diese Frau zu unserer Gefängniskutsche."

„Nein nicht! Ich habe nichts getan? Bitte lassen Sie mich gehen, das ist ein Irrtum. Mein Name ist …", fleht Morrigan wohl wissend, dass ihr das nichts nützen wird.

„Rittmeister Mormont Jusfar wird sich freuen, Sie zu sehen. Ihre Lügen können Sie ihm erzählen, aber lassen Sie es sich gesagt sein, Sie verschlechtern damit nur Ihre Situation", droht ihr Bartot Oppler, während sein Gesicht ein böses Lächeln ziert.

Déjà-vu

Morrigan kommt es vor, als ob sich die Zeit zurück-
bewegt hätte, als sie zwei Wochen nach ihrer Festnahme
flankiert von zwei Männern der Gendarmerie in den
Gerichtssaal geführt wird. Und dennoch scheint alles
irgendwie anders zu sein. Es gibt keine Geschworenen-
bank, nur mehr wenige Plätze für Zuseher und auch sonst
wirkt der gar nicht so große Verhandlungssaal kalt und
bedrohlich. Draußen vor dem Fenster prasselt der Regen
hernieder, wodurch es in dem Raum noch düsterer wirkt,
obwohl mehrere Gaslampen mit ihrem charakteristischen
Licht den Raum zu erhellen versuchen. Leises Gemurmel
dringt von den Reihen der wenigen Zuseher in den Raum.
Als sich aber eine Tür hinter dem Richtertisch öffnet, ver-
stummen die kaum wahrnehmbaren Worte abrupt. Heraus
kommen drei Männer mit schwarzen Roben und der
Schreiber des Gerichts.

„Meine Damen Herren erheben Sie sich vor den ehrenwerten Richtern Kaskel Sauerwein, Montario Breitfuß
und Richter Ebenstein als Vorsitzenden dieser Dreier-
kommission", verkündet der Schreiber lauthals. Nach
einem mehr als nur strengen Blick, den Richter Ebenstein
von der Angeklagten mit ihrem Rechtsbeistand vorbei am

Publikum bis zur Anklagebank schweifen lässt, erlaubt er den Anwesenden sich zu setzen. Erst als der letzte Stuhl zurechtgerückt, der letzte Räusperer getan und die letzten Worte geflüstert wurden, beginnt Richter Ebenstein mit der Verhandlung.

„Dieses Gericht hat sich hier versammelt, um über Schuld oder Unschuld einer Frau zu urteilen, der zur Last gelegt wird, mehrere Morde begangen zu haben.

Die Anklage im Namen der Stadt führt Rittmeister Mormont Jusfar. Die Verteidigung der Angeklagten übernimmt Anwalt Laurin Specht.

Angeklagte erheben Sie sich. Ihr richtiger Name lautet Morrigan Zott. Stimmt das?", fragt Richter Ebenstein, worauf Morrigan nur zaghaft nickt.

„Antworten Sie mit Ja oder Nein. Ein Nicken zählt hier vor Gericht nicht. Also frage ich Sie noch einmal. Wie lautet Ihr Name?"

„Morrigan Zott Herr Richter."

„Sie sind 29 Jahre alt und wohnen in der Uferstraße. Stimmt das so weit?"

„Jawohl Herr Richter."

„Wie bestreiten Sie ihren Unterhalt oder sind Sie in Besitztum von irgendwelchen Geldeinnahmequellen, die nicht aus dem Protokoll hervorgehen."

„Ich bin Tänzerin im Varietétheater von Kemal Patter", gesteht Morrigan mit gesenktem Kopf.

„Einspruch Euer Ehren. Diese Frau ist eine Mörderin und Hure, die ihren Körper schamlos zur Schau stellt", mischt sich Mormont Jusfar ein, ehe er auch noch seinen Platz verlässt.

„Rittmeister Jusfar Sie werden noch genügend Zeit haben, um die Dinge aus ihrer Sicht darzulegen. Außerdem verbiete ich es Ihnen und auch jedem anderen hier im Saal, mich zu unterbrechen! Haben wir uns verstanden?", schimpft Richter Ebenstein, worauf ein Raunen durch den Saal geht.

„Ruhe oder ich lasse den Saal räumen! Und Sie Rittmeister Jusfar begeben sich wieder an ihren Platz", ermahnt Richter Ebenstein den Ankläger der Stadt. Was nun herrscht, ist völlige Ruhe, sodass man meinen könnte, es befände sich niemand im Gerichtssaal. Mit sich selbst zufrieden, aber einem ermahnenden Blick wendet sich Richter Ebenstein erneut an Morrigan.

„Angeklagte, Sie wissen, was man Ihnen zur Last legt? Die Ermordung von mehr als sieben Menschen innerhalb eines Zeitraumes von zwei Jahren. Also frage ich Sie, wie bekennen Sie sich zu diesen Anschuldigungen."

„Ich war das nicht, Herr Richter. Das müssen Sie mir glauben", fleht Morrigan den Tränen nahe.

„Wem das Gericht letztendlich glauben schenken wird, wird sich zum Ende der Verhandlung weisen. Doch soweit sind wir noch lange nicht. Aber zurück zu meiner Frage.

Sie bekennen sich also für nichtschuldig? Bitte Antworten Sie laut und deutlich, sodass jeder hier im Saal Sie verstehen kann", belehrt Richter Ebenstein, Morrigan.

Nach weiteren üblichen Formalitäten sowie einer Erklärung, warum dieses Gericht aus drei Richtern besteht, wendet er sich, entgegen der Gepflogenheit das Wort der Anklage zu übergeben, mit einer Feststellung noch einmal an Morrigan.

„Wie aus meinen Unterlagen hervorgeht, sind Sie schon einmal vor Gericht gestanden. Den Vorsitz damals führte Richter Danil. Ihnen wurde zu Last gelegt, zwei Frauen ermordet zu haben. Allerdings konnte Ihre Schuld damals nicht zweifelsfrei belegt werden, wodurch Sie lediglich zu einem zweimonatigen Freiheitsentzug in der Frauenstrafanstalt sowie ein Busgeld in der Höhe von einhundert Selani verurteilt wurden. Inwieweit dieses Urteil von damals richtig oder falsch war, steht heute nicht zur Debatte. Nichtsdestotrotz wirft ihre Vergangenheit ein schräges Licht auf ihr Dasein. Ob aber die gegen Sie hervorgebrachten Anschuldigungen der Wahrheit entsprechen, wird dieses Gericht zu klären wissen. Zu diesem Zweck übergebe ich nun das Wort an Rittmeister Jusfar, dem Vertreter der Anklage."

Dass auch diese Gerichtsverhandlung nicht anders ablaufen wird, wie die vor mehr als zwei Jahren ist Morrigan schon längst klar geworden, zumal die Anklage wieder Rittmeister Mormont Jusfar vertritt, der noch immer einen persönlichen Groll gegen sie hegt.

„Hohes Gericht, einmal schon ist diese Frau wegen Mordes vor einer Jury gestanden. Leider haben die Geschworenen damals falsch entschieden."

„Ich weise Sie darauf hin, dass es Ihnen nicht zusteht, ein Urteil von vor zwei Jahren als falsch darzustellen. Die Geschworenen haben damals nach bestem Gewissen und abwägen aller Indizien befunden, dass der Angeklagten die ihr vorgeworfenen Taten nicht zweifelsfrei angelastet werden konnten. Es besteht auch keinerlei Zusammenhang zwischen dem Gerichtsurteil von damals und der Anklage von heute. Bitte merken Sie sich das, Herr Jusfar", belehrt Richter Ebenstein den Vertreter der Anklage.

„Nun gut, dann lassen Sie es mich so formulieren. Leider konnten wir damals nicht genügend Beweismaterial sammeln, um zu verhindern, dass diese Frau schon nach zwei Monaten wieder auf freien Fuß gesetzt wurde. Und wozu hat das geführt? Mehrere Bürger dieser Stadt haben dadurch ihr Leben verloren. Unter anderem auch die Frau unseres obersten Richters den ehrenwerten Elias Kaut. Schon alleine diese Tatsache muss genügen, um unsere Gesellschaft vor solchen Individuen zu schützen. Bedauerlicherweise ist es der Angeklagten immer wieder gelungen, unterzutauchen ohne sich für Ihre Taten verantworten zu müssen. Aber seien Sie unbesorgt, diesmal sind die Beweise eindeutig, sodass es nur ein Urteil geben kann und darf. Diese Frau ist nicht gesellschaftsfähig, nein lassen sie es mich anders formulieren. Es ist unsere Pflicht die ehrbaren Männer dieser Stadt, deren Frauen und vor allem unsere Kinder vor Morrigan Zott zu schützen. Nur deshalb sind wir hier zusammengekommen. Nein ich hege keinen persönlichen Groll gegen diese Frau, aber es darf nicht sein, dass Taten dieser Schwere ungesühnt bleiben. Zum Glück sind diesmal alle von uns gesammelten Beweise mehr als eindeutig. Meine Männer haben nach der Festnahme dieser Frau in ihrer Wohnung Beweismaterial sammeln können, welche zumindest vier Opfern eindeutig zugewiesen werden können. Außerdem gibt es noch die Aussage einer Zeugin, die gemeinsam mit der Angeklagten das vorhin genannte Opfer Letizia Kaut gepflegt hat, aber leider nicht verhindern konnte, dass es zu dieser schrecklichen Tat gekommen ist. Antipa Morgenstern, die Schwester von Dr. Elian Morgenstern, den ich als Ersten in den Zeugenstand rufen möchte."

„Das ist natürlich Ihr gutes Recht, aber soweit sind wir noch nicht. Aus diesem Grund übergebe ich das Wort der Vereidigung", verfügt nun Richter Ebenstein.

„Danke hohes Gericht. Was soll ich sagen? Es steht Aussage gegen Aussage. Meine Mandantin schwört nichts mit den ihr zur Last gelegen Taten zu tun zu haben. Oder hat sie jemand dabei beobachtet? Hat jemand gesehen, was geschehen ist oder gibt es gar Zeugen? Nein! Weder das Eine trifft zu, noch das Andere. Beweise können manipuliert oder gar untergeschoben werden."

„Was soll das heißen? Bezichtigt die Verteidigung die Gendarmerie unserer Stadt etwa gar unlauterer Machenschaften? Hohes Gericht, ich protestiere auf das Energischste!", mischt sich Mormont Jusfar ein, ehe er von Richter Ebenstein zur Räson gebracht und gleichzeitig verwarnt wird, sich an das Protokoll einer Gerichtsversammlung zu halten. Danach erteilt er Laurin Specht erneut das Wort.

„Danke Herr Richter. Hohes Gericht, wir sind hier angetreten, um zu beweisen, dass diese Frau nur zu einem Opfer unserer Gesellschaft wurde. Morrigan Zott hat in ihrem Leben noch nie etwas Unrechtes getan. Nicht vor zwei oder drei Jahren und auch heute nicht."

„Was soll das heißen? Unterstellen Sie etwa gar meinen Männern, fahrlässig ermittelt zu haben!", unterbricht Mormont Jusfar die Ausführungen von Morrigans Verteidiger, der sie schon bei ihrem Prozess vor zwei Jahren erfolgreich vertreten durfte.

Richter Ebenstein lässt zwar den Einwand von Mormont Jusfar nicht gelten, weist aber im selben Zug Laurin Specht darauf hin, dass Anschuldigungen solcher Art auch bewiesen werden müssen. Im weiteren Verlauf der Verhandlung werden an diesem Tag weder handfeste Beweise vorgelegt, noch kann Laurin Specht diese eindeutig entkräften, worauf Richter Ebenstein die Verhandlung schließt. Der nächste Tag beginnt mit der Anhörung der Zeugen. Dabei setzt Mormont Jusfar all seine Hoffnung auf Antipa und ihren Bruder Dr. Morgenstern. Der Saal ist bis auf den letzten Platz gefüllt, als Richter Ebenstein hinter dem Richterpult Platz nimmt. Missmutig schweift sein Blick über die Anwesenden, ehe er dreimal mit seinem Hammer auf die Eichenunterlage klopft. Wie Kanonenschläge donnert es durch den Gerichtssaal, worauf augenblicklich Ruhe einkehrt.

„Die Verhandlung ist eröffnet. Bitte halten Sie sich auch an diesem Tag an die Regeln des Gerichts und respektieren Sie die Würde des Verfahrens."

Sein strenger Blick gilt als nächstes Mormont Jusfar, den er daraufhin die Erlaubnis erteilt, seinen ersten Zeugen aufzurufen.

„Hohes Gericht, ich möchte zuallererst Antipa Morgenstern in den Zeugenstand rufen."

Im Verlauf der Zeugenaussage lässt Antipa kein gutes Haar an der Angeklagten. Sie weiß auch zu berichten, das Morrigan in der Apotheke von Serlos Seetal mehrere Päckchen Rattengift besorgt haben soll. Die Vermutung, dass Morrigan Letizia Kaut damit vergiftet hat, spricht sie zwar nicht aus, weist aber darauf hin, dass ihr Bruder Anzeichen einer Vergiftung bei der Verstorbenen gefunden zu haben glaubt. Mit sich und dem bisherigen Verlauf der Verhandlung zufrieden verkündet Mormont Jusfar nach ein paar belanglosen Äußerungen, dass er vorerst keine weiteren Fragen an die Zeugin haben würde. Richter Ebenstein übergibt daraufhin Laurin Specht das Wort, was bei Antipa zu Unruhe führt.

„Haben nicht Sie die Beschuldigte gebeten, in der Apotheke Rattengift für ihre Vorratskammer zu besorgen?", möchte Laurin Specht gleich am Anfang seiner Befragung von Antipa wissen.

„Das ist eine infame Lüge! Ich bin eine ehrbare Bürgerin dieser Stadt, die sich noch nie etwas zu Schulden kommen hat lassen. Ich würde niemals so etwas in die Hand nehmen. Rattengift ist ein abscheuliches Mittel, das verboten gehört. Nicht einmal diesen Biestern sollte es verabreicht werden, geschweige denn einem Menschen."

„Entschuldigung, ich habe vorher wohl nicht richtig aufgepasst. Aus diesem Grund, bitte ich Sie mir und auch dem Gericht noch einmal zu sagen, woher Sie davon erfahren haben, dass meine Mandantin Morrigan Zott sich dieses gefährliche Mittel besorgt haben soll?", fragt Laurin Specht.

„Der leider erst vor kurzem verstorbene Serlos Seetal, er war der Besitzer der gleichnamigen Apotheke und zudem ein herzensguter Mann, hat mich selbst darauf hingewiesen. Es ist ihm seltsam vorgekommen, als dieses

Monster", erzählt Antipa gehässig und zeigt dabei auf Morrigan, „ in seiner Apotheke nach Gift verlangt hat. Er habe deshalb auch ausdrücklich darauf hingewiesen, dass Rattengift weder mit Lebensmittel noch mit sonst irgendwelchen verzehrbaren Substanzen in Berührung kommen darf. Trotzdem soll sie das Gift mit den Medikamenten, die für Letizia bestimmt waren, in ein und dieselbe Tasche gegeben haben."

„Nun gut, die Behauptung, dass dies alles so gesagt wurde, können wir leider nicht mehr überprüfen. Was wir aber tun können ist, uns zu gegebenem Zeitpunkt die Meinung eines weiteren Zeugen anzuhören", unterbricht Richter Ebenstein die Befragung der Zeugin durch Laurin Specht, worauf ein deutlich hörbares Murren durch den Gerichtssaal geht, weil es eigentlich nicht üblich ist, dass ein Richter sich ohne ersichtlichen Grund in eine Zeugenbefragung einmischt. Im Anschluss daran erteilt er Laurin Specht die Erlaubnis, mit der Befragung der Zeugin fortzufahren.

„Hohes Gericht, wir haben vorerst keine weiteren Fragen an die Zeugin, behalten es uns aber vor, sie gegebenenfalls später noch einmal in den Zeugenstand zu rufen", erklärt Laurin Specht, ehe er wieder neben Morrigan Platz nimmt.

„Nun gut, wenn dem so ist, werden wir uns den nächsten Zeugen anhören. Gerichtsdiener rufen Sie den Zeugen

Dr. Morgenstern herein", befiehlt Richter Ebenstein, um im Anschluss daran das Wort wieder der Anklage zu übergeben.

„Dr. Morgenstern, Sie waren nicht nur der behandelnde Arzt von Letizia Kaut, sondern auch ein guter Bekannter der Familie. Darf ich das so sehen?"

„Ja das stimmt. Ich kenne Richter Kaut schon sehr lange. Unsere Familien sind schon seit ewiger Zeit miteinander befreundet. Deshalb treffen wir uns auch immer wieder bei besonderen Anlässen. Außerdem verkehren Elias, ich meine natürlich Richter Kaut und ich im selben Herrenklub. Unter diesen Voraussetzungen war es eine Selbstverständlichkeit von mir, Letizia zu behandeln. Leider konnte ich aufgrund der ihr verabreichten Substanz ihr Ableben nicht verhindern."

„Sie sind sich also sicher, dass unser Opfer von Morrigan Zott vergiftet wurde?"

„Ja das bin ich mir zu hundert Prozent."

„Einspruch Euer Ehren! Der Zeuge war meines Wissens nicht anwesend, als unserem Opfer angeblich ein zum Tode führendes Medikament verabreicht wurde", unterbricht Laurin Specht die Befragung.

„Dann lassen Sie mich meine Frage so formulieren. Aufgrund welcher Indizien konnten Sie feststellen, dass Letizia Kaut mit Rattengift vergiftet wurde. Außerdem würde es das Gericht bestimmt interessieren, wie viel von dem Gift verabreicht wurde und welche Konsequenzen daraus entstanden?"

„Eine Arsenvergiftung kann durch versehentliches Verschlucken von Rattengift oder auch schon bei Hautkontakt zu Zahnfleischbluten, starker Müdigkeit bis hin zur Bewusstlosigkeit führen. Wiederholtes Verabreichen hat blutiges Erbrechen und blutigen Stuhlgang bis hin zu tödlichen Hirnblutungen zur Folge. Den einwandfreien Nachweis einer Arsenvergiftung konnte ich nach einem neu entwickelten Verfahren aus einer Haarprobe der Verstorbenen entnehmen. Das daraus entstandene Ergebnis steht einwandfrei fest. Letizia Kaut ist an einer Arsenvergiftung gestorben", verkündet Dr. Morgenstern emotionslos.

„Hohes Gericht. Wer, wenn nicht diese Frau", Rittmeister Mormont Jusfar zeigt dabei auf Morrigan, „hatte die Gelegenheit, solch eine verabscheuenswürdige Tat zu begehen. Sie hatte jede Menge Zeit, um den richtigen Augenblick abzuwarten, um die wehrlose Frau sukzessive zu vergiften. Aus diesem Grund gibt und darf es nur eine Strafe für diesen verabscheuungswürdigen Mord geben. Der Tod durch den Strang ist die einzige denkbare Strafe, die diese Frau erfahren sollte. Der Gerechtigkeit muss Genüge getan werden, um unsere Gesellschaft vor solchen Individuen zu schützen", plädiert Mormont Jusfar, ehe er Morrigan noch weiterer Morde bezichtigt. Im weiteren Verlauf der Verhandlung, als Laurin Specht seine Fragen an Dr. Morgenstern richtet, beschreibt dieser zur Verwunderung aller Anwesenden Morrigan als bedauernswertes Geschöpf, das man im Grunde genommen nicht für ihr Verhalten verurteilen sollte.

„Nein, nein, nein! Diese Frau hat kaltblütig mehrere Menschen ihres Lebens beraubt. Sie muss dafür mit der ganzen Härte des Gesetzes bestraft werden. Wo kommen wir den hin, wenn wir derartige Verbrechen nicht sühnen, nur weil die Täterin eine verrückte Frau ist, die Gut und Böse nicht von voneinander zu unterscheiden vermag", wendet Mormont Jusfar energisch ein.

„Rittmeister Jusfar ich kann mich nicht erinnern, Ihnen das Wort erteilt zu haben", tadelt Richter Ebenstein den Vertreter der Anklage, ehe er sich wieder dem Zeugen widmet.

„Dr. Morgenstern. Ihre Kompetenz in der Frage der menschlichen Psyche mag zweifellos unangefochten sein. Dennoch möchte ich Sie bitten dem Gericht ihren Standpunkt auf eine für alle verständliche Weise darzubringen."

„Diese Frau hat eine gespaltene Persönlichkeit. Eine Laune der Natur, die nach und nach durch eine intensive Behandlung korrigiert werden kann. Den Verlauf dieser Therapie hier zu beschreiben würde jedoch den Rahmen einer Verhandlung sprengen, zumal ich mich schon Jahre damit beschäftige. Der Tod stellt für Menschen mit einer gespaltenen Persönlichkeit nur eine Erlösung dar. Eine angemessene Strafe wäre, nach meiner Einschätzung, nach der Therapierung sinnvoller und auch gerechter, um ihr die Abscheulichkeit dieser Taten vor Auge zu führen. Eine anschließende lebenslange Haftstrafe in einem der Frauengefängnisse schließt meine Empfehlung natürlich nicht aus. Doch das obliegt nicht meiner Zuständigkeit", sagt Dr. Morgenstern, ehe er dem Gericht anbietet, die Therapierung in seiner Klinik durchzuführen. Auf die Frage des Richters was er damit bezwecken will, antwortet Dr. Morgenstern mit der Begründung, dass die Erkenntnisse aus so einer Behandlung allen Menschen zugutekommen würden, weil die Erforschung neuer Heilmethoden auf diese Weise am schnellsten vorangetrieben werde. Außerdem versichert er dem Gericht, das bei einem Fehlschlag noch immer die Möglichkeit einer konventionellen Bestrafung bestehen würde. Er weist auch darauf hin, dass seine Anstalt durchaus in der Lage sei, Menschen mit gespalten Persönlichkeiten sicher zu verwahren, sodass es keine Möglichkeit gebe, aus dieser Einrichtung zu entkommen.

Schicksal

Morrigan wird aufgrund der ihr zur Last gelegten Anschuldigungen zu einer lebenslangen Haftstrafe verurteilt, die sie nach einer intensiven Behandlung von Dr. Morgenstern in einer der neu gegründeten Strafheilanstalten für Frauen verbüßen wird müssen. Ein niederschmetterndes Urteil für eine junge Frau, die dazu noch unschuldig verurteilt wurde und sich im Moment wohl kaum vorstellen kann, was das für sie zu bedeuten hat. So beugt sie sich willenlos dem Prozedere der Einlieferung in Dr. Morgensterns Klinik und Heilanstalt, bis sich endlich die Tür einer kleinen Kammer hinter ihr schließt. Es ist feucht, kalt und finster, als sie sich auf einer Pritsche unter einer Decke zusammenkauert. Tausend Gedanken schwirren durch ihren Kopf, bis endlich die Müdigkeit sie übermannt. Doch es soll kein erholsamer Schlaf werden. Von Albträumen geplagt wacht sie immer wieder auf, bis sie ein weiteres Mal aus dem Schlaf gerissen wird. Es ist der scheppernde Ton einer Schelle, welche die Insassen dieser Einrichtung dazu ermahnt, sich für das morgendliche Ritual bereit zu machen. Draußen vor dem Fenster ist es noch dunkel, obwohl sich bereits über den Dächern der

Stadt die Dämmerung ankündigt, also zieht sie ihre Decke noch einmal über ihren Kopf. Ein fataler Fehler, den sie nicht ahnen konnte, denn schon im nächsten Moment fährt ein Rohrstock auf sie hernieder. Ein brennender Schmerz durchzieht ihre Hüfte, ehe sie der Stock ein weiteres Mal an ihrer Schulter trifft.

„Raus aus dem Zimmer oder ich verhaue dir den Arsch, bis er grün und blau leuchtet!", brüllt eine Männerstimme, ehe sein Rohrstock erneut auf Morrigan hinunterfährt.

Vier Frauen und ein Mann stehen barfuß und nur mit ihren Nachthemden bekleidet auf dem Gang, als eine in weiß gekleidete Frau, gefolgt von einem Mann namens Marques, von einem zum anderen schreitet, bis sie schlussendlich vor Morrigan stehen bleibt.

„Morrigan Zott unser neues Nesthäkchen. Warum steht diese Frau in Straßenkleidern und mit zerzaustem Haar hier vor mir?", will die Frau als Nächstes von jenem Mann wissen, der Morrigan aus ihrem Schlaf gerissen hat.

„Nach meinen Erkenntnissen wurde sie gestern erst spät abends hergebracht", antwortet der Mann.

„So wurde sie das? Meines Wissens kann der Waschraum auch in der Nacht benützt werden. Oder irre ich mich da? Also worauf wartet ihr dann noch? Ab mit ihr in den Waschraum!", befiehlt die Frau den beiden Männern. Die Wärter oder wie auch immer diese Männer zu bezeichnen sind, zerren Morrigan daraufhin in einen

Raum, der nicht viel mehr außer einem Stuhl abseits der Tür beinhaltet. In der Mitte des Raumes auf dem Fußboden klafft ein faustgroßes Loch, um das sich gleich einer Schlange ein dicker Wasserschlauch windet.

„Los ausziehen und niedersetzen", befiehlt einer der beiden Männer, während der zweite mit Schere und Rasiermesser darauf wartet, um Morrigans Kopf kahl zu scheren. Dem aber nicht genug muss sie sich nach dieser Demütigung in eine der Ecken stellen, wo sie im nächsten Moment ein kräftiger und eisiger Wasserstrahl trifft. Es ist eine erniedrigende Prozedur, die Morrigan über sich ergehen lassen muss. Dennoch ist sie klug genug, um zu wissen, dass jegliche Art von Widerstand ihre Situation nur verschlechtern würde. Barfuß und bekleidet mit nur einem weißen Hemd, das ihr bis unter die Knie reicht, wird sie im Anschluss daran in einen Raum geführt, wo bereits Dr. Morgenstern auf sie wartet.

„Ah, da ist ja unser missratenes Kind. Sie wissen wem Sie es zu verdanken haben, dass Sie hier in meiner Klinik sein dürfen und nicht bereits in einem dieser schrecklichen Gefangenenhäuser misshandelt werden, wo sie auf Ihre Hinrichtung warten. Ich erwarte keine Dankbarkeit von Ihnen, dennoch sollten Sie sich darüber im Klaren sein, dass ich über Ihren weiteren Aufenthalt entscheide. Ja mehr noch, ich alleine entscheide über ihr Leben oder Ihren Tod. Also zeigen Sie sich kooperativ. Ich dulde weder Ungehorsam noch rebellisches Auftreten in meiner Klinik. Haben Sie das verstanden?"

Morrigan nickt nur mit ihrem Kopf, ehe sie ihren Blick erneut beschämt zu Boden richtet.

„Wenn ich Ihnen eine Frage stelle, dann antworten Sie darauf laut und deutlich. Ein Nicken kann und will ich nicht akzeptieren", belehrt sie ihr Gegenüber, worauf von Morrigan ein leises „Ja" zu vernehmen ist.

„Nun gut. Für heute belassen wir es dabei. Das nächste Mal schauen Sie mir in die Augen und antworten laut und deutlich mit jawohl Herr Doktor. Marques wird Sie jetzt auf ihr Zimmer bringen und ihnen die Regeln für die Zeit ihres Aufenthaltes hier bei uns erläutern. Im Anschluss daran warten Sie, bis man Ihnen das Mittagessen bringt. Leider bin ich heute Nachmittag nicht im Haus. Aus diesem Grund werden wir mit Ihren Therapiestunden erst morgen beginnen können. Marques Sie dürfen die Patientin jetzt auf ihr Zimmer führen."

Gleich einer eisernen Schelle legt sich daraufhin die Hand dieses Mannes, der während der ganzen Zeit hinter Morrigan gestanden hatte, um ihren Oberarm, um ihr nicht die geringste Chance einer Flucht zu geben. Eisig kalt fühlt sich der Steinplattenboden unter ihren Füßen an, als sie durch ein menschenleeres Stiegenhaus in ein Zimmer am Ende eines langen Ganges gebracht wird. Ein kleines mit dicken Eisenstäben vergittertes Fenster lässt nur wenig Licht in diesen nur spärlich eingerichteten Raum.

„Hier ist dein neues Zuhause. Benimm dich anständig und du wirst vielleicht irgendwann die eine oder andere Begünstigung erfahren dürfen. Andernfalls ... den Waschraum kennst du ja bereits", droht ihr der Mann. Nach ein paar weiteren Belehrungen, was auf keinen Fall erlaubt ist, wie zum Beispiel sich während des Tages auf die Pritsche zu legen, fällt die Tür ihrer Zelle ins Schloss. Mit zitternden Händen befühlt Morrigan ihren Kopf. Dort wo einmal ein prächtiger Haarschopf war, zieren jetzt einige Schnitte ihre Kopfhaut, weil der Mann, der sie scherte, nicht gerade zimperlich mit ihr umgegangen ist. Verzweiflung, Angst vor dem, was auf sie zukommen wird, sowie die aussichtslose Situation, von hier nie mehr wieder fortzukommen, nagen in ihrem Kopf. Die Zeit scheint stillzustehen und so kommt es ihr vor, wie wenn man sie hier vergessen haben könnte. Als aber auf einmal das Läuten der Schelle zu hören ist, zuckt Morrigan zusammen. Ihr Herz rast. Kurz darauf wird auch noch die Tür zu ihrer Zelle aufgeschlossen.

„Essensausgabe!", dröhnt es durch den Raum.

„Worauf wartest du noch oder soll ich der Dame vielleicht das Essen servieren?", schimpft ein anderer Aufseher und zeigt dabei zu dem kleinen Tisch, auf dem ein zerbeulter Blechnapf steht. Es ist eine braune, matschige

Brühe, welcher ihr im Anschluss daran ein vermutlich anderer Insasse mitsamt einem verbeulten Löffel in den Napf gibt.

„Iss alles auf, sonst fällt die nächste Mahlzeit aus", flüstert ihr der Mann zu.

„Maulhalten und raus!", belehrt ihn daraufhin einer der Wärter. Zu ihrem Erstaunen schmeckt das Essen besser, als es aussieht. Gerade als sie den letzten Bissen isst, wird die Tür wieder aufgeschlossen. Herein kommt zu ihrem Erstaunen in Begleitung eines Wärters eine Frau, die ebenfalls dieselbe rohweise Kutte trägt wie sie.

„Ich bin Mona. Es ist meine Aufgabe mit dir die Regeln dieser Einrichtung so oft durchzugehen, bis du sie sogar im Schlaf auswendig kannst. Zu allererst, Dr. Morgensterns Haus ist kein Gefängnis, sondern eine Klinik. Trotzdem musst auch du dich, wie wir alle hier, an die Regeln halten", erklärt ihr die Frau und zeigt dabei auf einen Holzrahmen, der gleich wie ein Bild an der Wand hängt, ehe sie noch fragt, ob sie des Lesens mächtig ist. Es sind Regeln, Verbote und Vorschriften, die Morrigan kurz darauf liest, ehe Mona ihr den Rahmen aus der Hand nimmt.

„Versuch, jetzt das wiederzugeben, was du eben erst gelesen hast", bittet die Frau, weil auch ihr Wohlergehen von Morrigans Bereitwilligkeit, die Regeln auswendig zu lernen, abhängt.

Am Morgen des nächsten Tages, noch ehe sie ihr Frühstück bekommen hat, wird Morrigan von Antipa in Begleitung zweier Wärter aus ihrer Zelle geholt.

„Schon in ein paar Tagen wird mein Bruder Geschichte schreiben!", erklärt ihr Antipa mit einem nichtssagenden Lächeln. Was das aber zu bedeuten hat, getraut sich Morrigan nicht zu fragen.

„Du kannst dich glücklich schätzen, weil du ihm diesen Erfolg ermöglichen wirst. Er wird aus dir einen neuen Menschen machen. Einen Menschen ganz ohne böse Gedanken, weil er dir diesen Teil aus deinem Kopf entfernen wird. Leider wird dieser Eingriff ein wenig schmerzhaft für dich sein, doch wem stört das schon. Es ist doch nur im Sinne der Forschung", fährt Antipa mit ihrer Erläuterung fort.

„Nein ich will das aber nicht. Bitte lass mich gehen, ich habe doch nichts Böses getan", fleht Morrigan.

„Das geht leider nicht, weil du das perfekte Versuchsobjekt bist. Aber mach dir keine Sorgen, sobald ich von meiner Reise nach Faro zurückkomme, wirst du ein anderer Mensch sein. Ja du hast schon richtig gehört. Ich fahre noch heute nach Faro, wo ich einen jungen, traumhaft schönen Mann heiraten werde. Ich habe es nämlich satt, meine besten Jahre damit zu vergeuden, bis mich Elias Kaut endlich fragt, ob ich ihn heiraten möchte. Aber warum erzähle ich dir das eigentlich?", fragt Antipa mehr sich selbst, als sie vor einer zweiflügeligen Tür stehen, die so breit ist, dass durch diese ein ganzes Fuhrwerk passen würde. Der dahinter liegende Raum ist im Gegensatz zu der Tür gar nicht so groß und nur sparsam mit Möbeln aus Eisen und Glas eingerichtet. Nur der Schreibtisch hinter dem Dr. Morgenstern sitzt, sowie die beiden Stühle davor bestehen aus Holz. Auf einer Ablage reihen sich mehrere furchterregende Instrumente aneinander. Zwei große bis zum Boden reichende Fenster lassen den Raum mit Licht durchfluten. Strengen Blickes mustert Dr. Morgenstern sein Gegenüber, ehe er Morrigan dazu auffordert, sich zu setzen. Die beiden Männer, die sie herbegleitet haben, bleiben links und recht hinter ihr stehen.

„Eigentlich wollte ich mit meiner Schwester in einem medizinischen Experiment beweisen, dass das Böse in einem Menschen durch eine neu gewonnene Methode namens Trepanation entfernt werden kann. Leider hat sie es sich in den Kopf gesetzt nach Faro zu reisen, um dort so einen neureichen Schnösel zu heiraten. Aber was soll', dann werde ich eben die Lorbeeren für mich alleine beanspruchen und Sie werden mir als braver Versuchsteilnehmer dienen. Ach ja, Ihnen wird der Begriff Trepanation wohl kaum geläufig sein. Also, eine Trepanation bedeutet nicht weniger als das Aufbohren des Schädels, um abgestorbene Gehirnmasse, die an ihrer Persönlichkeitsstörung die Schuld trägt, zu entfernen. Das etwa münzgroße Loch, das dabei entsteht, verschließe ich nach dem Eingriff mit einer kleinen Silbermünze. Ein bis zwei Wochen nach dem Eingriff wird nicht viel mehr als eine kleine Narbe zu sehen sein. Nun was sagen Sie dazu?", fragt Dr. Morgenstern.

„Ich will das aber nicht! Bitte lassen Sie mich gehen. Ich habe doch niemand etwas getan. Bitte glauben Sie mir", fleht Morrigan, wohl wissend, dass ihr das nichts nützen wird. Kurz darauf springt sie auf, um in ihrer Verzweiflung sich aus dieser misslichen Lage zu befreien. Fast wäre es ihr gelungen, sich durch eines der Fenster zu stürzen, hätte einer der beiden Männer so etwas nicht schon im Voraus geahnt.

„Sie brauchen keine Angst davor zu haben. Solche Eingriffe werden heutzutage immer wieder mit großem Erfolg angewendet, wenn zum Beispiel der Druck im Inneren des Kopfes durch einen heftigen Schlag oder dergleichen ansteigt. Vertrauen Sie mir ruhig, ich weiß genau, was ich tue", besänftigt Dr. Morgenstern Morrigan, ehe er sich hinter sie stellt, um ihren kahl geschorenen Kopf zu betasten.

„Hier, genau an dieser Stelle werde ich mit der Trepanation beginnen, um im Anschluss daran die verdorbenen Stellen ihres Gehirns zu entfernen. Sie dürfen mir ruhig Glauben schenken. Schon nach ein paar Tagen werden Sie sich wie ein neuer Mensch fühlen", versichert ihr Dr.

Morgenstern. Dass Versuche dieser Art verboten sind, verheimlicht er vor Morrigan. Auch dass er immer wieder Frauen aus der Haftanstalt in sein Haus verlegen lässt, um ihnen dort nach seinen Angaben eine bessere Behandlung zuteilwerden zu lassen. Er verschweigt auch, dass alle diese Frauen an denen er seine Experimente durchgeführt hatte, entweder bei der Behandlung oder kurz danach verstorben sind. Nur seine Schwester und seine Frau wissen von seinem Verlangen und den daraus resultierenden Folgen. Frauen deshalb, weil er der festen Überzeugung ist, dass diese sich besser für seine Studie eignen. Vorbereitet werden die Frauen von einer heroischen Pflegerin, welche dabei ihrer Neigung zum gleichen Geschlecht Ausdruck verleihen kann. Allerdings gelingt es ihr immer ihre Opfer davon zu überzeugen, dass alles nur zu ihrem Besten sei. Dr. Morgenstern weiß natürlich von der Neigung seiner Gehilfin, doch für ihn zählt nur der medizinische Erfolg, den er sich so sehnlichst erhofft. So seine Rechtfertigung für die Qualen, welche seine Probanden erleiden müssen. In Wahrheit erregt es ihn, wenn die Frauen unter höllischen Schmerzen um ein Ablassen flehen, ehe sie die Gnade des Todes ereilt. Doch Dr. Morgenstern lässt sich dadurch nicht abhalten, seine Experimente fortzuführen. Vor Kurzem erst probierte er bei einer weiteren Frau ein neues Serum aus, das sie in einen gelähmten Zustand versetzen soll, ohne dass sie dabei ihr Bewusstsein zur Gänze verliert. Es ist ein und wie es scheint höchst wirksames Gift aus den Blättern des Upasbaumes, das von den Ureinwohnern Gwlad Darmors als Pfeilgift verwendet wurde. Und wie Dr. Morgenstern mit Zufriedenheit feststellen kann, versetzt dieses Gift seine Probanden außerdem in einen Zustand der Gleichgültigkeit. Dass dies nur davon herrührt, dass sich bei seinen Opfern eine Muskellähmung einstellt, welche bei zu hoher Dosierung zum Erstickungstod führt, bekümmert ihn nicht.

Schon am darauffolgenden Tag beschließt er, sein Experiment erneut zu versuchen. Morrigan soll sein nächstes Versuchsobjekt sein. Auch sie beabsichtigt er in eine Art Trance zu versetzen, damit sie zwar bei Bewusstsein, aber bewegungsunfähig diese Tortur erleiden muss. Dr. Morgenstern hat dabei einen genauen Plan, wie er diesmal vorgehen will. Zuerst soll der Schädel geöffnet werden, um die dort infizierte Gehirnmasse zu entfernen, erzählt er mit Begeisterung seiner Frau Norma, während diese Morrigan für den Eingriff vorbereitet. In einem kurzen, aber durchaus beabsichtigten Moment der Unachtsamkeit von Norma gelingt es Morrigan, von einem Bestecktablet ein Skalpell an sich zu nehmen, ehe sich Norma wieder an sie wendet. Trotzdem kann Morrigan das Skalpell unter ihrem Oberschenkel verstecken.

„Fertig, Herr Doktor. Soll ich sonst noch etwas tun?",

neckt Norma ihren Mann, währenddessen Morrigan sich beruhigt zu haben scheint, um regungslos auf ihr Schicksal zu warten.

„Nein meine Liebe du kannst jetzt gehen, um dich deinen Geschäften zu widmen", sagt Dr. Morgenstern, ehe er seiner Frau noch einen Kuss auf ihre Wange drückt. Danach schließt sie die Tür, worauf nur noch er und sein Opfer sich in dem Raum befinden. Zufriedenen Blickes steht Dr. Morgenstern neben Morrigan, ehe er damit beginnen will, sein Opfer auf dem Operationstisch zu fixieren. Im nächsten Moment aber schießt ihm Morrigans Hand, in der sie das Skalpell hält, entgegen. Gezielt war der Angriff nicht, dennoch verletzt das Instrument seine Halsschlagader dermaßen, sodass sein Herz pulsierend einen dicken Strahl Blut aus der Wunde pumpt. Überrascht von dem, was gerade mit ihm geschieht, torkelt er unkontrolliert zurück. Dabei stößt er mehrere mit Alkohol und Spiritus gefüllte Behältnisse um. Dass Morrigan und Dr. Morgenstern dabei von seiner Frau durch einen Spalt in der Tür beobachtet wurden, entging beiden. Barfuß und nur mit einem Hemd bekleidet hat Morrigan nur das eine Ziel im Sinn, so schnell als nur möglich diese Räumlichkeiten zu verlassen, weil sie vermutet, dass in Kürze irgendwer hier erscheinen könnte. Also nichts wie weg von hier, denkt sie sich, ehe sie dem Gang zustrebt. Geradeso als hätte Norma gewusst, dass Morrigan nicht davon ablassen wird, einen Fluchtversuch zu starten, wartet diese am Ende des Ganges auf sie.

„Wohin so eilig? Hat mein lieber Mann dir das überhaupt erlaubt? Ach ja stimmt, der liegt in seinem Refugium und verblutet dort. So gesehen müsste ich dir sogar dankbar sein. Du hast mich von diesem Monster befreit, was wiederum bedeutet, dass ich von nun an das Leben führen kann, von dem ich jede Nacht träume. Ein Leben in Reichtum und Überfluss an der Seite meines Geliebten. Jetzt stehst nur du mir noch im Weg", sagt Norma, ehe sie eine Pistole aus ihrer Tasche zieht, auf Morrigan zielt und mehrmals abdrückt. Klirrend landet das Skalpell, das Morrigan noch immer in ihrer Hand hält, auf dem Boden. Einen kurzen Moment danach bricht Morrigan schwer getroffen zusammen, ehe sie der Tod ereilt. Um aber alle Beweise zu vernichten, nimmt Norma einen Bunsenbrenner und schleudert diesen an jene Stelle, wo ihr Mann in einer Lache aus Blut und Spiritus liegt. In Windeseile steht das Labor in hellen Flammen, ehe die Feuersbrunst auf die weiteren Räume überzugreifen beginnt.

„Zu Hilfe! Zu Hilfe, mein Mann liegt schwer verletzt in seinem Labor!", ruft Norma scheinheilig, während sie auf die Straße stürmt. Dabei übersieht sie die herannahende Straßenbahn, worauf das Brechen von Knochen wie ein Trommelfeuer ertönt, ehe ihr von einem Rad der Lokomotive der Kopf abgetrennt wird.

Bereits erschienene Bücher

Con Vaal-Keres
Band 1 bis 4

In diesem Fantasyroman wird mit dramatischen Bildern
die Geschichte einer Frau erzählt, der das Schicksal eines
ganzen Landes in die Wiege gelegt wurde.

Septem

Was gibt es Schöneres, als nach einer bestandenen Prü-
fung den wohlverdienten Ferien entgegenzusehen? Doch
der Schein trügt und so lässt ein Mord jeden noch so
minutiös geplanten Urlaub zu einem Höllentrip werden.

Danksagung

Mein Dank gilt auch bei diesem Buch meiner Frau, die mir wie immer mit viel Geduld als Beraterin und Lektorin zur Seite gestanden hat. Nicht vergessen möchte ich auch meine treuen Leserinnen und Leser.